城市小说集

四时成岁

王啸峰 著

江苏凤凰文艺出版社
JIANGSU PHOENIX LITERATURE AND ART PUBLISHING

序

在接受为这本即将出版的新小说集《四时成岁》写序的任务时，作者王啸峰其名在我脑子里倒也不是完全一片空白，平时在一些报刊上也零星地见过且浏览过他的某些散文和小说，但的确又基本说不出什么印象，至于其人就真是迄今依然素昧平生。因此严格来说，无论是“知人论世”还是“文如其人”我都无从谈起，实在不适合承担这“写序”之角色。无奈同行朋友相邀，盛情难却，只好硬着头皮接下了这活儿。当然除去友情，私底下也给自己的斗胆应承找了点理由：面对这个一无所知的其人和知之甚少的其文，倒是没有了任何人情的顾忌，剩下的只有初读其文的新鲜感，哪怕只是些许，好歹也是个新鲜。

依托万能的百度，还是搜到了作家王啸峰其人其文的些许信息：其人虽也年过半百，但文学写作却是年少出道，迄今竟也有 30 余年，但至今似乎依然还是准专业，所谓“准”是指他目前还只是江苏省电力作家协会的主席，主体身份大约还是电力系统的干部。其文是从散文写作起家，至于小说则一直要到2017年才有了第一部名为《隐秘花园》的结集，“秘密”二字或许是他这部小说集的重要特色之一，因而苏童称他的小说“充满了迷人的‘鬼气’”，而汪政则认为他的小说写作中有“阴暗的魔法”。对此，王啸峰本人倒也不避讳，他坦言自己“受欧美、拉美作家的影响，一直希望自己的作品带有‘先锋文学’的痕迹，可以尽情地表现‘现代人的困惑’”。

然而，在进入对王啸峰这部新小说集文本的阅读后，我才发现自己搜罗来的这些信息与我阅读后留下的印象竟然基本合不上辙、对不上号。按常规想象，作为电力系统的一位作家，其熟悉的领域大抵应该是本系统的种种生活，如同他在《隐秘花园》那本集子中的那篇《抄表记》一样，但《四时成岁》这部集子中的十一篇作品，竟没有一篇与电力系统相关；而苏童、汪政这些名家在评说他的第一部小说集《隐秘花园》时所描述的那种“鬼气”和“阴暗的魔法”也基本全然不见踪迹，相反则是整体上充盈着浓郁的人间烟火，叙事上起始部分虽略有些许压抑，但大多又随着作品情节的推进而走向阴转晴。这是否意味着王啸峰在小说创作上还是备有几套不同的笔墨？进而是否又可以由此推论他的小说创作并非单一而是有着比较丰满的储备？

家庭日常生活叙事在《四时成岁》这部小说集中占有相当比重。开篇之作《四时自成岁》当是中国现代都市中那种重组家庭日常生活的一个鲜活文本。这部三万字的小中篇，通过周伟与孙兰这个普通中产阶层家庭在婚姻重组后，围绕着孩子成长的生活场景，特别是孙兰这个“后妈”的角色与处于青春期的女儿周心研那种敏感而微妙的关系，无不浓缩了当下都市生存中，不同个体因其在家庭中所扮的不同角色而带来的那种复杂微妙的生活情感体验。这一家子面对各种不同的矛盾看似要走向某种危机，但所有这些又莫不足以堪称“一地鸡毛”，正是在这种细腻绵密而又富有温度的叙事中，呈现出了当下都市伦理生活中那种丰满而细腻的人情世故。

家庭重组、亲情、成长、打工者……以这样的故事和这些故事中的角色为主构成了这部《四时成岁》的基本主干，尽管这十一篇作品中呈现的场景各有缤纷，但无不再一次应验了托尔斯泰那句“幸福的家庭都是相似的，不幸的家庭各有各的不幸”，只是无论是幸还是暂时的不幸，其背景无不烘托出一个巨大的时空背景：一个急剧变革的岁月、一个高速发展的场域、一个最“好”时代和一个最“坏”时代的复合、一个反差巨大的空间……我想，王啸峰能够在万余字的“时空”中不动声色地达出这样的效果其实也是一种硬功。

从艺术表现上看，《四时成岁》中王啸峰所言的“希望自己的作品带有‘先锋文学’的痕迹”，从面上看过去倒是不怎么明晰，更多地反倒是应验了他从另一角度对自己的要求：“走向更广阔的社会，是我对自己的一种要求，让作品的视野更加广阔，从而引起更多共鸣。”的确，在《四时成岁》中，以质朴与细腻的笔墨书写大时代中普通百姓面对不同境遇的不同感受成为一种基本主调。在我看来，所谓“先锋”与“走向更广阔的社会”并非一对矛盾。由于各种原因，确有人更多地将所谓“先锋”简单地理解为艺术上的种种极端表现，其实这只是某些“先锋”的某种表象，真正完整意义上的“先锋”更是作家对社会、对时代和对生活的某种独到的认识与理解、并配之以相应艺术表现方式的一种合体，没有前者的支撑而只是一味地在技术上使用若干极端的表现手段并非真正完整意义上的“先锋”。更何况所谓“先锋”也只是对某种艺术表现的一种形象描述而并非评价一部文学作品优劣的标准。因此，对王啸峰在小说表现上努力拓宽自己艺术表现方式的这种努力我倒是予以充分肯定的。

对王啸峰创作有限的认知使得我的这则所谓的“序”也只能至此打住了，但通过这次写“序”的经历，我对他此后的创作似乎更有理由抱以更多、更美好的期待，并以此作为这则小序的结束吧！

潘凯雄

2022 年 3 月 1 日

目录

四时自成岁

春分

刚在会议室坐定，主持人还没说几句话，孙兰的微信电话就来了。周伟本想不接，可一想，平时老婆总是信息多，很少直接打电话。于是，硬着头皮起身，快步走出会议室，按下接听按钮。

“心妍昏倒了！你赶紧来！”

“啊？”

“啊什么啊，快点，一院急诊室。”

瞬间，周伟从发根到后背凉凉的一大片汗。他边跑边把西服脱下，在手里旋紧，从六楼沿扶梯冲下，随手在大门口拦下一辆同事出去的车。开出去一段路，他才发现右手麻了。抖开西服，黑青颜色提醒了他。

他赶快发微信给另一位副总：家里有急事，请假去医院。副总立刻回信问怎么回事。他把目光从手机上移开。窗外人行道上一大排紫玉兰开得正好。

从元旦开始，他就战战兢兢迎接春节。各种本命年凶险的传闻和实例使他相信这一年不好过。越是害怕，越是出事。他和孙兰同年。除夕一早，他俩到金店买本命年路路通，要求店员用红绳编织手链。走出店门的时候，他俩伸出手，阳光下，一对路路通金黄闪亮，红手链喜庆应景。吃年夜饭时，一家四口兴奋地把玻璃杯碰到一起，周伟的杯子却碎了。他的心当即沉了下去。于敏小心地接过儿子手里的碎杯子，念叨："岁岁平安，好兆头，好彩头啊！"他爽朗地笑了起来，心里却是压了块石头。没想到春节过后没几天，上级就来考察他，半个月后，他被任命为集团副总。坐在新办公室里，他望见窗外高大的香樟树上积雪正在消融，仿佛间他好像听到时间的脚步声，与他的心跳声合拍。随手，他在台历上写下一句：忽如一夜春风来。

"周总！一院急诊室到了。"

周伟跳下车，回身道声谢，直奔进去。

"周心妍，她、她在哪里？"

服务台护士还在一页一页翻记录。孙兰的声音传过来："这里！"

远远望见老婆的时候，她正在挥手，手腕处的路路通比新烫的卷发更显眼。可惜，他已经失去路路通了。新任领导后，周伟有次去总裁办公室汇报工作。面对面坐了一会儿，他发现总裁的目光多次扫过他的手腕。他忽然领悟，悄悄地把衬衣袖口往外拉，盖住路路通。回办公室，他把幸运链解下来，装进裤兜。回家拿出来戴，到单位放兜里。

一段时间下来也习惯了。一天下午，他去参加一项开工仪式，坐在主席台上不能玩手机，就把手伸进裤兜想摸摸路路通。据说这宝贝越摸越灵光。没了！所有兜摸了个遍，路路通不见了，他心急火燎。单位、家里全找遍，该问的人全问遍，早上从容装进裤兜的幸运链就此不见。孙兰把自己的脱给他，他坚决不要。嘴上说没关系，可一些事情真的起了变化。周心妍的一模考试成绩随即给他重重一棒。

那天下班回家，推开房门的瞬间，屋内静得让周伟觉得不真实。于敏坐在沙发上翻阅财经杂志。孙兰正摆放碗筷。周心妍卷起试卷，低头坐到餐椅上。

大家静静地吃饭。电视新闻正在播报黄河凌汛的消息。以往，于敏最关注气象，可那次她头都不曾抬一下，默默地吃着碗里面的饭。周心妍木木地吃着红烧鲫鱼，一根根鱼刺被吐出，整齐地排在餐巾纸上，像一行行眼泪。

“一模成绩出了？”周伟拿起遥控器把电视机关了。餐桌上的吊灯显得更亮了。

孙兰把自己的手机推过来，惨白的文档里有一组数字。

“位比 66%？数字倒很好听啊！”周伟不轻易动怒，此时也极力按捺着。

没人接话。周心妍扎头发的皮筋松了，一缕头发拖到餐桌上。不一会儿，头发被眼泪濡湿，与鱼刺搅在一起。不到三年时间，从中考状元到被三分之二的学生赶超。周心妍就像一个长跑选手，接二连三地被其他选手超越。这一次，周心妍的成绩创下新低。

周心妍的病床在急诊室最里面。周伟焦急地奔向病床，脚几次碰到其他病床的硬板凳，自己痛，却还要说对不起。

周心妍半躺着，眼睛紧闭，脸色苍白，左右手都挂着水。周伟俯下身摸摸女儿额头，冰凉。

“我陪她到窗口验血，针刚扎进去，她就软软地瘫了下去，吓得我腿也软了。”孙兰不停地用餐巾纸擦汗。

“她以前没有晕针的情况啊。”

“都是要命的高考体检！”孙兰恨恨地说。周心妍谷丙转氨酶偏高，学校要求复检。孙兰查资料、问朋友，认定是过度疲劳所致。这次复检前几天，逼着周心妍早睡早起、清淡饮食。

“不会是以前的问题吧？”周伟心里总是有个结。

周心妍小学三年级时，有一个周末周伟带她去游乐园玩，她在海盗船上兴奋地尖叫，手舞足蹈，却突然歪倒在周伟身上。全身检查下来，诊断为先天性贫血，剧烈运动、经受强刺激导致的晕厥。因此周伟还为女儿争取了体育课免修、义务劳动不参加。周心妍夏天从不穿短袖，冬天第一个穿棉袄，保温杯里一直灌满温开水。有一次，周伟去学校送女儿忘带的保温杯，看见周心妍独自坐在教室里，头扭向操场。同学们正开心地玩游戏，你追我打。一张她刚画完的素描，飘落在地。周伟捡起来。满地落英，黛玉正在葬花。他拍拍女儿的肩膀。她接过画，撕得粉碎。

“你要么不管，要么瞎管。”孙兰食指坚定地指向周伟。“什么是她的优势？文科！语文、英语、历史，可你偏要她学理！那次中考为什么她能脱颖而出？因为文科考题难，理科容易。而你总是让她背负沉重的包袱，逼她去与数理化尖子生竞争，她的艰难你从不在意！”

孙兰不知道，周伟其实再三征求过周心妍的意见。虽然自己有主观意愿，但是最终决定还是女儿自己拿的。她选择理科，最大的因素是看到了文科毕业后的孙兰的窘迫和无奈。一个出版社的文字编辑，不仅要编书、编期刊，稿子多的校不完，不得不带回家校。周末还得参加这个活动、那个研讨会。即便周伟所在公司陷入经营困境，即便孙兰是一位著名出版社的责编，可她的工资只有周伟的三分之一。

“我要赚钱，要赚更多的钱！”周心妍说这句话的时候，周伟觉得心里生出一股旋风，不断盘旋上升。女儿的坚定，让他想起城市上空的鹰，它们比人有更宽的视野、更锐利的眼光。这使他既高兴又失落。

“孙老师，这是刚才的化验单。”一位年轻的女医生走过来，把单子交给孙兰。“孩子肝功能指标正常了。”

周伟心下稍安。孙兰连连点头感谢，卷曲的头发抖动着，像一朵朵盛开的鲜花。

“辛苦您了。那她刚才晕倒是什么原因呢？”周伟追问。

女医生的额头特别亮，让周伟有了她声音是从额头发出的错觉。“要查清楚，得住院检查、观察。现在判断不了。”

“我不想住院！”

周心妍的声音很轻，却很清晰。周伟转眼看时，女儿已经直起身子。孙兰忙在她后背垫高枕头。

女医生上前用听诊器仔细听了周心妍的前胸后背，笑着说：“现在看来没什么问题。孙老师，女儿长得真像您啊！”

孙兰一愣，岔开话题：“等这些水挂完，我们就可以带她出院？”

“我去看一下刚才做的脑部 CT 和心超结果。我还在门诊，结果我拍照发您微信。没事的，请放心。”

周伟看孙兰陪女医生走出病房，忍不住转头轻声对女儿说：“你也该叫声妈妈了，不要老是阿姨、阿姨的。她心里不好受。”

周心妍别过头。

周伟叹了口气。前妻离开他已经十多年了，孙兰跟他结婚也十年了。为了悉心带好周心妍，他们没有再要孩子。

门口一个穿校服的高大男孩往里探头探脑。周伟拍拍周心妍。

高大男孩对周心妍挥挥手，犹豫一会儿，走到病床前。双手撑住床架，盯着周心妍看，不说一句话。

周伟皱皱眉，对女儿说：“我去买点水，你和同学聊吧。”

病房门口，他碰到孙兰。“走走，我们到外面去。”

“你干吗？孩子还在病床上呢。”

周伟对身后努努嘴。孙兰看见了，随着周伟往外走。

医院花园长廊上的紫藤花开了，一串串倒挂下来，像一条条紫色瀑布。两人选了一张花园椅坐下。

“你说孩子成绩滑坡，会不会与这事有关？”

“班主任有没有跟你说起过？”

“她只跟我说，现在这种事情很普遍，关键是引导好。”

“我一点心理准备都没有，现在她什么事都不跟我说。”

孙兰叹口气：“我也不能多说，不然反而麻烦。”

周伟知道孙兰一直小心翼翼地维系着与周心妍的关系。周心妍的任何事，孙兰都包了，可还是走不进孩子心里。自己只是润滑剂，在三个女人之间滑来滑去。他每天寻找着三角形合适的中心点，尽可能地不偏向任何一边。

“孩子特别要强，一模成绩公布后，她急了，毕竟眼前高考压倒一切，我们要相信她会处理好各种关系。”

“她话不多，眼睛却暴露出很多，归根结底，对我不信任。”

“哎！哎！你又来文学这一套，孩子对你是亲的，这点我保证。”

“算了算了，我心里清楚，我对得起她，更对得起自己的良心。你不是忙吗？你走吧，等会儿水挂完，我带她回家。”

“我请假了，今天我来陪她吧。”

一阵春风吹过，蔷薇花香幽幽飘来，孙兰静静地看着微风中轻轻摇曳的花儿。

“多长时间我俩没有这样坐一起聊天了？”

周伟抬起头，从紫藤叶蔓中望见澄碧天空。

“今天真适合郊游啊！”

孙兰收到微信消息。

“医生发图片来了，全都正常，我们收拾一下回家吧。”

周心妍犟着不肯回家。

高大男孩主动说：“叔叔、阿姨，我陪她回学校，你们放心吧。”

周伟瞪了他一眼，胃里泛起一股酸水。本来想顺着女儿软下来，忽地心坚硬起来。

“不行！她这样的情况，需要休息。”

“我保证她好好的！”男孩还不依不饶地争取。孙兰退到两个男人后面，慢慢收拾东西。

“你是谁？你能保证什么？你怎么知道她晕倒的？”周伟把西装

扔在病床上，声音大得整个病房的人都往这里张望。

“我！我告诉他的。我跟他走。”周心妍双脚跨下病床，扫着找鞋。孙兰忙把白色板鞋移过去。

“你走！走了就不要回来。”周伟全身肌肉痉挛，脸上一阵酸麻。

“好了好了！你真是，孩子还在恢复。回学校也好，跟上复习进程。哎！同学，心妍就拜托你啦。走走！我开车，一起去学校。”孙兰右手挽了提包、无纺布袋，左手搀了周心妍，缓缓走出病房。

高大男孩连忙帮孙兰拿包和袋子，孙兰对他笑笑，说了声谢谢。周伟气得愣在那里，直到三个人拐弯看不见，才拖着沉重的脚步跟上去。

车上，周伟回了几个电话和信息后，头靠在座椅上，闭上双眼。

三年前，省中和市中领导先后到家争夺中考状元周心妍，省中校长甚至还调阅了周心妍的满分作文《四时自成岁》，赞叹道：这么小的年纪，就有如此胸怀和境界！市中校长对周心妍入学提供奖学金、直升常春藤高校的机会。周伟和孙兰商量下来，去了实惠的市中。周心妍与孙兰唯一一次面对面争吵，就发生在高一上半学期。

整个高一前两个月，周心妍都在演讲、改组文学社。期中考试成绩出来，靠吃老本，周心妍才勉强挤进全年级前三十名。周伟只是嘴上批评批评，心里还没引起重视。他甚至对孙兰一直念叨女儿学习退步的事情有点不耐烦。“不就偶尔一次吗？”却不知他这样的态度悄悄引导着周心妍的情绪。

周六临近中午，周心妍还没有起床。周伟躺在沙发上玩手机。于敏戴着老花镜把一张证券报翻来覆去地看，还在红色小本上记着、画着。

孙兰大清早开始买菜、打扫卫生、烧饭，忙得直冒汗。周伟突然听到周心妍的房门被“啪”地一下重重推开。孙兰的嗓门很大。

“都什么时候了，还不起来？赖床成绩就会好起来吗？”

周伟放下手机。于敏摘掉老花镜。

只有孙兰拖地的“咯吱、咯吱”声。

周心妍“砰”地把卫生间门摔得震天响。

孙兰的拖把停住了，她站直了身子，用手擦脸上、脖颈里的汗。周伟从孙兰手里接过拖把，“咯吱、咯吱”拖起来。他觉得一切都会好起来的。随着地板的光亮泛出，他听到了窗外清脆的鸟叫声。

“你干什么？”孙兰看见周心妍背了书包往外走。

“你管不着！”周心妍的声音又尖又细，周伟觉得有根针扎在他心上。

“我不该管吗？你问问你爸，如果你们都同意，从今天起我一句话都不说你！”孙兰扯下围裙。于敏把周心妍拦在门口，双手按住她肩膀，眼睛与周心妍一起紧紧盯着孙兰。

周伟站在三个人中间，尽量用缓和的语气说：“你，好好吃饭，时间不早了，吃好复习功课。你，好好歇歇，午饭我来做，房间我来打扫。”

“你总是这样，要么什么话不说，要么出来捣糨糊。你认真回答我：‘我该不该管她？’”

“该！”周伟说话的时候，转头看了一眼母亲和女儿。于敏缓缓地把手从孙女肩上松开。

“我不要你管！我不要你们管！”周心妍抓住机会，夺门而出。

孙兰连说三声好，一脚踢开拖把，拎包就走。

天渐渐暗下来，周伟和于敏坐在餐桌前已经好久了。

于敏开了口："我去找心妍，你去把孙兰带回家吧。"

透过后视镜，周伟看到两个孩子并肩坐着，头转向各自车窗，没有任何交流。孙兰开车时，也不时瞄一眼后面的情况。周伟有点闷，降下一点车窗，立刻被孙兰喝止。

市中就像一个大鱼塘，两个孩子一进校园便鱼一般地游走了。剩下一对中年男女尴尬地被拦在校门口。

"我们还是去找下陈老师吧。"

周伟目光刚从女儿的背影收回，立刻撞上门卫和他手中的警棍。

"上课时间，老师一律不会客。"门卫黑金刚般威武。

周伟急着说："我女儿突然病倒了，刚把她从医院接出来，我们就想跟老师打个招呼。"

"你可以给老师打电话、发短信、微信，家校通也可以留言、私聊，打招呼的方法多着呢。"黑金刚转身往室内走。

孙兰拉住周伟，笑着迎上去："师傅啊！我们不找老师，找校长，魏校长，可以吧？"

黑金刚停住脚步，警惕地问："你跟魏校长什么关系？"

"大学同学，你报我名字，孙兰。"

黑金刚拨了内线，报了名字。不一会儿，回电来了。黑金刚指点校长办公室的方位。孙兰说声谢谢。周伟跟在老婆后面进了校门。

"这个魏校长是谁？"

孙兰扑哧笑了。"魏校长喜欢写现代诗，一直投给我们杂志，可是一首都没发出去过。他对编辑的感情，又爱又恨又怕。”

“怎么还有怕？”

“他用的是笔名，在一些小刊物上刊登过诗歌。他最怕同事知道那些蹩脚诗是他写的。”

周伟觉得诗人内心都是疯狂的，这个观点在魏校长身上得到了证实。他发现孙兰并没有走向门卫指的方向。

“你笨啊。找魏校长只是一个借口。我们还是去陈老师那里重要。平时魏来约我，我根本不睬他的，今天让他吃个空心汤团也正常。”孙兰步子很快，周伟调整步伐跟上了她。

陈老师在上课。周伟他们坐在空荡荡的物理教研室，铁锤、玻璃罐、滑轮等教具把周伟带回中学时代。他喜欢象牙塔生活，对自己走到做企业高管这一步，他觉得不真实，或许是个梦，有一天醒来，他仍然是一名教书育人的老师。

“哎！你身上带了什么没有？”

周伟一愣，“什么？”

孙兰压低声音，“可以送送的东西。”

“我慌忙从会场跑出来的，哪有什么东西啊？”

“算了算了。我这里有点书券，充充数吧。”孙兰在包里挖啊挖，终于捏出几张粉红色皱巴巴的纸片。

下课铃响不久，一位年轻短发女老师匆匆走进来，身后跟着一胖一瘦两个男孩。

“陈老师好！”

“啊！心妍妈妈啊！孩子的事情我知道了，请稍等一会儿。”

陈老师叫过瘦小男孩，从抽屉里拿出几张纸。

“你回去跟父母一起，好好填写这几张表格。把你高中阶段的所有物理竞赛的情况和获得的成绩都填好，明天交给我。一定要认真填！今年是有竞赛加分的最后一年了。”

孙兰悄悄地对周伟说：“这就是全年级第一名。”

周伟伸长脖子，咽下口水，他恨不得把表格夺过来，写上周心妍的名字。让他生气的是，那个瘦小男孩老大不情愿地、懒洋洋地拿过表格，随手插在裤兜里，晃晃悠悠走出了教室。他真想走上前，连拍这小子头皮三下。

“你，明天让父母来一次，我的意思，按照你一模的成绩，还是不要参加高考了，准备复读，这对学校和你自己都有好处。”

周伟知道，胖孩子如果高考成绩太差，会影响学校录取率，老师的绩效也会受影响。只是陈老师也太直接了点，他作为家长也难以接受。

胖孩子垂头丧气地迈出物理教研室。周伟想上去拍拍他、搂搂他。

陈老师摊开成绩册。周伟看到她垂下的短发间有几根银丝，他想起了父亲。父亲在白炽灯下阅卷、批作业时，平时油光锃亮的头发总会挂下一缕，夹杂着几根白发。

“心妍成绩的确不太理想。”陈老师把签字笔倒过来横着画了一条虚线。“不过，这只是演练而已，心妍成绩的提升空间还有很大的。”她点了几门课程。周伟觉得她语速快，有点不由分说的味道，就保持沉默。

孙兰话接得很快，问：“您觉得孩子是不是因为什么事情影响了成绩？”

陈老师接得更快，反问："你是说和陈宇航的关系？"她仰头带着疑惑看两位家长。周伟觉得脸上有点火辣辣的，转头看孙兰，她倒很镇定。

"您认为正常吗？"孙兰的话很硬。

"心妍今天早上晕倒，我认为这才是最大的问题。至于男孩女孩之间的关系，现在不是去堵、去封杀的时机。陈宇航的成绩与心妍的可以互补，引导得好，就像八卦图那样，可以发挥出很大的作用。"

如果父亲在世，听到年轻一辈的老师说出这样的话，必定暴跳如雷或者当场晕厥。周伟心里压上一块沉重的石头。父亲追悼会上，时任校长在致悼词的时候有一句评价，周伟一直铭记在心。"刚直不阿，嫉恶如仇。"然而，校长临别的时候，给周伟递上的那句话，也同样令他难忘。"老校长的品格是最值得我们学习和尊敬的，可如今都在变，都变了！"

还没有走出校门，魏校长的电话就来了。周伟在边上都能听到听筒里传来的尖尖的声音。

"孙老师，我在办公室等您呢。"

孙兰一脸不耐烦地说："单位忽然有急事，我已经在回去的路上了。"

"哎呀！您平时真是请都请不来，学校有什么事情要帮忙，请尽管吩咐。"

"那个陈……算了算了，没事，您忙您的吧。"

"对了对了，回单位抽空看一下邮箱，我昨晚给您发了一组诗，是我深夜望着星空感悟到的，拜托拜托！"

“好的，我知道了。”

孙兰挂掉电话说道：“还宇宙真理呢，手下老师都管教不力。那个小姑娘陈什么，像什么样子。啊！忘了送书券。给，你去！”

看周伟扭扭捏捏的样子，孙兰把粉色纸重重拍在他手心，一字一顿地说：“为了孩子！”

周伟再次走进物理教研室的时候，差点撞上陈老师。男女之间对话不会剑拔弩张。客气了几句，周伟等老师们都赶去教室，迅速把书券塞进陈老师手中的备课本里。

“哎！你这是干什么？”

“学习资料券。好了，我走了。”周伟像个砸坏玻璃窗的小男孩，红着脸飞快转身疾走。

可是，陈老师竟然追了上来。

周伟脑袋嗡地大了起来。转身连摆几次手，飞快地跑了起来。春风吹在他脸上，他得意地想起来，自己十公里跑步的成绩每次都在一小时之内。于是他摆开长跑的架势，不一会儿就冲到了校门口。黑金刚愕然地望着他。他跑出校门，像跑过终点线般轻松。

“今天、今天下课我来接、接她。”周伟喘着气说。孙兰大笑起来。

昏暗路灯下，门卫室上的氖气灯格外白亮，照得铁栅栏门泛起冷光。

周伟穿了件藏青色短风衣，手上拿了件临出门时于敏塞给他的女儿的毛衣，混在校门口家长群里。三三两两扎成堆的家长们都在说高考。他这只耳朵进，那只耳朵出。夜风使他冷静。陈老师说的话也不是没有道理。当前最紧要的是女儿的身体。

铁栅栏门开了一小半，学生们呼啦啦地走出来。果然，周心妍身边贴得最近的就是陈宇航。

周心妍看到父亲，愣了一下，转头跟同学们说再见。陈宇航跑过来主动打招呼，周伟点点头回应了一下。

周心妍不肯穿毛衣。周伟接过女儿自行车，把毛衣搭在龙头上，父女俩散步回家。

“我不想参加高考了。”

“什么？”周伟以为听觉出了问题。

“照我现在的成绩，恐怕进偏远省份的 211 都成问题。我要发挥语言好的优势，考托福，到美国上好的学校。”

“你疯了？准备了快三年，临门一脚你却退却了？”

“我不是退却，我是在合理规划自己的目标。”周心妍声音不大，却重磅锤击着周伟。

“高考结束了再说吧，现在不尴不尬的。”周伟实在不知道说什么，脑子里浮现出那个八卦图，还互补？见鬼去吧。

“今天早上醒来的时候，我眼前突然出现一幅图画，美得无法形容。当时我很害怕，以为自己到了天堂。我心中自然而然地涌出诗句来赞美，那个场景预示着我不能再这样下去，一定有另一条崭新的路在等待着我。在医院里醒来，我更加相信那幅图画是对我的一种指引。”

“陈宇航知道吗？”周伟问出这句话的时候，自己也吓了一跳。

“我告诉他了。他非但支持我，还说跟我一起考托福。”

“你们真是胡闹！”周伟把自行车拎起，又重重地顿下去，毛衣掉在地上。

“我主意已定。你会为我骄傲的！”周心妍俯身捡起毛衣，轻轻拍打。

周伟叹了口气。一仰头，一轮春天的圆月高高挂在天边。

夏至

周心妍走出“学而优”培训机构大门，心情沮丧。托福考试成绩出来了，她只考了九十九分。

她回头望望这幢全玻璃幕墙的椭圆形写字楼，正面挂满了横七竖八的培训机构的牌子。一瞬间，她忽然很想母亲。大洋彼岸的母亲，此刻应该刚从梦中醒来，她怎么都不会想到大女儿正为语言犯愁。从周心妍咿呀学语，母亲就用双语教她。参加亲朋好友聚会，周心妍标准美语吐出的单词和短语，总引来众人羡慕的目光。

我怎么就突然学不好了呢？经过街心花园，浓郁的栀子花香气熏得周心妍更加难受。微信高中同学群里聊得热火朝天，几乎每秒都有信息刷新。

“我查到了，五百九十分。”“祝贺！”“献花！”“鼓掌！”……

有一阵，周心妍出现了幻觉，认为那个最高分属于自己。为此，她还咧嘴笑了几声。广场舞大妈扭头看她，她完全暴露在那些肆无忌惮的目光下。怎么天还没暗？她快步走着，就像当初逃离母亲时的场景。

母亲在她身后叫着她的小名“心心”。她执拗地跑下楼。她要找一个没人的地方躲起来。母亲还喊她“Amy”，声音在楼道里回荡。她板起脸，脚蹬楼梯声很重，沉闷的声音盖不住母亲的呼喊声。奔出大楼，背靠在高大香樟树上。隔了好一阵子，她听到关门声、汽车发动声和驶离声。四周黑了下来，父亲和奶奶喊她的声音，由远及近，再由近及远。奇怪的是，母亲的声音一直在，就像一团云笼罩着她、一根丝线牵连着她。

这些年，母亲的声音仍然像那个夜晚的那般清晰尖利。想着想着，周心妍步子快了起来，要不是穿了连衣裙，她就跑起来了。每当内心的焦虑和痛苦集聚到一定程度的时候，她喜欢狂奔一段路，累到上气不接下气的时候，心情就会平静下来。

陈宇航发来微信，告诉她自己高考的分数，按照去年录取的成绩，省内211应该没问题。她手指灵巧地将他的微信秒删。

还不天黑！我不要让人看到我的狼狈样！周心妍倔强地抬起头，天边显出诡谲的火烧云。那种通红的烧到心底的痛，让她想起一个人，孙兰。

最近孙兰悄然的变化，周心妍相信父亲和奶奶都没注意到。有一次，奶奶在收拾碗筷时嘀咕了一下："你吃太少了。"

她岂止是吃少了，原本掩到哪件衣服就穿哪件，现在却要踌躇半天，卫生间一进去就是一刻钟以上，精心化淡妆、喷淡淡的香水、穿白色高跟鞋，风风火火的一个人变得精致优雅。

"我有很多重要会议开。"

周心妍觉得这完全是遮掩。这个女人正陷入恋爱。她为自己这个发现鼓起掌来。

今天早上，孙兰的又一个秘密被她发现。用了新手机之后，孙兰还在用旧手机。躲进卫生间的那一刻钟，新手机被孙兰随意丢在餐桌上。旧手机静着音，一直被她捏在手里，使唤不停。

等托福成绩超过一百一十分，我要跟踪孙兰几天，深挖她的行踪。周心妍恨恨地想。夏天的风吹起她的长发，带来一个问题：你为什么这么恨她？

为什么呢？

周心妍拐进一条小弄堂，一户人家门口几株蓝雪花开得正旺。蓝色是孙兰喜欢的颜色，也是她曾经喜欢的颜色。孙兰父母在院子里种了几株百子莲，孙兰把她带过去。老老少少坐在沙发上，隔窗看着蓝色的花，笑着、喝着、吃着。周心妍心里一堵，瞬间就不喜欢蓝色了。刚开始的时候，周心妍对来到这个小院子，没有多想。孙兰的亲戚对她像自己人一样，父亲则早就融入那个大家庭了。有个错觉在她脑海里形成：我天生就与这些人是亲人。除了不怎么说话，周心妍在行动上完全融入。渐渐地，她发现这家老人对她格外客气，小孩对她特别谦让，以至于她做什么都畏首畏尾起来。一天，她玩累了，倒在客房沙发上睡着了。醒来时，这家人都在客厅里聊天。不知谁起了个头，一个尖锐的话题刺进她幼小的心。

“你还年轻，跟周伟还是得要一个。”

“那孩子好是好，毕竟不是你的。”

“以后怎么办？都没个小辈为你养老。”

“趁年轻，抓紧。”

“你这样太吃亏了。”

从此，周心妍没有再踏进过那个小院。周伟硬拉她过去时，她就躲在奶奶身后。奶奶把胸一挺，父亲也只能妥协。孙兰有点蒙，可还是猜到了些什么。

但是，这是最根本的原因吗?

周心妍走出弄堂，马路对面就是住宅区。终于，星星点点的灯火爬上了楼房。橘黄色点缀的每个房间看上去都温馨和美。从某天起，她觉得温馨灯火背后的阴影才真实可靠。她家的阴影在她梦里化成一个人形，张牙舞爪地向她扑过来，她被吓醒，梦境里最后一张图深深地刻在她的视网膜上。孙兰的任何举动，她都觉得另有目的。

孙兰与陌生男人在一起的场面，周心妍撞到过几次。印象格外深的是去年端午节前一天那回。周心妍放学回家，在小区门口看见一个中年胡子男正与孙兰站着说话。她索性躲到对面的全家，买了几个串，斜靠着窗口静静观察。孙兰仰头，捋头发，做手势，低头微笑，双手交叉胸前，而胡子男一直是保持双手插在裤兜的姿势，话也不多，时不时点头。这是孙兰主动啊！周心妍心里暗暗下了结论。他俩分开后，她又盯了会儿胡子男，果然有料，胡子男开了一辆黑色保时捷。

今天清晨突然很热。周心妍被几条线牵着，夜里醒了好几次，天一发白她就坐了起来，靠在枕头上呆呆地望着闹钟行走的指针。有点闷，她站起来，打开窗户，一股不知名的腥味扑进房间。托福成绩和高考成绩同日公布，这让她有种不好的预感。周伟出现在客厅的时候，脸板得像铁板，一声不吭。孙兰在厨房忙碌，也没有一句话。昨晚周心妍背单词的时候，隔墙周伟和孙兰争执的声音传来。

“我不同意你援藏。”

“我又不是不回来，就三个月时间，集团总部点名，我不能推啊。”

“业务上我不懂，可这个家需要你。”

“你在，比我强多了。”

“这可不一样，我跟她们隔了一层。”

“难道一定要血亲才能融合吗？你对她们的付出，她们内心清楚得很。”

“这还是不一样。对她们来说无原则、无条件、无理由的只有你。说到底，我是一个外人。”

“援藏是任务，必须完成。”

“那你就等着后院起火吧！”

周心妍一边听，一边画出一张素描。一辆黑色跑车，双门往上翻起。就像她故意竖起的两条眉毛。

盛好粥，烤好面包，煎好鸡蛋，孙兰去了卫生间。周心妍注意到旧手机一直在孙兰手里。她问了父亲援藏的事情，周伟说必须去。于敏晨练结束，听到儿子援藏的消息，一脸不快。过了一会儿，周伟、孙兰默默地出了门。于敏起身慢慢收拾桌子，她洗碗的时候，周心妍去培训学校。她关心的那些事情，没一件被他们提起。“危机四伏的家庭就是这样：表面和善模范。”周心妍重重地甩门，想把晦气甩掉。

一天下来，非但没有甩掉，晦气更加重了。楼房里温馨的灯火带给周心妍短暂的平静。她迟疑了一会儿，然后转头继续沿马路往前走。那些小点突出路面的盲道，黄色是给正常人看的。她走在上面，有点硌脚，走多了，却有麻麻的舒服感。

作为一个文字编辑，孙兰特别会安排细节。周心妍差点就在这样的舒适中失去自我。

一次周心妍生日，面上的庆祝结束后，她回到房间，发现床头多了一个抱枕，抱枕下面是一本粉红色带锁的日记本。她把抱枕揽在怀里，抱枕发光变成星空模样，星星在遥远的地方闪耀着粉蓝色光芒。把日记本放在抱枕上打开，扉页上用端正的楷书抄录了她喜欢的《蒂凡尼的早餐》的作者卡波特的一句话："梦是心灵的思想，是我们的秘密真情。"那行字浮在星光抱枕上，周心妍的眼眶湿润了。曾经有一段日子，她幻想母亲会突然出现，来不及做出任何反应，母亲就使劲拉着她的手往外走，乘上汽车、列车、飞机，到达一个完全陌生的地方。那里的天格外蓝，空气特别新鲜，人都是陌生的，但是非常和善，他们伸出双手欢迎她的到来。这样的幻想破灭后，她将"制造"每晚的梦境作为一项功课。临睡前，她集中精力幻想自己漂流到类似鲁滨孙岛的无人区，无人关注，无人打扰，她与天空、大海、森林为友，将所有心事都卸到沙滩上，轻松畅快地享受安宁。周心妍锁上日记本，关掉发光开关。感觉有点冷，从脚底往上蹿的冷。孙兰的特殊礼物让她意外和感动，同时对孙兰看透她的内心感到恐惧。

母亲和继母之间，隔着一道无法迈过去的坎。

经过热闹的商业街，周心妍没有心情看店招和橱窗。这条街，她曾和陈宇航一起逛过很多遍。周伟还木木然的时候，孙兰就敏锐地察觉到她和陈宇航的关系。不知什么时候，周心妍的书架上多出来几本书——《伊豆的舞女》《傲慢与偏见》《边城》《初恋》。她没有去动那几本书，但每次做完作业，目光扫过那些书脊上的字，总有阵阵暖意浮上心头。

陈宇航小学就和她一个班，住处也相隔不远。但整个小学和初中，他俩搭话的次数没有超过十次。高一时，周心妍接手文学社，周日纳新拉票活动时，高高瘦瘦的陈宇航晃到文学社展台前。

“我要加入文学社。”他说话慢吞吞的。

“你还是去那边吧。”周心妍指了一圈物理兴趣组，他的强项在那里。

“我有作品！”他拿出一本写满诗句的练习册。

周心妍漫不经心地快速翻看，突然发现当中夹着一张粉色卡片，一个少女头像的素描看上去很熟悉。她愣了一下，那一瞬间，周围静无声息。一阵浓郁的花香袭来，她觉得身体变得很轻，仿佛轻到随时能飘荡起舞。

她机械地伸手，把本子快速退还。嘈杂的声音又回来了，她用僵硬的声音说：“你写的诗，不符合我们文学社的要求。”

他收起本子，轻轻放进书包，转身离开的时候，留下一句话：“我不会放弃的。”

她不知道纳新会怎么收的场，也不知道报名结果如何，只感觉自己的脚一直点不到地面，周边的色彩暗淡下去，眼前只有那张少女素描头像和他离去的背影。躺到床上，钻进被窝里，她闭上眼睛，那行英文字母在脑海里放大、变粗。英文单词牵起手，分散、组合，旋转着、跳跃着，最后，那些单词合成一个高瘦男孩的样子，他从远处快速地朝她跑过来，却一直到不了她跟前。

她说不清为什么拒绝他入会。如果没有那张素描，或许她会接受。然而，事情来得太突然，她没有准备。下意识的拒绝，使她陷入心乱如麻的境地。随之而来的是期盼。

文学社名著鉴赏、作品分享、作家辅导等活动，除了会员，他是从不缺席的那个存在。默默地在某一个角落，静静地听着、记着。她想当他不存在，却总忍不住用余光去扫描他。

周心妍吃饭慢了，说话轻了，时常呆呆地望向窗外的风景。她不敢翻阅孙兰专门放置在书架上的那几本书。那些少女们悲喜的爱情故事，只会加重她的感情负担。

陈宇航来的次数多了，大家就接纳了他。他朗诵自己的诗歌、散文，大家为他鼓掌。欢笑中，他和她的目光终于正面相撞。他们开始放学一起骑车回家，然后上学同进校门，后来一起去了咖啡店，两人从正午坐到天黑，周心妍却只觉得过了几分钟。

那天晚上，她翻开了《伊豆的舞女》。读到最后，“我”与熏子别离，她捂住被子痛哭起来。她后悔细读了悲情故事，这让她对与陈宇航的情感产生了怀疑和恐惧。那一夜，她控制不住自己，把那几本书全翻了个遍。

她与陈宇航的断裂，就像她预感的一样，终是没经住现实的打压。

一阵急促的敲门声后，于敏开了门，一个中年胖妇女冲了进来，尖利的声音比身体先到屋里。

“谁是周心妍的父母？”

周心妍还没反应过来，就见孙兰呼地从餐桌边站起来问：“你是谁？”

“你是周心妍的母亲？你是怎么教育她的？你们怎么能够毁掉我儿子的前程？”

周心妍想站起来，却被孙兰一把按住。

“有话好好说，不要信口胡说。”

胖女人喘着粗气怒道："我是陈宇航妈妈，你女儿不高考是她自己的事情，为什么拖我儿子下水？"

周心妍血往头上冲，很多话涌到喉咙口，却什么都说不出来。

孙兰冷笑几声："奇怪了，你儿子也成年了吧？自己作什么决定，难道还要受人指使吗？"

胖女人声音更尖了："他今天没到学校，去报了托福班。傍晚跟我们摊牌，要和你女儿一起去美国读书。现在都什么时候了？他一模考试成绩又这么优秀，你们怎能连累他呢？"

周心妍抓住于敏伸过来的手，才发现自己全身凉透。

"你说话要讲道理，我还请你管好儿子，不要纠缠我女儿呢！"

周心妍望了一眼孙兰，那头卷发因为激动，不停地颤抖。平时她讨厌孙兰烫大波浪，此时却觉得大波浪气势逼人，比起胖女人稀松的黄头发，气质出众。

胖女人突然一屁股坐到餐椅上，进来时的一股气泻掉了，抬头望向站得笔挺的孙兰，语气和语调大变，哀求道："哎！我求求你们，放过我儿子吧。"

周心妍与孙兰交换了一下眼神，她把信任全都交了出去。

"我女儿的态度很明确，不是我们要他如何如何，一切都是他自己决定的。我劝你还是要从根本上解决问题。道路摆在他面前，如何选择，最终是他自己的事情。"

周心妍脑海里忽然出现《边城》中的最后一句话："这个人也许明天回来，也许永远都不回来了。"她的感觉一直敏锐、精准，她与陈宇航之间的那根麻绳，正在一股股地断裂。她悄悄地瞄了一眼手机。

几十条信息，都发自陈宇航。她把手机反盖在餐桌上，不想翻转。

于敏打开门，一阵风刮进来。胖女人愣了一下，缓缓起身，走到门口，突然又冲周心妍说了句：“我求求你了，孩子！”周心妍把头扭向孙兰，孙兰贴过来，抱住她。

胖女人刚离开，周心妍甩开孙兰的双手，扑进卧室，无声的啜泣把床震动得吱嘎作响。她听到父亲回家的声音，听到他们三个轻声细语，听到一个人走到她的卧室门口待了好长时间，最终离开。她的哭泣谁都止不住。远远地，莫扎特《安魂曲》的旋律响起，男女声合唱时，周心妍开始侧耳倾听，女高音独唱像一条清澈的溪流，溪流在森林里蜿蜒流淌，直达天堂。周心妍仰头盯着天花板，一道裂痕挣扎着在雪白的顶面上爬行，顽固地抵达壁纸。她心里也裂开了一条缝，她不知道什么时候能够愈合。她闭上眼睛。“我可以安息了！”

商业街走到一半，周心妍突然想回家，这样的冲动使她转身后加快了脚步，汗湿润了她的背，脸上也变得湿漉漉的，她不知道是眼泪还是汗水。气喘吁吁中，她发现自己竟然离家那么远。

她开门进屋，发现只有孙兰斜靠在沙发上看手机。见她进来，孙兰丢了手机，从厨房里端出饭菜。她没有一点食欲，摆摆手进了卫生间。水流进洁白的瓷盆，囤积起来，水面升高。满头是汗，她干脆把头埋进水中。睁开双眼，刺痛的感觉袭来。周围的声音模糊了，水里的光夸张又变形。她喜欢这样的世界，单纯没有干扰。

隐约听到敲门声，由轻到重，由慢到快，夹杂着孙兰的呼喊声，她才把头拉出水面。晕眩中，卫生间的一切变得格外明亮，所有的物品都蒙上一层光，她用手触摸，远近、深浅都把握不住了。好不容易打开门，被一双手扶住。

她倒在沙发上，孙兰给她端来一杯水。很长一段时间，她都觉得房间里到处是飞翔的金色萤火虫。她试着伸手去抓，举了半天，手只微微离开膝盖。

孙兰紧张地为她拿来复方丹参滴丸、硝酸甘油、速效救心丸和阿司匹林等。周心妍朝她摆摆手，今天没到服药的地步。

孙兰打开蓝牙音响，翻了手机里的音乐菜单，开始播放周心妍喜欢的 Eddie Higgins 的爵士钢琴乐。听到熟悉的《Shinjuku Twiligh》的乐曲流淌出来，周心妍撑起身子，望了一下窗外，可惜天已经黑透。新宿薄暮，该有金黄云彩挂在天边，参差建筑物反射微光。她喜欢黄昏景色，自己却还没到黄昏啊！楼下广场舞乐曲震天，她知道奶奶正在享受黄昏的乐趣，自己还早呢。

“吃点吧！”孙兰试探性地询问。

周心妍摇摇头。想了想，把刚才孙兰端给她的那杯水喝了。

“时间不早了，你爸怎么还不回来？”孙兰走到窗前望了望下面，关窗开空调。

房间里只有爵士钢琴三重奏的乐曲回荡。

“我十二岁的时候窒息过。”孙兰冷不丁地说了句话，周心妍把头扭向她。

“小时候，我有严重的哮喘，到了冬天，就要发作。”

周心妍往边上让让，空出地方让孙兰坐下说。

“发作的时候，不能平躺，靠在枕头上也睡不踏实，经常做被捂住口鼻、潜入水下、高空缺氧的噩梦。有个小伙伴家搬了新楼房，要转学，她把心爱的小白兔送给我作为纪念。我把它抱在怀里玩了很长时间。临睡前觉得呼吸有点困难，妈妈给我用药，往呼吸道里喷激素。开始的时候，我还能睡着。但半夜突然惊醒，好像喉咙里鼓起一个怪物似的，呼吸不畅，越来越堵。我想喊，却已经无力。我拼命扯、拉喉咙，但是没用，空气被阻挡住了。”

周心妍下意识捏了捏咽喉，回想刚才水中差点窒息的情形。

“我难受极了，脑袋好像存了一吨水，马上就要爆炸。就在那一瞬间，任何痛苦都没了。眼前出现一条隧道，隧道尽头有五彩光亮。身子变得很轻，快速地在隧道里飞行。出了隧道，是一大片奇异色彩和各种形状的花海。当时我不懂，现在回想起来，之所以怎么也描绘不出那样复杂的美，那是因为我接触到的是多维世界的花草。对于生活在三维世界里的人，永远想象不到多维世界的奇妙。更为奇妙的是，我什么心事都没了。家里的、学校里的、同学伙伴间的不如意、不愉快，甚至愤怒、怨恨，等等，全都跑了。心里只剩下开心和平静。这时，远处有人在向我挥手，我仔细看，那是已经去世的爷爷、奶奶、外公和外婆。他们是那么的慈祥和蔼，比在人间更有生机和活力。我撒开腿，快速跑向他们。然而，他们似乎在商量什么。随后齐声对我大喊：‘快回去！快往回走！快快快！’我是个听话的孩子，转身便跑，一边跑，一边回头看他们。突然脚底一塌，我掉进了一个黑洞，往下掉的时候，身体逐渐加重，各种痛和不适接踵而来。等我醒来，发现已经躺在急救室里，爸爸妈妈正焦急地围在我边上。”

周心妍双手紧握着空杯子，手心出汗，脚底冰凉。“那你，你怎么被救过来的？”

“后来听我妈妈说，她当时做了一个梦，外婆严厉地批评了她，她觉得很委屈，哇地放声大哭，一哭，从梦里醒来。她就转到我房间想看看我，却发现我几乎已经没有了呼吸。她给我喷激素、做人工呼吸，爸爸打电话叫救护车。医生说如果晚去十分钟我就没救了。”

周心妍伸出手，搭在孙兰的肩上。

“心妍，你知道吗？现实世界就是个骗局。我去过那里，虽然没有深入，但是我想如果有一天在这个世界我走到了尽头，我会充满喜悦地去往那里的！”

周心妍感觉到孙兰的身体是温暖的、柔软的。刹那间，她领悟了。孙兰已经知道了她那不如意的成绩和内心的情感纠结。这一刻她体会到了从未有过的感动。

《北京的日光》明快的旋律中带有明显的民乐元素，周心妍心里照进了日光。

门一响，周伟推门进来。周心妍明白父亲眼中的迷惑，她与孙兰从没靠得那么近。

“一切都在改变，凡事到了看似最坏的时候，就是转机来的时候。”周心妍听完父亲接下来的话，想到了这句话。

周伟坐在沙发上，从提包里拿出一份资料，在空中扬了扬，说道：“你们学校有个合作项目，你还差几天毕业，还有资格享受这个去加拿大交换的项目。”

孙兰跳了起来：“你怎么不早说！怎么现在才得到这个消息？”

“本来这个项目是照顾他们学校教职员工的，在加拿大读一年高中，然后参加那里的升学考试。今年有个孩子要去之前，突然病倒了，多出个名额。”

“那可是太巧了！不过，心妍，你怎么想的？”

周心妍已经晕头转向，水中朦胧的、夸张的感觉重新袭来。此刻，她只能仰头对着父亲使劲点头。选择留学，本来就是为自己保留一份尊严！让高考分数见鬼去吧！

“这里有几张表要填，中英文要分开写，这是加拿大学校的网测地址，这个是面试地点，这个账号是付学费的，哦，当然，这要我来，我来！”

“你说了这么多，时间呢？什么时候上网答题？什么时候接受加拿大学校面试？”

“我忘说了吗？明天完成网上答题，顺利的话，一周内就能收到面试通知。”

周心妍跳了起来。她感觉自己腾空了很久，三小时前走出培训学校时带的那些怨气和愤懑，都被甩掉了。自己像一颗卫星，抛弃了三级推进火箭，正渐渐进入轨道。她要以更自由的方式、更自我的表达来飞翔。

周心妍冲向刚刚锻炼回来的于敏：“奶奶，我要去加拿大读书了！”

于敏一愣，目光慢慢扫过儿子、儿媳妇的脸，开心地抱住孙女：“好啊！好啊！过些日子，奶奶去看你！哎！我说周伟，那里冷，给心妍多买点衣服，厚衣服啊！”

“妈，还有个事情呢。”周伟顿了顿。

于敏放开孙女，用随身带的小棉毛巾擦了擦汗。

“短期援藏的名单批下来了。我就去三个月。”

周心妍看到奶奶的身体微微晃了晃，赶紧上去扶住。于敏脸色一下子白了起来，摆摆手，向自己朝北的小房间走去。关门的时候，外面的人几乎听不见锁的声音。

秋分

桌上的文稿堆成山。孙兰没空看。她匆忙地准备着一个即将开始的选题会。一个陌生号码打到手机上，她没接。过了一分钟，同样的号码又打来。连续三次，她才接听。

“孙兰吗？我这里是湖西派出所，于敏是你什么人？”

“她怎么啦？她是我婆婆啊！”孙兰听到对方严肃的声音，着急起来。

“你最好马上过来一趟。”

“到底什么事情啊？”孙兰扔了会议材料，站起身。

电话那头传来嘈杂声，对方说了声来了就知道了，便把电话挂断了。

出门的时候，孙兰把披肩顺手围上。外面没有太阳，天开始转凉。

十几个老头老太太把派出所大厅挤得满满当当的。孙兰找了半天没有找到于敏。几个警察忙着做工作让老头老太太们安静下来。她插空问了一个女警。女警显然不知道于敏这个名字，用手指指里面：“找我们蒋指导员！”

于敏坐在玻璃隔断里的一间小办公室里，对面的警察看到孙兰伸手打了个招呼：“是孙兰吧？刚才是我打的电话。”

孙兰急着问于敏："妈！你这是怎么啦？出了什么事情？"

于敏扭过头，一字一顿地说："我报案！"

"报案？"

"对！可他们想敷衍我们。骗子跑了，他们却不肯采取措施！"于敏一脸愤懑。

孙兰把披肩取下，搭在棕色手提包上。周伟援藏，周心妍上月飞去了多伦多，她和于敏硬碰硬地生活了一个多月。一些浅礁暗滩逐渐浮现出来。她使劲撑着小船，脑子里一根弦绷得紧紧的，总算让时光正常流淌，家里岁月静好。一个周末，她跑回娘家去吃顿午饭。面对父母精心准备的她喜爱的菜，却一口都吃不下。她跑进卫生间，大哭了一场。哭完后，胃口徒增，稀里哗啦地把菜吃个精光。临走时，她罕见地抱了抱父母。弄得两个老人莫名其妙，更不知所措。对父母可以任性，对婆婆就是一种责任。她体会到了周心妍的某些心态。

"他们这些老人，平时省吃俭用，把钱存进银行多太平。可你婆婆非得玩出花样来。"蒋指导员点上一根烟，抬头望了孙兰一眼，"P2P你知道吗？"

孙兰最近在手机上经常看到"P2P暴雷""P2P公司倒闭""P2P老板欠巨款潜逃"等新闻，心里一惊，忙追着于敏问："你做P2P了？"

还没等于敏回答，蒋指导员吐出一口烟："她还是牵头组织者。外面那些老人的钱都驮在她身上。"

孙兰脑子嗡的一声，身子一晃，差点摔倒。"都是以你的名义入的？"

"当初他们公司说了，一个人投资到一定量，利息翻倍的。我这都是征得他们同意的。喏，这些都是他们的承诺书。”于敏把一沓纸拿在手上晃了晃。

“那家公司倒闭了，老板跑路了。她来这里报警，其他老人来这里堵她，让她还钱！”蒋指导员双手一摊。

小小的房间里烟气腾腾，孙兰忍不住干咳几声。大学毕业后她被分配到一家报社当副刊编辑，一大间办公室，主任坐在最里面，写稿的时候，他一根接一根地抽烟。几乎所有男编辑都学主任的样。主任把手写稿件让孙兰打印时，孙兰总闻到一股臭臭的气味，敏感、脆弱的呼吸道不时做出干咳的反应。呼吸道激素喷剂一直随身携带着，可她宁愿自己痛苦，也不让领导难堪，拼命忍着。回到家一定要用药皂洗三遍，办公室的怪味才渐渐被压下去。遇到周伟，在一次朋友聚会上。周伟凑近她说话的时候，有一股清新的气息。她知道这个男人不抽烟。第一次见于敏，在西餐厅。周伟点了全套的菜，可她只吃了不到一半。于敏几乎没吃。每次抬头，她都碰得上于敏锐利的小眼睛里射出的冷光。她低下头：“我做错了什么？说错了什么？穿错了什么？”这三个问题一直在她心头盘旋。有一段时间，她甚至有了放弃周伟的想法。“凭什么？周伟是个二婚！还带过来一个小孩。”婚后，她嘲讽自己是一块培根，被两片面包夹得喘不过气来。周伟连忙说：“那我是一个嫩嫩的煎蛋，全身心铺在你身上。”她扑哧一声笑了。周伟有一种憨憨的机敏。

周伟说好去三个月，可前几天打回电话，工程在高原建设难度大，时间延长了，至少再要半个月。孙兰不是那种一有事情就大呼小叫的人。尽管她已经几次摸出手机，调出周伟的号码想拨过去，但她最终都忍住了，咳嗽却没忍住。蒋指导员移开了一扇窗，同时又点了一根烟。

“你坐在这里干什么？犯罪分子正在潜逃，你也不去追捕？”于敏脸铁青，语速极快。

“他投案自首了！”

孙兰迅速瞄了一眼于敏，于敏今天显得格外苍老。头发蓬松，眼窝深陷，两腮垂下肉来。平时她喜欢穿鲜艳的服装，今天一身黑，瘦小的身子被裹在一张黑布里，不吉祥的装束。于敏是财经学会退委会广场舞领队。这几年这支老太太舞蹈队在市里得过奖，还到省城参加过表演。有次孙兰从广场经过，老太太们正在休息。于敏训斥动作不到位的队员：“这个动作你练了有三个星期了吧？还是不到位！下周我们就要参加市里的比赛了，你如果做不好，我宁可少一个人。”队员们没人敢说话。那个被训的胖老太太当众流出了眼泪。孙兰为自己定的比喻加了定语：被压扁、榨干的培根。于敏没退休时，并不是领导。但这个主办会计，单位主要领导都敬她三分。孙兰听周伟说，某个领导出了经济问题，检察院办案带走了一批人，其他人或多或少都出了点问题。于敏也被喊了进去。一周后，办案人员客客气气地把她送回了单位。私底下他们说，敬佩于敏坚韧的性格、清晰的思维、干练的作风。

业务领军人物，或许就会产生带头的念想吗？身上背了这么多人，她以为自己还年轻，能够叱咤风云？

“总金额有多少？”

“你自己看吧。”蒋指导员把刚才每个老人的笔录上的数字相加，写了一个大大的数字在纸上。

“五百万！”孙兰惊叫起来。于敏没任何反应：“妈！你，你怎么能够信这个呢？”

“我信什么？一年多了，他公司一直很正常，给大家的利息准时又守约。”

“他们就是利用不断吸引新投资来兑现利息，而你们又把利息滚进去，等于帮助他们周转、循环资金。”蒋指导员用烟头虚点着于敏。

“别废话，我比你懂。他人呢？什么时候还钱？”

“他欠了巨额债务，根本无法偿还，为了保命，才选择投案。”

“他不是有房产什么的吗？拍卖了就能还我们的钱。”

蒋指导员冷笑几声：“他在半年前，就把名下所有的不动产转到了妻子名下，然后离了婚。投案的时候，他什么都没有。”

孙兰想起嫁给周伟时，曾提出另买一套房子，周伟不同意，说母亲守寡多年，离开他不放心。孙兰并不是对钱计较的人，事业单位退休的于敏，每月退休金接近一万，可她仅拿出一千块的菜金。虽说于敏经常买这买那给周心妍，但这毕竟算不了什么。天地良心，孙兰从没有动过于敏一分钱的脑筋，只是有时会对周伟抱怨，当初随便买一套房子现在价格翻了两倍都不止。周伟只是笑笑。现在倒好，投资瞎了，弄不好还会闹出官司来。外面的那帮老头老太太的钱都是一分一厘从养老金里抠出来的。想着想着，孙兰猛烈地咳嗽起来。

刚才碰到的那个女警推门进来：“蒋指，外面那些老人怎么办啊？”

“点个数，先买水买盒饭给他们。精神受了刺激，身体再出问题，我们可担待不起。”

“老是在这里也不是个事儿啊，现在街上看热闹的人越来越多了。”

“你去做做工作，让他们先去大会议室坐着，情绪稳定下来后，我去劝劝。”

孙兰隔着玻璃墙看着乱哄哄走动的那些模糊的影子，想起了自己的父亲。多年前的一个早晨，一上班，对面办公桌的女编辑悄悄递给她一张纸，上面只有三排六位数字。她奇怪地问她什么意思。“股票代码！”女编辑与孙兰处得不错，每次外卖奶茶送来必有孙兰的份。午间休息，相约逛商场是常态。女编辑压低声音：“近期买进，两个月后翻倍没问题。”孙兰笑笑，埋头进稿件堆里。那个周末回父母家，周伟照例陪老丈人喝两杯。老头买了大闸蟹款待女婿。孙兰开玩笑说父亲是不是中了奖。母亲说老头最近股票不错，烧包了。“你父亲就是这样，股票亏的时候，不说一句话。赚了一点，全世界都知道了。”老头果然来了兴致，席间K线图、市盈率、IPO等术语不停地往外蹦。孙兰突然想起那三个代码，可惜数字记不全。周一一早，她去开了个股票账户，瞒着周伟把自己卡上的钱打进去，那三只股票各买了一千股。女编辑看她经常瞄一眼手机，凑上来笑嘻嘻地鼓励她：“买了就好。”不到两个月，一千股就翻了倍。孙兰又缠着同事要新代码。可惜这次的几个，买了就一直跌，那个阶段，孙兰的眼睛都绿了。“跌透了，可以抄底了！”女编辑指导她。她犹豫地将信息告诉父亲，老头当下判断：可以进！并且自己也买了。可惜大盘一路下滑，坠向深渊。父女俩的股票市值被腰斩再转了弯。老头再没有买过大闸蟹，吃饭的时候，也再没谈论股市风云。近一个月，大盘红盘居多，孙兰深套的股票，渐渐在抬头。老头悄悄对女儿说：“不管怎样，就算为孙辈准备吧，到那时，我就不信抬不起头！”

孙兰转头看看于敏，老太太虽然头还昂着，但恐怕心里的孤傲已被击垮。她掏出手机，走到马路上。天上居然飘起了雨丝。披肩没有带出来，她只好躲到一家便利店的店招下。风吹来，脖子凉飕飕的。她拨通了一个电话。

“喂，是我。”

“嗯，有事吗？”

“现在 P2P 公司破产后，资金赎回概率大不大？”

“几乎不可能。你买了他们的产品？”

“差不多吧。”

“多少金额？”

“五百万。”

“非常困难。”

“半年前老板意识到资金链会断，他把资产转移到了妻子名下，然后离婚。这样是不是可以追讨那部分资产？”

“这我也不太懂，我可以安排人查查。你现在怎么样？”

“我能怎样？最近烦心事太多。这件事你可得放在心上啊。”

“我知道了。有个会还在等着我呢。挂了啊。”

他们是大学同学。理科同学聚会，常捧出个亿万富翁来。孙兰文科同学聚会，常掌声欢迎哪位领导出席，还与校长并肩走进教室。他就是这个班的骄傲。孙兰有时不敢与他对视。他的目光里有种野性的东西，她既渴望又害怕。周伟的眼神是平和的。时间长了，孙兰觉得自己也变得一样了，从前的气质、棱角都圆得令她气馁。借着酒劲，两人紧紧贴在一起，他狂野的气息令她迷醉。她任他疯狂，仿佛在唱一首高八度的歌曲，一直在往上，强劲地飙升。对面的女编辑又偷偷问她，最近吃了什么补品，显得脸色这么红润？她脸有点烫，又埋进纸堆里。

有一天，孙兰从宾馆窗户朝外看，一只硕大的乌鸦，“呱呱呱”地大叫着飞过，声音孤独、凄凉。突然，一阵无法控制的战栗袭来，她觉得自己正乘坐在一条漏水的独木舟上，而不远处，就是大瀑布的边缘。她深呼吸，转头对他轻声地说：“结束吧。”

这是孙兰说出那句话后第一次给他打电话。他在电话那头显得平静从容，似乎料到这样的电话终会打来。可从蒋指导员的态度看，如果不从上面施加点压力，那些老头老太太的钱肯定会全部泡汤。

风大了起来，细雨打在脸上，孙兰冷静下来。她不想马上回派出所，沿着连成片的广告店招往前走。红色、黄色、蓝色的雨披下，一个个骑车人急急忙忙，陆陆续续，一位老人站在斑马线上等了很长时间都不敢过马路。孙兰跑上前，示意车辆缓行，搀扶老人过了马路。等她再穿回马路，回过头来看老人，他还在笑着对她挥手。

她曾经和周伟讨论过两人老了之后，会变成什么样。周伟第一反应：“不能像我妈那样。”

孙兰追问原因。

“我曾大半年没有跟我妈说过一句话。当时我爸去世不久，我才工作，我妈快到退休的年龄，相比生活上的事情，她更在乎失去工作。整天在我耳边唠叨单位的事，还什么都看不惯，这个错，那个错，反正大家全有问题。我实在忍不住顶了她一句，难道就你一个最正确？她竟然说，没有她的正确，我就长不到这么大。于是，我就闭嘴了。我数了一下，一百九十一天。开始时，她不以为然，走路身子笔直，都是甩门走出去的。过了一个月，她给我买方便面、饼干等的同时，开始试探性地跟我搭话。她在家干活，也轻手轻脚起来。半年后，她经常长时间地站在窗户边看广场上跳舞的老人，面色灰暗，身体很瘦。最后，我在写字台上发现一张便条。”

小伟：

当初我怎么也没有想到我们会闹到这个地步。暴力、恫吓、喧嚣，不会把我打倒。可沉默、寂静、空洞，逼得我要疯掉了。一次口角，竟然产生这么大的影响，有点不可思议。可是仔细想想，那次口角只是个爆发点。你对我的不满，积累到多么可怕的程度啊！我当时的处境你也知道，不让我干事情，我宁可去死。说到底，我也活不了几年了。你是我唯一的亲人，一切由你决定。

孙兰拂去发际的雨丝时，想到周伟提起的便条。有时，沉默是最有力的武器。

重新进到小房间，孙兰发现只有于敏一个人坐着了。

“蒋指导员呢？”

“他去大会议室了。”

难怪大厅里没有老人了。孙兰把披肩带上，坐在于敏身旁。

“你为什么要挑这个头呢？”

“他们信任我。”

“信任你，你也要有把握啊。”

“我很有把握的。选择投资的时候，我考察了他的公司，调取了他的相关信用征信。”

“这种人，就是设圈套套你们这些懂行的人。”

“你这话可就错了。这是经济大背景下产生的悲剧。处在这样的浪潮中，谁都不能独善其身。”

“你还替骗子说话。”

“现在想来，他的变化也是从今年开始的，是我疏忽了。以往，他只答应年息五点，最多六点三。年初，他来找我，说今年公司拓展了电商业务，老客户追加投资，可以给到十点以上。他如果说投了基金、股票，我是不会相信的。但是电商是个新兴产业，你、小伟、心妍，哪个不在网上购物，连我现在出门都不带钱包，全部用电子支付。我征求大家的意见，他们都听我决策。这点上，我的确对不起大家，是我判断失误。奇高回报的背后肯定有原因，我没有深入研究。”

“现在怎么办呢？”

“蒋指导员在做大家工作，在这里报案后，再去法院起诉。”

于敏说完，站起身。孙兰紧张地跟着起身。

“你去哪儿？”

“我去跟大家说明情况。”

“他们让你赔钱怎么办？”

于敏脸拉下来，深深的眼袋泛着铁青的光。她的话短促，不容反驳。

“解释不通，那就我来赔付给他们！”

孙兰迅速估了一下家里房产的价值，心不由得一颤。那些钱化成稿酬，再折算成字数，她抬起头，一页页纸堆起来能够触到天上的飞机了。她的头很晕，口很渴，可说出来的话，令自己都感到意外。

“我们一起去！没什么大不了的。”

于敏盯着儿媳妇足足看了十秒钟，伸手把披肩给孙兰披上。

“天凉了，脖子当心着凉。”

两人的皮鞋在派出所走廊里发出清脆的声响，走到一半，孙兰轻轻地挽住于敏的胳膊。于敏没有转头，将另一只手捂在孙兰的手上。

孙兰心头一热。这么多年来，天天相遇的身体，竟然没有过接触？她认真地搜索那些暖心场景。她每天伏案，颈椎不好，特别到换季，容易发炎。即使她犯病卧床，于敏给她端水送药，也没有这样紧紧握过手。

她们这样不紧不慢地走着，走过警察办公室，走进大会议室。七嘴八舌的会议室顿时变得鸦雀无声。蒋指导员站起身，疑惑地盯着于敏看。

孙兰感觉于敏轻拍了两下她的手，身体与她分开。

“事情到了这个地步，我非常对不起大家！我真诚地向大家道歉。”

沉默了几秒钟。一个尖利的声音喊道：“我们不要道歉，我们要血汗钱！”几个杂音一哄而起。“赔钱！赔钱！”“不给说法，我们不走！”“我借钱投资，你这是把我往死里逼啊！”

孙兰此时才意识到事情的严重性，刚才自己怎么了？又不是在小说里，怎么不劝阻婆婆呢？眼看于敏要做傻事，她急忙上前几步，用力拉拉于敏的手。她惊诧地感觉到这手与刚才握着的完全不同。刚才的手柔软、温暖，现在却干硬、冰凉。于敏用冰冷的眼神拒绝了孙兰。

蒋指导员夹着烟的手不停地挥舞，让大家冷静。孙兰看到一缕缕青色的烟飘来飘去，像极了自己童年梦里的世界，在那里，什么都是未知，吸引着她去探索。长大后，她一直不明白为什么独独迷恋那样的梦境。直到她看到一位作者写的小说才突然明了。那位作者从小生活在岩溶地貌的地区。小伙伴们时常结伴到大溶洞里玩耍。溶洞很容易迷路，他们就带了长长的麻绳系在腰间，像一串烤肉，他们手拿火把进行探险。有一次，集体迷了路，在溶洞里度过了整整十天，才被人救出。那个作者根据真实经历写的小说，唤醒了孙兰的记忆。当年她对这篇小说惊叹不已，心里只恨自己生活在城市，放眼望去都是钢筋水泥、青砖白墙。丛林哪怕就去一次也好！于是，那些梦接踵而至。自己原来就应该去冒险的！当下，她也喜欢看野外生存、徒步穿越无人区、帆船横渡太平洋等节目。遗憾的是，她只是做梦而已，从少女做到中年妇女，她似乎还没有真正冒过一次险。

孙兰感觉到自己脸红心跳，手心捏出了一把汗。突然，耳朵里嗡地一下，失去了听力！她只看见于敏双手撑在会议桌前，身子前倾，盯住前方一幅“人民警察为人民”的书法作品，严肃地说着、说着。墙上的钟，仿佛忘了时间，短暂停摆。

打开窗户，桂花香阵阵飘来。孙兰的耳朵还是不舒服，像游泳进水一样，反复吞咽口水，才稍稍缓解一点。远方的天际暗淡了下来，雨后的风，带着凉意，渗进孙兰的心里。周伟就是这样，没有决断，回家的时间都确定不了。下午的电话，是孙兰等于敏进房间休息后，走出小区打的。

“她说自己有办法，不会动我们房子的脑筋。”

“她有什么办法？当初我爸去世的时候，除了书，没有留下什么值钱的东西。”

“坚持要还人家的钱，她固执得很。”

“最终还是法院说了算。”

“你真是！她主动提出还钱，人家哪会起诉？在我坚持下，她现在起诉那家公司了。”

“你辛苦了。”

在心情复杂纠结的时候，孙兰随手放出轻音乐，她在写稿、看稿的时候，特别喜欢听曼托瓦尼、詹姆斯·拉斯特、保罗·莫利亚三大轻音乐团的音乐。刚连上蓝牙，《阿根廷，请别为我哭泣》的乐曲就流淌出来。麦当娜扮演的贝隆夫人的形象浮现在她的脑海。女人在危急关头，比男人更坚强。

一条新微信。

“上午的事情，已请有关部门关注。”

孙兰迟疑一会儿。当初，他的手机号、微信号等都差点被她删除。这有点像戒酒，严重点像戒毒。道理相通，眼前不能出现引诱物。可脑子里的痕迹能够清除吗？

谢谢！这两个字，她用的是表情，选了不调皮的图案。隔一分钟，又来了一条微信。

“类似事件现在发生得很多，里面有不少讲究，最好的解决方案，要和你面谈。”

孙兰心跳突然一阵加速，很快又缓下来。快的时候，要跳出喉咙口，慢的时候，听得见血液在血管里汩汩流动的声音。这次，她没有发表情包。

“明白！”

这两个字是她的第一反应，也是半辈子文字生涯的专业判断。

于敏开门出来，窗户在她身后，孙兰看不清她的脸。她走到餐桌前，缓缓坐下，用手理一下头发，从兜里掏出一叠纸。

孙兰照于敏的指示，把音乐关了，坐到她身边。

于敏戴上老花镜，一边说，一边在小纸条上记录着。

“我这辈子没做过什么大事，也没有积攒下多少财富。下午我回来后，仔细地整理了那些存单和债券，虽然数额不大，但总是钱啊。”

孙兰面对这些单子，不知说什么才好。她倒了一杯茶给于敏，被于敏移开。

“我把这些单子编了号。每张单子的密码我都写在小纸条上了，你一一对应起来，就可以了。”

“行！还债的时候，我帮你取出来。”

于敏笑了笑，孙兰觉得她只是脸部肌肉动了动。

“你们也不宽裕，这些都是给你们的。”

孙兰心里咯噔一下。

“不用不用，你留着吧。周伟也不会答应的。”

“周伟缺乏决断能力，这是遗传他父亲的性格。你们日子过得还算不错，你的宽容和大度起了很大的作用。他们父女俩都应该感恩。上周，心妍给我发了微信，说很想家，还说想你，可她不好意思对你说。我理解这种情感，除了血亲，能够达到心妍和你这样的，真是难得。我最近经常失眠，睡不着的时候，我的一生就像放电影般地展现在眼前。按理说，我经历了这么多磨难、坎坷，性格应该变得和世俗的世界流向一致，可我就是做不到。财经学校百年大庆，我们回校聚会，同学们说我还是十八岁的我。我觉得挺好。即便失败，我也是我。”

孙兰被于敏说得云里雾里的，当夜幕悄悄降临时，她突然一哆嗦，手上洗的那只碗掉在水槽里，发出清脆的响声。

她快速走出大门，发了一条微信。“我们明天见个面！急！！！”

随后拨通了周伟的电话：“喂！不好了！”

冬至

“啊！外面飘起雪花了。”于敏把头贴到窗上，低声自语。电动公交车里很热，于敏不时用戴绒线手套的手擦去窗上的水汽。

“今年冷得早呢。”一个戴棉鸭舌帽的老头弯腰注视于敏擦出的风景感慨地说。

于敏转头看了一眼，没有搭话。她穿了件大红对襟丝棉袄，在冬天的车厢里暖暖的。

每次到了关口，她都情不自禁地穿红衣服。红色给她带来好运。她希望今天也是如此。

“市人民医院站到了，请下车的乘客做好准备，从后门下车。”

站起身的时候，于敏左眼皮跳得厉害。她背着“左跳财，右跳灾”的口诀下车，走出一段路，老觉得口诀背反了，心里的包袱沉了。只要平安无事就好，经过秋天的那番折腾，钱财的重量倒是在她心里轻了很多。

距下午一点半还差五分钟，护士站没人。于敏松开围巾，脱下手套，围着护士站踱步。今年是周伟、孙兰的本命年，怎么弄得像自己的本命年似的？于敏掐指算自己的事情，件件都不如意。如果自己为周伟挡了，那也罢了。关键是周伟上个月刚从西藏回来，就被查出心脏有问题。他也不太平。

护士在一点三十五分才坐到位置上。前面站了几个老头老太太，叽里呱啦的，于敏往后退了几步。等那些噪声散去，她才向那个圆脸的护士问询。

“您的名字？”

“于敏，干勾于，每文敏。”

“请稍等。”圆脸护士低头查记录。突然，她抬起头，快速地告诉于敏，“您的片子和医生诊断单都被人拿走了。”

“什么？你们怎么可以随便给人呢？”

“不是我们这里给的，是直接从放射科取走的。我这里的编号上有备注。”

“什么时候拿走的啊？”

“今天上午。”

于敏谢了护士，往医院门口走。她心里已经猜到是谁拿了诊断书。她有种不祥的预感。周伟上午就拿到诊断书，如果检查没事，他肯定会打电话回家告诉她一声的。她有点走不动，顺势在门口塑料排椅上坐下来，掏出手机。没有未接来电，没有新短信、微信。

形形色色的人从她眼前匆匆走过，她迟疑了半天，还是打了周伟的电话。

“是你拿了报告单？”

“……是的，我正想打电话告诉你。”

于敏心里一顿。儿子的说谎水平差点，处处是漏洞。

“你不要瞒我，直说吧，我没事。”

“你在医院啊？我马上过去，你等着我。或者你走过两条街，在凤凰路和龙翔路交叉口的‘禅茶’茶馆店碰头？”

于敏把手套和围巾塞进无纺布包里，昂首走进雪天的时候，还是感到热。雪花飘在红衣服上，慢慢积了起来。

于敏看见周伟从门口进来，向他举手示意。

周伟上下拍打一番，脱下黑色羊绒大衣，解开暗红灰格子羊毛围巾，喝了一口热茶。

“外面真冷。”

“节气到了，自然冷了。”

“可这么早下雪，也挺特别的。”

“报告怎么样？”

“没事，你放心。”

“说实话！”于敏脸沉了下来，从小周伟就怕他妈板脸。

“有点小问题，不过我已经联系了上海大医院的专家，请他们再做诊断。”

“你知道我并不是那种放不开的人。国外医院，都提倡患者应该有对病情的知情权。”

于敏看见周伟额头渗出细细的汗珠，知道儿子正处在思想斗争激烈的时刻，也不催他，给他重新添满一杯老白茶。

窗外的雪花大了起来，在风的鼓动下，斜斜地扑向地面。周伟出生的那天，于敏还在单位做报表，预产期在十天后，她被主任拉过来帮忙。吃过午饭，小雨变成了雨夹雪。她上厕所的时候，感觉肚子痛了起来。可她还是一声不吭地坚持做账。痛的频率快了，她呼吸急促，头上冒出细汗。单位里的老大姐们见情况不对，连忙分两头行动，一行人护送于敏到医院，另一行人去一站公交车距离的学校给于敏的老公报信。于敏扶着一位大姐的肩膀，坐在另一位大姐推着的自行车书包架上。雨夹雪变成了鹅毛大雪，黄昏的街道，又烂又滑。于敏剧痛之下，没了知觉。眼前滑过的灯光、车辆人群嘈杂的声音、弄口小馆子飘出的饭菜香，等等，都幻化成有形的雪花，有水滴状、棉花状，还有玻璃球状，散在四周，飘荡、盘旋着。于敏想伸手去摘，却使唤不动双手。她奋力呼叫，那些东西霎时化成碎片，四散射出，紧接着黑幕降落。等她醒来，已经躺在病床上。医生严肃地告诉她，胎位不正，要做剖腹产。刚赶来的丈夫和几位大姐安慰她，没有危险，一点都不危险。她一直没有问两位大姐，当初她昏过去的时候，是怎样的状况？有没有叫出声，有没有摔下来？有没有奇怪的动作？下次单位老同事聚会，要详细问问。可自己还有下一次吗？想到这里，于敏锐利的眼光重新扫向周伟。

周伟从西装内袋里取出一份报告单，递到于敏的手上。

于敏戴上老花镜，一字一句认真地读完，心里反倒踏实了。再坏也就这样了。

“肺部问题，目前治疗手段有很多，你不要太着急。”

周伟应该已经仔细地咨询过医生了，这点于敏对儿子还是了解的。

不逾矩、细致严谨的性格是好，却也影响了他往更高层次发展。

原定三个月的短期援藏工作，后来整整延了两个月。周伟父亲当初援教日喀则一所中学，他仅去了三天就因为严重的高原反应被送了回来。提起西藏，于敏神经质般地恐惧。周伟刚去没几天，于敏就催他回来。“气压低，多吸氧”“少动、多休息”“每天测血氧含量”“向领导打报告，早点回来”等微信一条接一条地发。可周伟总强调既然来了就要干好工作。于是，于敏的微信变成劝周伟。“该管的一定要管好。”“不该管的不要瞎管。”“不能以这里的标准要求那边，更不能样样工作、每个工程都看不惯。”然而，周伟还是每天戴着安全帽到工地，规划新工程，指挥在建工程。总部看到周伟肯做敢说、认真踏实，巴不得他一直盯着西藏工地。

于敏出了 P2P 暴雷这样重大的事件，周伟也只是打了几个电话回来。电话里总是吵吵闹闹的，信号还断断续续。他没有责怪她，他从来不敢。唯一坚持的是，让她听孙兰的话。

于敏目光从老花镜上方探出，仿佛要抓住儿子身后的影子。她的病情，孙兰肯定知道了吧？会的，儿子第一个电话必定打给孙兰。当初她反对周伟和孙兰的婚事，倒也不是嫌孙兰不好。一个男人刚离婚不久就结婚太随意，结果很可能陷入墨菲定律。她同时认定孙兰不会对周心妍好，周心妍也会排斥孙兰。第一次见孙兰的前晚，母亲走进她的梦里，一身旗袍，一把檀香扇，头发卷成大波浪。端庄娟秀的母亲微笑不语。母亲出身大户人家，诗书礼仪都受过严格的训练，至今她还珍藏着母亲抄写的小楷手卷《观世音菩萨普品门》。还有一些母亲即兴创作的诗词，她时常拿出泛黄的宣纸来看，闭上眼也能背诵几句。

可母亲除了这些，并没有给她留下其他什么。母亲一生清苦，多灾多病。于敏不愿走母亲的老路。见到孙兰的第一眼，她就在心里暗中叫苦。孙兰活脱脱一个母亲的样子。西餐厅里，她几乎没吃什么食物，脑子里不停地念着母亲手卷里的经文：妙音观世音，梵音海潮音，胜彼世间音，是故须常念。事实证明，孙兰又忙又苦，赚不到钱不说，还照顾不了家庭。直到今年秋天，经历几乎让她一辈子名誉扫地的 P2P 暴雷事件后，她才对孙兰有了新的认识，甚至认为周伟有了这样的老婆，才到了今天的位置。

“妈，你没事吧？”周伟比较容易紧张。

“我没事。”话一出口，秋天的场景仿佛重演。于敏的确下了以死了断的决心。她不愿周伟、孙兰为她背负沉重的包袱。五百万！她一辈子清廉节俭，除去集资款项，连十万都拿不出来。她把零碎的存单、债券交给孙兰。她要交托的事情也就那些了。遗憾的是，周伟、周心妍恐怕再难见面。事情往往这样，到了最艰难的时刻，以为过不去了，曙光一丝一丝地出现。法院根据犯罪嫌疑人有意转移资产的行为，认定半年前离婚判给前妻的资产，应视作可追讨债务。于敏领头的那些老头老太太的欠款，被排在前列。不到两个月，犯罪嫌疑人前妻的房产、古玩、字画等被拍卖。老头老太太们拿到了欠款，欢天喜地来谢于敏。于敏心里咯噔几下，嘴里苦苦的。开始，孙兰让她不要冲动，她还瞧不起孙兰，一个文学编辑，整天在乏味的文字堆里爬着滚着，身上只有一股酸酸的气息。孙兰脑筋也没有动在文学上。孙兰说给她一周的时间，后来她明白了，也相信孙兰的话了。好几次，周心妍向于敏暗示，孙兰行为有点怪异。手机微信、信息之类的于敏不是太了解，但是孙兰打电话确实有些不正常。有个阶段，孙兰常常出了单元门才拿出手机通话，晚间一个人散步，在小区转悠几圈下来，电话还没有挂。她不是闺密之间的大声通报情况的那种，而是低声，不时抿嘴笑几声。老头老太太们的感谢声，声声刺在于敏的心上。转头回家，她郑重地向孙兰道谢。

看着周伟额头一条条正在加深的纹路，于敏把想说的话咽了下去。毕竟他俩日子还要过下去。

“下午你不去上班啊？”

周伟拍拍诊断报告，认真地说：“赶快制订治疗方案，这是我当前最大的事情。下午我约了上海来的专家。”

“说实话，我怕死，不仅怕死，还怕痛。对痛的恐惧，超过对死亡的恐惧。当初我想自我了断的时候，一直在盘算怎么死最没有痛苦。你要尽孝心和义务，我也有几点要求。活到这个分上，如果能够继续轻松快乐地过下去，那是最好不过的。遇到这样的大病，能够治疗最好，治不了也不要勉强。你外婆从小就教育我做人要有尊严，我一辈子谨记在心，自认为不曾违背母亲的训导。你不能让我坏了规矩，弄得人不像人，鬼不像鬼。”于敏口气严厉。

周伟眼泪差点掉下来，不住地摇头：“妈，你别这么说，搞得跟生离死别似的。现在说还太早……”

于敏打断他的话：“现在说正好，省得我意识不清、意志不坚定的时候，你替我做主。”

下午大雪积了起来。于敏想起了在更寒冷地区的孙女。

“心妍那边更冷吧？”

“那天视频的时候，你不也看到了？校园里一片白色世界。”

“她开心就好。不要把我生病的事情告诉她，不要影响她的学习。”

“我知道了。”

她又想起了孙兰。

“对了，今天孙兰去上海开会穿得不少吧？”

“那个会，她是主持人，把大衣、呢裙子都拿出来了，一看天气预报，换了羽绒衫、牛仔裤。”

周伟抬腕看手表。

“你走吧，我也回家。”于敏站起身。

“时间还没到，我先送你回去，再去和专家碰面，外面雪大。”

于敏刚踏上人行道，就感觉周伟的手托住了她的胳膊。多长时间没有和儿子一起走路了？她记不清了。人啊，非要到内外交困的时候，才想起身边人。到停车场要走一段路，于敏放慢脚步，呼出的热气触碰到雪花，雪花翻滚着飘向另一个方向。

周伟从小就是个乖孩子，之所以取这样简单的名字，于敏告诉已经懂事的他，这个“伟”字，对于他们家，并不简单。既寄托着他们对周伟的希望，也因为各种爱汇集到一起，产生伟大的力量，才有了他。每次骑自行车载着周伟路过医院，她总要说：“这就是你出生的地方，那天大雪，你又不肯出来。幸亏有医生和护士们、妈妈单位的阿姨们。”周伟盯着医院看，若有所思、表情严肃。

于敏又想提起这个话题，怕周伟反感，就默默往前走，不料周伟开了口。

“生我的那天，雪不比今天小吧？”

“再落下去，就赶上那天了。可你从不到雪地里玩，只是望着雪景。”

“在我心里，雪天是神圣的日子。雪代表着爱，我不敢去破坏。”

“你从骨子里就是个完美主义者。孙兰比你灵活多了。”三四句话就提到孙兰，于敏在风雪中战栗。她横下心，不让这块心病带到棺材里，哪怕现在可能是最不合时宜的时候。她如鲠在喉。

“孙兰最近活动很多啊！”于敏加大嗓音。

一阵风吹来，周伟也大声问她：“你说孙兰什么？”

“你要多掌握她的动向。”于敏觉得这句话已经很直白了。

“她都跟我说的！我都知道。”周伟眯起眼睛，似乎有雪花飘进去了。于敏心里叹口气，转念一想，或许是另外一种情况呢？周伟有自己的处理方式。反正提醒过了，于敏松了一口气。她松开儿子的手。

“你抓紧去医院吧，我自己回去。”

“可这么大的雪！”

“你就让我多看看这雪吧，看一眼少一眼了。”

白色沃尔沃开过于敏身边缓了下来。周伟从车窗里探出头来，刚想说话，被于敏严厉的手势制止。

于敏看车子拐过弯，突然胸闷起来。这感觉就像一把大锤砸在她的肺部。她怎么也没有想到自己肺部会出问题。平时家里没人抽烟，烧菜做饭大多是孙兰弄。她把病因归结到“气”上。这些年，孙兰无形中掌控了家里的大局，她变得越来越像个寄居者。开始她还私底下跟周伟说说，后来看到儿子为难的神情也就算了。她跟周心妍的统一战线，原本很坚固。可不知不觉中，孙女不再给她汇报“新发现”“新动态”了。她认为是周心妍学习忙的原因。直到有一天，她在马路上撞见孙兰和周心妍手挽手，一边走路，一边吸着奶茶。她不再向周伟抱怨什么，心里一块石头落了地，却又感到空落落的。接着发生的“财经危机”，颠覆了她过往对那些亲密老同事、老同学、老朋友的看法。不说精神上的依赖，至少在理财投资上，完全以她为中心。公园、茶室、广场等聚集地，他们像偶像一样地追捧她。她觉得自己的专业没有荒废，她仍然靠着自己的才能管理着团队。然而，背叛说来就来。平时跟她最紧密的几个，一听到坏消息，第一批赶过来揪住她。从那时候起，她就时常觉得胸闷。近阶段的梦里，那些故去的亲人，陆续出现，疼爱她的母亲，竟然开口说话了，说的虽然是一些无关紧要的话，但是黎明她从梦里醒来却再也睡不着。故去的亲人在梦里与你对话，表明你们之间有了某种关联，也就是说，通道已经打开，你很快就会到那个世界去。

于敏呼吸沉重，眼前的雪花变了色。周伟小的时候，家里没有暖气，他总是赖床。于敏要赶着上班，因此老训斥他。

“妈妈，我告诉你一个秘密。”周伟乖巧中透着机灵。

于敏板着脸不理睬他，自行车在寒风里瑟瑟前行。书包架上的周伟不停地踢动双脚，嘴里嘟嘟囔囔。

“我看见了另外的世界。”

于敏高声呵斥儿子：“不许乱动，不要胡说！”

周伟的童声更加尖锐。“今天早上我又看见了！躺在床上，我用力捂住眼睛，很长很长时间，突然，红黄蓝白各种颜色在眼前流动。把手松开，睁开眼，我看到的却不是平时的房间和家具。而是布满星星的夜空，一条细细窄窄铺满黄叶的道路弯曲向上。我踏上那条小路，拐过几个弯，满天星星都对着我眨眼。如果你不拼命喊我起床，我现在肯定到星星上了！”

于敏一阵难过。雪花变彩色了！像春天花园里盛开的百花。她在花丛里走，花儿朝她转过笑脸。现实世界的背后隐藏着更为丰富的内涵。周伟自从那次被于敏毫不留情地停车、怒骂、打屁股后，再也没有说过稀奇的话，兴趣也转了向。于敏难受极了，周伟爱幻想爱冒险的天性被她活生生地扼杀。她在马路上迷失了方向，线条都变成弧形，建筑、汽车、树木的外形朦胧中带着光，光晕在流动，现实世界刹那间隐藏了起来。于敏看到了白雪世界下的第二个世界。她也像儿子在若干年前一样，探出双手，迈开双脚，彩色雪花就是满天星辰，她努力向星辰闪耀的地方前进，眼里含着泪。

“当心车！”

于敏被一只手从马路当中拉回来。一个小姑娘让她坐到一家串串店前的长凳上。于敏谢了小姑娘，坐定喘息。很长的时间里，她都不能抬头。头晕、心慌，还有心痛。

手机响了好几遍，她都不想接。店里的伙计听得烦了，走过来提醒她。她勉强拿起响个不停的电话。

“妈！你在哪儿啊？”

“路上。”

“家里没人，手机不接，快急死我了。”

“我没事。”

“是的！你没事！你没事了！我在医院和上海的专家在一起，他仔细看了片子、检验报告，认为这里的医生诊断有误。你要马上过来一趟，再检查几个项目。如果正常，那就真的没事了！”

“什么？”于敏忽地站起身来，一身雪花被抖落在地上。眼前的世界横平竖直，清晰冰冷。

她想打车，却没有空车。她索性走过去。开始有点滑，几次差点跌倒。后来加快了步伐，最后竟小跑起来，路居然不滑了。胸闷、气急等不适也突然消失了。冷冷的风灌进她的鼻腔、呼吸道、肺叶，她感觉身体正在新生，似乎听见了肌体修复的沙沙声。

终于，于敏跑不动了。她解开丝棉袄，脱掉手套和围巾。迎着风雪前进，刚才的一股热情、一种期盼，渐渐冷却下来。前些天，她又把母亲的书法册页拿出来欣赏。她喜欢“莫听穿林打叶声，何妨吟啸且徐行”的通达，更喜欢“四时更变化，岁暮一何速；晨风怀苦心，蟋蟀伤局促”的感时伤怀。生与死，对于敏来说，并不是最重要的问题。迟早，她会跟亲人在另一个世界团聚。

汗水已经变得冰冷。她摸了一下湿漉漉的脸。那天，经过工作了一辈子的单位门口，一群青年说笑着走出来。他们朝气蓬勃、活力四射。他们不认识她。她与他们擦肩而过，就像一张黑白照片被翻转，彩色照片“唰”的一下就覆盖上去了。她很想进单位对那些被她批评过、骂过的同事道个歉，细一想，那些对象也早就退休。

于敏人生中的一些最重要的词汇先后闪现，她紧紧地咬着那些词，一遍遍地说着。难怪佛经要念出声来，反复念，也就在心里形成了自觉。

对周伟，她原谅他的谨小慎微。以周伟的才能，按理还可以在事业上更进一步，却因他的谨慎止步不前。可谨慎、本分是最大的安全，也是周伟从事的设计工作的内在需要。他曾经跟她说，好几个大学同学都辞职转行了，原因就是他们对设计的工程投运后的结果非常悲观。“他们没我小心。”这是周伟经常放在嘴上，安慰她的话。新闻里，她看到那些垮塌的桥梁、建筑、公路，常在心里安慰自己：“周伟不会这样设计和施工。”转眼，遇到熟人，她又开始说儿子在大公司担任要职，自己老了全靠儿子。别人说你真有福气的时候，她才隐隐觉得心里不踏实。

于敏想要儿子原谅她的严苛。她努力地回想，几乎没找到她在周伟面前笑的镜头。周伟和孙兰的结婚宴结束，她听到女方亲戚叽叽喳喳地评述：“新郎的妈妈怎么不开心啊？”“要知道我们是黄花闺女嫁给她二婚儿子！”“她面部神经瘫了！鉴定完毕！”

雪小了，于敏又摸摸脸，试着牵动面部神经，冻僵的面孔，没什么反应。难道我真的不会笑了？她不禁撇了撇嘴。

对孙兰，她理解她的孤独尴尬。她与孙兰，就像两面对着的墙，不可能合二为一，不然就会失去家庭空间；不能倒下任何一面，不然家会坍塌。她把母亲的照片与孙兰的仔细比对，虽说一眼看上去是完全不同的两个人，但是目光上挑、微微皱眉、轻咬嘴唇等细节，却几乎完全一致。孙兰读书时，把五指散开插进翻开的书页里，和母亲的阅读习惯一样。这些细节，一直在于敏的脑子闪现。“亲人不一定要有血缘关系！”这个禁锢一旦解除，仿佛打开了通往新世界的一扇大门。

于敏希望孙兰理解她的苦处。并不是每个人都像她那样历经过生活的折磨，一些无所事事的人，活得很潇洒。但是，她不是他们。苦难造就了她坚毅的个性，也使她变得呆板无趣。

对周心妍，她的爱纯洁得像玻璃种翡翠那样透明、清澈。想起心妍，她的心中就泛起甜蜜的浪花。她希望心妍懂得珍惜每个人的爱。

于敏走走停停，周伟又来了好几个电话。她都回答快了，而其实她越走越慢。有段时间，她想随便搭一辆公交车，一直坐到终点站。孙兰说过托尔斯泰的出走，八十二岁高龄的托尔斯泰给妻子留了张便条："我要像我这个年龄上的老人所习惯的那样去做，从尘世的生活中逃出来，在孤独和寂寞中度过自己的晚年。"她不想回家，不想去医院，她想陪伴伟大的托尔斯泰，在寒风凛冽的俄罗斯旷野里行走、行走。

可她疲倦了，胸闷、心慌、眼花等现象又出现。她在心底暗自嘲笑上海的医生。她就是一个患病的老年妇女，是上海的医生误诊了。说到底，即便上海的医生医术高明，她又能好到哪里去呢？

于敏一抬头，市一院的红色招牌似乎在眼前晃着，一男一女跌跌撞撞而来。她揉揉眼睛，脚一软，坐倒在雪地。

"妈！""妈妈！"

于敏睁开眼，周伟穿着大衣，手里拿着一叠化验单；孙兰米色长羽绒衫下摆拖进污水里，深蓝牛仔裤和黑色长筒靴也沾到了污泥。

于敏用足全身力气，堆起笑容，对着孙兰挤出一句话："你赶回来干吗？我没事。"

雪停了，空气中散发着一股煤烟味。

于敏累了，舒服地闭上了眼睛。

耳中双明珠

蒋婉被碰了一下，她睁眼的同时，用力捂了捂双膝之间的小包。怎么就睡着了呢？到哪里了？还好，没过换乘站。

拿出手机，照照脸。一脸疲倦，眼袋很深。微信信息像爆米花般一条条跳出来。腿伸伸，她懒洋洋地看信息，谁都没回。包括于大飞、沈晨两个的。

他俩问同一个问题："你去哪儿啦？"

哎！我这是去哪里呢？

她随着列车的轻微晃动，摆摆头。

地铁跃出地面，行驶到高架桥上。她索性把头一歪，靠在栏杆上。出了市区，乘客少了些。太阳光斜斜射进来，一条光带波一样抖动。

前方就是换乘站了。她还没拿定主意，是换乘快线 7 号继续北上，还是直接站到对面站台等候反向列车回城。

一个黄色小球滚到她脚边。一个小男孩跑过来捡起，回到对面。

一家三口闹起来，声音有点大。她默默地注视着，突然发现光影交错下画面很棒，却不敢举起手机拍。她喜欢随手拍照。于大飞看了几次就不耐烦，怎么老是阳光、蓝天、鲜花？

手背痒起来，她从包里掏出一管护手霜，手心手背擦个遍。现在已经好多了，刚来的时候，她浑身奇痒，天天把手脚抓出一条条血痕。母亲告诉她，北方干燥，不像家乡，即使冬天空气中也充满了水。她挠着痒，低声问母亲：“那为什么还来这里？”

母亲没有回答。

到中转站了。她慢慢站起身，不急不慌地往外走。突然，一个胖阿姨在她身后催促：“姑娘啊，快走快走！”她回头望了一眼。胖阿姨紧接着说：“快线 7 号还有五分钟就要开了，错过这班，下一班到鹭港天就漆黑了。”说漆黑的时候，胖阿姨用大手在眼前抹了抹。

不由自主地，她跟着胖阿姨快走起来。熟门熟路又大呼小叫的胖阿姨在前面开道，三分钟时间，她俩就站定，气喘吁吁地候车了。

看上去艰难的选择，被一个陌生阿姨一带，顺势就上了道。

“你去哪里啊？”

“终点站鹭港。”

“我也是啊！你回家啊？”

“嗯。”

她默默算了一下，两年时间没回鹭港了。随后，她又感到别扭，什么“回”？明明应该是“去”。

车来了，很空。

胖阿姨跟她聊几句，见她回应不积极，转头找别人说话去了。

她闻到一股酒气。她四处望望，没有酒瓶碎掉。再深吸气，酒味没了。她叹口气，曾经最讨厌的酒，现在像个幽灵，随时都会钻出来咬一口。

她把头别向车窗，寂寥的大地，灰蒙蒙的一片，而此时，家乡的原野上，杨柳树都该抽芽了，嫩绿一片。温润的东南风从不远的海边吹来。

蒋婉拦下服务员，捧起一大碗海参鱼翅羹。服务员把转盘按停，她把羹摆到红木桌上。

“请各位领导、老板尽情享用本店招牌菜。海参富含胶原蛋白，鱼翅含微量元素镁，两道顶级滋补品结合在一起，我的理解就是：美容养颜、延年益寿！祝大家身体健康，升官发财！这是我的名片。嗯，对，餐饮经理。您有服务要求，一个电话全帮您安排好。”

“我现在就有个要求！”

一个左脸有道疤的胖老男人站起来。他的头比常人大一圈，浓密的头发裹住头皮，发根却全白。他把高度白酒倒满两个二两分酒壶。一个递给蒋婉。

“你把酒干了，今后我们这一桌人请客吃饭都上你这里。”他打个嗝，拔高声音：“就找你。”

蒋婉闻着浓烈的酒味，胃里直翻腾。她端起酒壶继续挨个发名片，发到最后一个，正好门口。绝大多数人都客客气气的，她打算借机撤退。

“等等！你把我的话当屁啊！”疤痕那一块涨得通红。边上有人劝他，他把头摇得像法国斗牛犬，唾沫横飞。

“我这不还在发名片吗？发完我就来您这里报到呢。”

蒋婉轻轻用壶碰了碰疤痕脸的壶，眼朝上一翻，三口把酒灌下去。

疤痕脸没动。

“我干了，轮到您了啊！”

“我刚才说了我喝一壶吗？我说的是酒你喝了，今后生意都给你做。所以，那壶，还是你的！”

“啊！您这不是耍我吗？”

桌上好多人跟着起哄，到底帮谁，蒋婉也弄不清。

已经九点了，她只是在四点一刻员工餐时胡乱地吃了个包子，最近她没什么胃口。沈晨不像于大飞，光说她身材越来越好。他忧心忡忡，说她精神在“飘移”，劝她在宿舍歇歇。

第二壶下去，她感觉所有东西变得遥远，连声音也像风一样，时而猛烈呼啸、时而低沉回旋。疤痕脸肉肉的右手搭在她腰上，还在往下，左手毫不客气地把她的手捂压在桌上。乱七八糟的话和口气喷在她脸上。

平时不至于啊！

她恨自己到关键时刻使不上劲。在哄堂大笑中，还得微笑地抬起头。脚碰到一个酒瓶，她摆着顺从架势，攒足力道踢出酒瓶。酒瓶没碎，在食客屁股下面咣咣打转。大家分了神。疤痕脸手撤开的一瞬间，她一把抓起手机和票夹冲出包厢。

于大飞打来电话时，她已经爬上楼顶抽烟。

“我没事，你不要过来了。”

“行吧，你早点休息。那边，你定下来什么时候去了吗？”

于大飞的话总是直截了当，老是戳在她痛点上。

酒劲儿差不多过去了，她还在生自己的气。

姐妹们叽叽喳喳的声音传上来，她也不急着下去，让她们先洗澡吧。

她从包里摸烟和打火机。突然，一个陌生的票夹出现。她愣了一下，打开著名国际品牌的卡包，她放声大笑。

疤痕脸的身份证、银行卡、会员卡、消费卡，等等，满满当当十几张，把个小包撑得像他的肚子，癞蛤蟆似的肚子！

该！

她舒服地长出一口气。

身边就有一根用途不明的黑铁管子，朝着夜空叹气，她随手就想把卡包扔进去，可动作做到一半，突然停住。一组数字！这么熟悉！

她急忙又打开，取出疤痕脸的身份证。

他与她父亲同年同月同日生。

她泪水沾湿了香烟，点不着了。扔掉烟，她站起身，望着万家灯火绵延到天边，没有一盏灯属于她，没有一间房子属于她。

蒋婉过生日那天，父亲早早就回来了。

她走到围墙边，就听见父亲洪亮的声音。

主角总是最后出场！父亲笑嘻嘻地鼓起掌来。她放下书包，向爷爷、奶奶、外婆和舅舅问好，钻进厨房准备帮母亲干活。母亲把她推出来。

“你是寿星，不要干活，多陪陪你爸。”

她心里咯噔一下，这么多长辈，母亲偏点父亲。

父亲举起酒盅，跟舅舅碰下杯，继续商量事情。

“现在沿海大开发，城乡接合部都要改造，这小院子估计迟早保不住。按照拆迁办法有两种选择，要么按人头，要么按面积。小婉没成家，按人的话，五个人最多两套。面积嘛，也差不多两套，只是单套面积大点。”

舅舅笑笑。

“最终主意要你自己拿。我感觉总是贴钱少、面积大合算。对了，你最近生意怎样啊？”

“还能怎样啊？我都这么早回家了，没什么生意。”

父亲给蒋婉使个眼色。她悻悻起身，极不情愿地给父亲和舅舅添高度白酒。

父亲瞄了她一眼，话顺了下去。

“这不家里还有重要的事情等着我呢。”

舅舅抿口酒。

“你们父女俩生日靠这么近，干脆一起过算了。”

父亲笑的时候，腮帮子鼓得像鱼一样。当他的目光碰到一直微微点头的爷爷、奶奶时，突然拍了一下自己的脑袋。

“来来来，刚才奶奶给了传家宝作为你的生日礼物。呃呃，更是成人礼物。”

蒋婉觉得脸上有点烫，她碰到了奶奶温暖的目光，似乎正满心喜悦鼓励她迅速成长为一个女人。

“可我还在上学，只有十六岁。”

“哎！城乡接合部算农村，十六岁就该嫁了。来戴上！”

父亲摊开厚实的大手，里面躺着一对珍珠耳坠。

黄金耳环上有菱形压花，边缘有两道细细拉花，两颗圆滚滚的纯白珍珠被佛手抓着吊在耳环上。凑到窗前，黄的耀眼，白的透亮。

她感觉一个家族的重量在向她压下来。她有点惶恐，想要推卸，可手把珍珠耳坠捏得更紧。

奶奶走过来，把耳坠在她耳朵上比着、画着。

小婉耳垂大，戴上去漂亮极了。哦，耳洞没关系，过几天我来打，一粒米就行。

饭菜端上来。父亲阻止了正要夹菜的舅舅，跑到厨房端上来一个奶油大蛋糕。

她吹蜡烛的时候，父亲站在她正对面。她一吹，父亲突然暗了。

太阳斜了，光唰唰唰地扫过树枝。光影的闪动，让蒋婉感叹时光流逝。六年出头了，快线7号沿路的景象魔法般巨变。她摸了摸耳朵，珍珠耳坠静静地挂在黄金耳环上。

于大飞说土气，嚷着要给她买钻石耳环。沈晨没说任何话，有一天送她一个著名品牌小锦盒，里面是一对细钻镶边的玛瑙耳钉。

她都拒绝了。

最后的阳光洒在她手背上，间或有影子跃动。

母亲出了合租房里最贵的钱，挑了一大间朝南的房间。把她的床放在南窗边。大多数时间，她是被阳光唤醒的，母亲很早出门，不舍得叫她。

她赖床，晒太阳，发短信给遥远南方的好姐妹。

其实，北方的冬天比南方好过。室内都有暖气，我通常只穿一件睡衣。外面也还好，干冷不像湿冷，除非刮风，那简直是刀子在戳脸。

好姐妹正在为高考发愁。她又发短信。

妈妈为了在大城市生活下去，一天打两份工。她没时间管我，我瞒着她没去技校上课。哎！我也想考大学，以后找好工作，但是我这样的家庭，还是要知趣。酒店、餐厅、超市等需要零工的地方，我都做过了。

收发着短信，笑容爬上她的脸。

两张单人床、一个衣柜、一个矮柜、两个床头柜，矮柜上放着父亲的照片。这样的生活持续了一年。

衣柜正面贴着一面镜子。母亲有一天站到跟前简单地理妆。

她觉得一些事情正悄悄发生变化。

母亲回来得越来越晚。然而，母亲什么都没有对她说。

她很早就躲到床上。夕阳最后一抹光，直刺她内心深处。她在黑暗里足足等了六个半小时。

母亲进门时，没有开灯，手电一晃一晃，像窃贼的眼睛。

“啪”的一声，她按下开关。惨白的强光让手电掉落。

用不着语言，对视一分钟。

母女俩抱在一起，从低声抽泣到放声大哭。眼泪像雨，洒在南方故乡父亲的墓前，洒在北上列车车厢里，洒在大城市繁华而冷漠的街角。

最后，她从心底呼唤母亲。虽然知道无济于事可能占大头，但逐渐在都市里适应了一些事情的她，还是想试试。

现在多好啊！就我陪着你一直这样生活下去。

母亲居然点头了！而且是滴着泪点头的。事情可能会朝她希望的方向转折。

那个晚上，她俩挤在靠窗的那张小床上。均匀地呼吸，静静地传递着最原始的信息。

睡过去前，她像一块又冷又硬的冰块，在母亲温度不高的怀里一夜，悄悄消融了。

第一次坐快线 7 号，她紧张地一只手挎着母亲的胳膊，另一只手抱着被层层包裹好的父亲的相片。她偷偷瞄了几眼对面坐着的那个中年男人。她们搬出来打的大包袱被他抱着，挡住了他一大半脸。

以至于第二天宴席上，那个男人挡在眼前，她以为是来贺喜的农民亲戚。

很晚了，母亲还在替她收拾房间。这是继父安排的一间小屋，原来堆放农机具、工器具的。他已经清理得很干净了，可母亲还在不停地扫啊，擦啊。她让母亲不要再搞了，夜已深，再说有些味道不是一天两天能够消除得了的。

母亲走过来，用手摸摸她的头。她惊讶地发现，母亲身上沾染了陌生的气息。她强忍住不哭。母亲把门刚带上，她的泪水就像自来水那样冲下来。

她想逃走，却把被子越裹越紧。终于，在梦里，她住进自己的大房子，有一个大花园，盛开着五彩缤纷的鲜花。

舅舅给她打电话，通报老家拆迁的事情。

蒋家没有通知她。

她没有告诉母亲，自己乘车回去了一趟。

这是一辆夕发朝至的特快列车，她的座位靠窗。跟母亲出来三年，第一次回去竟然独自一人，她没有料到。

鹭岛，她在那里待了一年就离开了。

母亲很快跟继父家的三亲六戚熟络起来。她时常听见母亲生硬地使用翘舌音来迎合当地人的说话习惯。在那个家里，她几乎不说话。继父也没什么话。三人晚餐最响亮的声音，是碗筷勺子的碰撞声。

那是继父跟她最多的一次对话。

她自行车脱链后，他敲掉一节链条，给飞轮加油，再把刹车调好。

“试试看。”

“好的。”

“怎么样？”

“很好。”

“那就好。”

“谢谢！”

两辆列车在暮色中交会，呼啸声带着冷风把她的刘海往后撩起。父亲去世后，她特别害怕尖利的声音。

那个阶段，她耳边总有一个女声凄惨地从早叫到晚，侵入她梦里。

母亲已经哭不出声音，而显得有点呆滞。自己像被重拳砸了一下，什么都是晕乎乎的。脑子里的那个女声是谁？这么熟悉，却又找不准。

有一晚，她梦见海滩上，远远出现一个背影。那是父亲啊！她拼命往前冲，想去抱住他。可脚踩到海水，却拔不出来了。父亲继续往前走，海水让出一条道，他从容走进去。当海水回填快淹没父亲的时候，他回过头，对她笑着挥挥双手。这是她唯一一次梦见父亲，她相信父亲去了很好的地方。早上醒来，她突然发现耳边清净，那个凄厉呼叫的女声没了。

家乡清新的海风并没有给她带来舒畅感。

蒋家认为蒋婉不能代表一房分拆迁房产，何况她母亲已经改嫁。

她大声争辩，父亲在世时就与拆迁办接洽方案，其中有一套单元房就是他们家的。

乌压压的一屋子人都面对着她，个个面孔铁青，说话无情蛮横。

“你父亲已经走了，这事就得重新定。”

“不要说你母亲没回来，就算她有脸回来，她不也得把房子让出来？”

“你们去大城市享受繁华生活，这点小福利就让让吧。听说那个男的还是国营大厂的高级技工？”

在语言的暴力下，她只有扯住唯一的希望。她把头发束得高高的。双耳上迎风乱颤的珍珠耳坠有回家的兴奋。她知道，爷爷、奶奶也被一种势力绑架着。但是，她还是心存希望。

爷爷低下了头，奶奶上前抚摸着她的脸，用手绢擦去她的汗和泪。

“可怜的孩子，你是我的明珠啊！”

回来之后，她让母亲进城一趟，把那张存单塞到母亲手中。可母亲像握了一块热炭，忙不迭地交还她。

“这是你的，你有得用钱了。我知道你最需要一间属于自己的房子，从现在开始为这个目标准备吧！”

她望着母亲诚恳的脸，突然发现她俩现在是两个平等的女人了。同时，她已经永远失去了一些东西。

临走时，她送母亲一张照片。返程当天清晨，在黑暗的海边，她独自等待一个多小时。当霞光迸射，她沐浴在金光中，用颤抖的手按下了快门。

母亲拿着家乡海上日出的照片连声叹气，粗糙的手指反复摩挲。起身时，小心翼翼地夹进皮夹子里。

快线7号临近终点鹭岛站，乘客越来越少。

一所蓝色学校在蒋婉眼底下一闪而过。她心里泛起酸涩滋味。

于大飞懒洋洋地靠在本田四冲程摩托车上，飞机头梳得老高。蒋婉一出校门就看见他了。

她低头，朝公交站台方向快步走去。沉闷律动的摩托车声紧随她。

同学们笑着快步散开。

她想了想，拐进一条小巷，走过十多米，突然回身，直面摩托车和骑士。

“你不要再盯梢了。”

于大飞叼根烟，点着，说话的同时烟气喷出好远。

“这哪是盯梢？你人生地不熟，我怕坏蛋欺负你。”

她第一次见他，是在母亲婚礼上。她不吃不喝不说话，呆坐着。他走过来，自我介绍是哪个哪个的亲戚。她更是木然。他索性坐到她身边，跟她说话，整个宴席中都是他一个人在说话。从家庭学业到兴趣爱好都说了个遍。

她没接一句话，却把他的每句话都转存到脑子里。

听着听着，她不由得偷偷瞄了他几眼。在心里不由得暗自叹息。虽然他也像父亲那样高大、热情，甚至连大口喝酒时，腮帮子鼓起来的样子也像，可就是缺了点什么。她害怕自己的生命线跟眼前这个大男孩有交错，这样的交错，将是一次赌博。

“我退学了。”

“什么？”

于大飞把大半根烟甩到地上。

“你，你准备去哪里？”

“离开这里。”

她说的是真话。

一年多前，她随母亲来这里的时候，与母亲是浑然天成的一块铁板。纵有再大的困难和委屈，也由两个人来扛。

最近，情况发生了变化。母亲跟这里的人打成一片，她是开心的，也放了心。可一件小事竟让她半夜哽咽。

那天吃完晚饭，继父坐在桌边抽烟玩手机，她从母亲手里接过碗筷去厨房洗，进厨房的时候，她无意中回了下头。母亲轻轻拍了一下继父的肩膀，继父一抬头，母亲给他使了个眼色。在厨房里，她听到卧室的门关上了。她洗完碗，他们正好从卧室出来。似乎达成一致似的面露微笑。母亲还是对她嘘寒问暖，继父还是懒懒地玩手机，不发一言。霎时，她觉得那块铁板有了裂缝，或许她也不该再盲目地为母亲撑腰。

泪水淌在枕巾上，一会儿变得冰凉，似乎在提醒她，如今，她变得多余。他俩才是一家人、一个整体。就让所有痛苦的、温暖的、残酷的、感动的记忆，都清零吧。她是时候离开了。

于大飞的追问显然不可能有结果，当时她都不知道去哪里。家乡和这里，是两个禁地，其他地方她都愿意去闯。

说简单也简单，她回到两年多前偷偷打工的酒店，经理欢迎她回来。经理就是沈晨。这是沈晨创业的第一家酒店。

自己憋得快疯的时候，蒋婉一天抽两包烟。

一天，餐厅空荡无人后，她与沈晨你一杯我一杯，把大半瓶威士忌喝光。夜最深最黑的时候，她把母亲的事情委婉地告诉了沈晨。

沈晨像一个绿色池塘，任何东西投入其中，泛起一点涟漪就消失无踪。他像个谜，吸引她去探秘。

老宅拆迁分到的钱，她投给了沈晨的连锁酒店集团。为了维护这个可怜的小股东的权益，哪里最需要人，她就去哪里干。

于大飞不屑于做实业，股票、期货、P2P 都涉足，最令他着迷的是炒比特币之类的虚拟货币。

一根手指，于大飞曾经在迈巴赫里对蒋婉说自己有这个数。他也让她投资，可她当即回绝。潜意识中，她把于大飞的任何话都当玩笑话。而对沈晨的每句话，她都很留意。可他又说得实在太少。他沉默寡言的样子，又勾起心里怨恨的对象。

“你妈妈现在状态好吧？”

“我不知道。为了那桩事情，从她打电话告诉我起，我就没有再跟她联系。”

沈晨的小眼睛因为酒，通红通红，可仍然锐利。

“你打算一直这么下去？”

“哎！我也不知道。”

虽然离开母亲和继父，表明自己独立的态度，可在内心深处，她还是觉得有一根线，这头拴着她，那头拴着母亲。只要一用力拉拽，她相信母亲不管在哪里，肯定会觉得有牵挂。可一个电话，硬生生地把这样的关系掐断了。

那是一个毫无预兆的午后。她指挥姐妹们把餐厅收拾干净，让她们插空休息。她拎了手袋，简单化了妆，迎着初春的阳光，往商业街走去。风吹动珍珠耳坠，她听见了柳莺的欢叫声。啊！它们在催促我呢。等忙过旺季，她会定下自己的事。于大飞，还是沈晨？或许另外的白马王子？她的笑容一丝丝绽放开来，一切都温暖和顺。对了，等会儿找个店去清洗一下耳坠吧。职业装贴身，她步履轻快。

母亲的电话打来了。

“你工作顺利吗？过得好吧？”

“放心吧，妈，我挺好，这两天忙，到三月头上我来看你啊！”

“好啊！我烧你最喜欢的咸菜黄鱼汤。”

“太好了！你，你们怎样呢？”

“我正要告诉你一件事情呢。”

“哦，什么事情啊？”

“我，我有了。”

蒋婉正拐过街角，一阵高楼风袭来，她没听清母亲的话。

哼哼啊啊几句后，母亲终于说白了。

“我怀上孩子了！今天上午第三次检验结果出来证实了，所以我才敢给你打电话。”

砰，一扇门猛地关上。那天在厨房洗碗的那一幕再现。紧接着，蒋婉脑子里几乎所有细胞都运动起来，砰砰砰地，将无数扇门关闭。

蒋婉出现缺氧状况，她一手扶百货商店外墙，身子慢慢往下坠。最终，她瘫倒在橱窗外的人行道上。耳边，母亲的声音仍在持续，她有高龄产妇的担忧，更有对小生命的热切盼望。

蒋婉越来越疲惫，眼前阳光发红，景物疯狂膨胀。她用尽最后的力量，回了母亲最后一句话。

“我有点不舒服。”

模糊中，藏在心底的一首歌突然冒了出来，是赵传撕心裂肺的呼喊：我终于失去了你，在拥挤的人群中。我终于失去了你，当我的人生第一次感到光荣。

残存的思维里，她认定自己从此将像一只风筝，线断了，在空中随风飘荡。

鹭岛站到了。胖阿姨第一个挤出车门，回头向蒋婉挥了挥手。

蒋婉最后一个走出地铁口。车站内人还算不少，一到站前广场，北方冬季的肃杀迎面而来。好在已是腊月，春节马上到了。零星地，爆竹声在旷野上回荡。一些建筑物上挂了红灯笼，稍稍缓解了她心里的寒冷。

她吸着烟，一步步认真地走着，天全黑了，她还没有走出广场。

猛一抬头，看见一家新开的“咖啡·雨·茶”。她走进去，坐在窗口点了一杯美式咖啡，一份水果沙拉，一块椰丝马芬。

玻璃窗是双层的，流动水幕夹在当中。透过水幕，广场景物变得朦胧虚幻。

她本该三天前来的。当她坐在楼顶，翻看疤痕脸票夹的时候，继父打来电话。

她存有继父电话号码，可一个电话一条短信都没联系过。这九个月当中，母亲不知给她打了多少个电话，发了无数条短信和微信，她都没睬。然而，继父这个电话，她只想了十秒就接了。

“是我。”

“嗯。”

“你妈刚剖了。女孩，母女平安。”

“哦。”

电话两头都没了话，听得到彼此的吸烟声。最不会说话的人打破僵局。

“得空回来看看你妈吧。”

男人的声音有点拖。

“她，哎！不说了。挂了。”

蓦然间，水幕上出现继父给她修自行车的身影，他认真地修着，像对待领导交办的事情。继父抬起头，她清晰地看到那张脸，在水幕中静静地等待着她的评价。她从进那扇门开始就回避这张脸，甚至从未仔细看过，而这一瞬间，眉毛打结、鼻翼左侧一颗痣、门牙缺一角等细节都完整地呈现出来。

我什么时候观察到的？

她惊慌烦躁。咖啡店里不能抽烟，她只能把浓黑咖啡一口灌下去。她不想再在继父问题上纠缠。然而，沈晨的样子又浮上心头。

她现在已经承认有一颗冷酷的心。冷酷这个词，是沈晨很冷静地告诉她的。她记得当时还竭力反驳。

我冷酷又怎样？她自己呢？如果我这样，也是她遗传的。我是什么？我夹在过去和未来两个完整家庭中，呼啦一下，被漏下去了。我掉落的地方，又冷又黑，我想要爬上来，根本没有可以抓的绳子。

沈晨动动嘴巴，想说什么。她猜是我愿做那条绳索之类的话，但他没说。如果是于大飞就会脱口而出。哎！这两个人中和一下就好了。

三天时间里，她一次次作出决定，一次次推翻。她反复问自己几个问题，谁是这个世界上最亲的人？今后会不会改变？怎样才能阻挡这样的血肉之情？

她烦躁得连续抽烟、喝咖啡。只有又丑又肥的疤痕脸上门求饶要回票夹，才使她解了点恨。

她走出广场，才意识到，对面就是妇幼保健院。

她沿街走，右拐好多次，以医院为中心转了好几遍。每次正对大门时，内心总有两个声音在吵架。

进去吧！

再等等！

再拖，也要进去的。

我还没有准备好。

你还能再失去吗？

静静！我需要静静！

……

还有恨吗？

我不知道。

她什么话都跟父亲说。说到开心处，父亲把笑脸收住，一本正经地教育她。

“不能对谁都这么掏心掏肺说话。”

母亲走过身边，两人就住了嘴。那种默契让她很对不起母亲。

可父亲并不这么认为。

父亲伸出两根指头。她很开心，高的那根是父亲，矮的那根是自己。

如今，矮手指失去了依靠，什么主意都要自己拿。

想到父亲，她的脚步缓慢、沉重。

在母亲发给她的无数微信里找到一条病区病床的信息。

标准化医院里一张病床很容易找到。

病人吃饭结束早，各条通道都静悄悄的，断断续续的消毒水气味伴随她前行。

母亲正在忙乱中。婴儿响亮地哭着。邻床产妇的妈妈在帮她冲奶粉，空气里充盈着奶香味。她挺直的身子，一下子软了下来。

她轻轻对外床的待产妇点点头，感觉年龄似乎与自己相差无几。想到这点，她低下了头。她是以“撞”的姿态来到母亲病床前的。

“快冲奶粉，让人家阿姨歇会儿。”

“什么？哦！好的。”

刚把奶粉和水的配比弄清，并成功摇晃成功一瓶，母亲又在喊。

“阳台上的毛巾、尿布收一下。”

热水瓶车到了，她又提了水瓶去换了两瓶满的。

护士进来给母亲挂本日最后一瓶水，母亲问明天还挂吗？护士说要问医生。

她像个局外人，站在护士边上，认真地看她操作。她也曾有个当护士的模糊梦想。

临床待产妇在妈妈搀扶下，腆着大肚子在走廊里来回走着。

病房里静了下来。母亲指指衣架，她才发现自己外套没脱，后背有一层细汗。

“他去超市买东西了。”

“哦。”

沉默了一小段时间。小床上又有了动静。

“过来，来，看看你妹妹。”

“我妹妹？”

“哦，哦！”

她第一次觉得自己嘴笨词穷。从窗边绕过病床，双手搭向小床。这个过程，她觉得经历了一个世纪。这是什么样的一个魔头？将她与母亲分解、掰离。每一步，都有力量撕扯她，劝她离开。每一步，也有一些念头在飞，看看吧，剥夺你爱的家伙。

刚吃饱的她，手脚一起在运动，粉色衣服更显出皮肤白嫩。

她把头凑上去的时候。母亲说了句。

你俩笑的样子一模一样！

啊！原来我是笑着迎向那个冤家的。

她不由得扑哧笑出声来。这些日子以来，她笑得很少。有，也是职业需要。

“不想抱抱吗？”

母亲鼓励她。

她彻底抛开顾虑，伸开双手，一瞬间，手又触电般缩回来。

一个小小的肉团啊，这么小这么软。她绕到侧面，手还是伸不下去。

“一手托脑袋，一手抄屁股！”母亲指导她。

她把手指慢慢插进床单与小衣服的间隙，手指像在奶油里滑行，终于定位到重心，她像捧一个瓷瓶般把她缓缓托起，然后轻轻移向自己胸口。

她的手指、臂膀、胸脯一接触到柔软的、温暖的幼嫩肌体，汹涌的暖流涌向她心田。

她笑了，眼泪差点掉落。

她看到了一双清澈透明的眼睛，眼睛里什么都没有，容不下污垢和阴暗。

哎！我也曾有过这样的一双眼睛啊！

母亲大声提醒她。

“好了好了，放下吧。”

把手重新搭在婴儿床架上，她才觉出手麻腰酸，可说出的几个字却是清脆的。

“今晚我来陪。”

快线 7 号即将启动的时候，胖阿姨跳了上来。

“呦，真巧，又碰到了，还是回家啊？”

“哦，您好！是啊，回家。”

蒋婉把座位让给胖阿姨。胖阿姨不肯。

“你这么多东西，还是你坐，我站站挺好。”

蒋婉手上捧了两个包，脚边放着两大包东西。也实在不大方便。

“这都是婴儿用品啊？你孩子的？”

“不，不，是我妹妹。”

她瞥见胖阿姨嘴角掠过一丝疑问。

几天来，这样的表情她见多了。

超市奶粉销售员为她讲解进口婴幼儿配方奶粉的奥妙；服装店老板娘一身又一身让她挑选最美的衣服；婴儿用品店服务员给她推荐尿不湿、润肤油等新产品。

她们总会拖一句：确保最适合你的宝宝。

次数多了，她也就顺其自然，不否认、解释了。反而有一股暖意泛上心头。

自己这个年龄，正是母亲生下她的年纪。

她完全可以做个妈妈。当她触碰到妹妹肌肤的一瞬间，来源不明的喜乐和爱意掩盖了一切。

那个夜晚，其他人都睡了，她还趴在小床边看小宝宝的脸、手、脚，还有一道道的皱纹。

天微微亮的时候，小宝宝大声哭了起来，她也笑出声来。她猛地意识到：原来她就是我，我就是她呀！

回到城里，休息时间都用于为孩子购物。买这买那，停不下来，她也不愿意停。

于大飞和沈晨要想在她面前表现得好点，就乖乖地陪她买婴儿的东西。她跟沈晨商量好，非常时期，上一天休一天。沈晨抱着胳膊微笑点头。

她觉察出沈晨的笑意味深长。

连日来的疯狂购买，总觉得缺了什么。沈晨的笑，突然刺破她眼前的迷障。

她急匆匆地奔向一家著名金店。

店员介绍金锁、银镯、转运珠、路路通等的时候，她似乎又烦躁起来。店里给小孩佩戴的物件一样一样被拿出来展示，她都是一两秒就挥手否决。

店员给她一瓶矿泉水，开始玩手机，静候她指令。

她抬头喝水的时候，感觉侧面镜子闪现一道光，回头一看，却只见自己的脸。再喝水，又有光出现。她让店员帮着看。

“姐，是你的珍珠耳坠发出的光。”

她猛地把水瓶按在柜台上。终于找到了！她感觉心里一大片灰暗正在被珍珠的光亮清扫干净。

过了几站，胖阿姨坐到她身边。

“买这么多东西啊。”

“嗯！”

“今天气色好，漂亮着呢。”

“看您说的。”

“藏不住的。”

她没有接话，但是，她的确感到一束光从心里往外照射。

蒋婉惊讶从车站到继父家这段路什么时候变短了。

她像急着赴约的恋爱中的女孩，忘了叫个车，忘了乘公交，忘了坐到“咖啡·雨·茶”里喝杯咖啡，直愣愣地往前闯。

一辆空闲出租车在她身边刹停：“这么多行李，走起来不方便，上车吧。”

她这才觉得手臂酸软，回头一望，才刚离开广场。

车里正在放一首歌。

夜空中最亮的星

能否记起
曾与我同行
消失在风里的身影
我祈祷拥有一颗透明的心灵
和会流泪的眼睛
给我再去相信的勇气
越过谎言去拥抱你

她不清楚是什么击中了她，只知道此刻必须望见那颗最亮的星。

天还没有暗透，她落下车窗，探出头向天空张望。她惊喜地发现，天空中最亮的星，其实有一对。它们相距并不远，一颗眨眼，另一颗不眨眼。她按住自己的胸膛，感觉心跳竟与星星眨眼频率相仿。

母亲显然与继父在闹别扭。见她进去，才围绕小宝宝说些日常。继父出去抽烟，她立刻扑向小宝宝。

一个多星期没见，她长大好多，闪亮的眼睛、翘翘的鼻子、嘟起的小嘴，还有肉肉的小手和小脚。

“妈，妹妹的耳朵特别大啊！”

“耳朵大，福气大呢。”

“还有耳垂也大呢。”

“但愿她一生有福，不要像我这样。”

母亲话出口，竟有点泪盈盈。

她揉着母亲单薄的耳朵，除了软骨，几乎没什么肉。心里不由得伤感起来。

“刚才你们在争论什么？”

“还不是生了女儿，他不想摆满月酒。”

蒋婉呼地站起来，要冲出去，被母亲一把拉住。

“其实他心里是喜欢的，这里的风俗就是这样。随他吧。”

“我疼她！”

这话刚出口，眼泪就哗啦啦地流了下来，止都止不住。

泪眼中的宝宝的双眼更加纯净明亮。

母亲的手抚摸着她颤抖的肩膀，也跟着颤动起来。

一句在她心里憋了很久的话，终于冲过重重阻碍，落在这个始终不愉快的空间里。

“我没来照料你，太自私了！”

“没事没事，我懂，我都懂！”

“对不起！”

“傻孩子。”

等她平静下来，才发现她们母女三人紧紧拥抱在一起。宝宝出奇地安静，不时牵动嘴角，露出笑意。

她打开一只红色小首饰盒，一对白金珍珠耳坠在灯下闪闪发光。

奶奶给了我黄金珍珠耳坠，我也要给妹妹一对，比我的更纯洁、更明亮。我俩就是你耳朵上的一双明珠啊！

母亲笑了。

“有你们一对明珠，我就很满足了。可你什么时候把自己的事情定下来啊？”

蒋婉凝望虚空中的一点，那一点渐渐化成了一个模糊人影。

是于大飞，是沈晨？还是……

她心里还在踌躇，可她相信，忙过这阵子，那个模糊人影自然就清晰了。

路 口

林丽喜欢戴耳机听城市广播电台节目。有一次，她在末班公交车上被一对恋人的爱情故事感动得眼泪直流。今天，时间还早，情感类节目还没有开始，新闻一直插播路况，全是拥堵。她脚步轻松地，甚至有点跳跃地走向地铁站。

刚才，她打电话给比萨饼店请了假。换掉工作服，走出高楼的时候，几个男人还回头看了看她。她心情很好。地铁在眼前闪过，她看到晃动着的自己的模糊映像，长发披肩、身材高挑，一身黑底白圆点的连衣裙。进地铁时，她将咖啡色小包拉在身前。

“现在插播一条突发新闻。本市中华路和人民路交叉口的捷讯大厦发生火灾，消防员已赶到现场，事故原因正在调查中。”

消息播过十秒钟，林丽才觉得捷讯大厦有点耳熟。一时想不起来，她拿起手机在百度上搜索，原来是刚建成不久的商务楼。列车到站，一个胖男人迈出车厢时，把林丽的胳膊带了一下，林丽突然想起，儿子曾经说过，公司总部就在那里，他隔一段时间要去一次，送报表、材料什么的。

开开心心出来，现在林丽心中似乎又有点梗。她不由得轻轻叹了口气，开始关注这次火灾的进展。网上已经有人发出火灾视频，着火点看上去在中高层区域。听儿子说，总部还有展示大厅，那么应该在底楼。林丽索性拨打儿子的电话，没人接。她烦躁起来，在微信上写了留言：我正乘地铁前往万家灯火酒店，你也抓紧点。我在一楼大厅定座了，报林女士就可以。

发完一条，感觉不够，再追一条：捷讯大厦起火了。想再写早点到、不要迟到之类的，怕儿子烦，就收了手。她怕打字，跟姐姐聊天都是语音往来，弄得顺了，也给儿子发过语音。他一条都不读，说不方便听。

她小心翼翼地维系着与儿子的关系。有一天，她在高楼里工作时，看到平时少有人走的三十层楼道不显眼的角落里，结了一个小小的蜘蛛网。她把手中扫把挥向蜘蛛网的一刹那，僵住了。蜘蛛网困住了一只飞蛾，它扑腾一番，差点儿逃脱，只有一根蛛丝吊住它。蜘蛛体型比飞蛾小多了，它先试着拉起那根蛛丝，可蛛丝反而往下掉了点，于是，它轻轻地顺着自己吐出的丝，滑向猎物。看到蜘蛛与猎物碰在一起，林丽撤回扫帚，转身走下楼梯。

从那天起，她每天接连不断地问候儿子，不管他有没有反应，她遵循从蜘蛛身上悟出的“主动出击”法则，毫不气馁。当儿子对她发出的“喝咖啡”邀请说出“随便你吧”，她兴奋地冲到三十楼去找那只蜘蛛，然而，启发她的蜘蛛被其他阿姨清洁掉了。她难过了一阵。

列车进到目标站。林丽甩了一下头，几缕时髦的棕色头发拂过眼角。今天是好日子，她抿抿嘴，跨出列车，朝出口处走上去。

初夏，是这个城市最美的时节。耳机里传来林忆莲的《当爱已成往事》。林丽知道林忆莲的歌很难唱，这首歌曾经伴随她几乎崩溃的那段时间。到后来，她甚至出现了幻听，仿佛所有声音都是这首歌的变音。

她所在的乡村小学，没有乐器设备，教语文的班主任隔一段时间教唱一两首歌。这是她最喜欢的课程。其他课本都散发着讨厌的油墨气味。

一天午后，她倚在破旧教室门框上，一边嗑瓜子，一边哼唱《让我们荡起双桨》。应付县里检查无头绪的校长走过她身边，忽然有了新策略。

调研组领导们听林丽班主任的公开课。班主任在讲授“情景交融”时，让林丽站起来清唱《送别》。她已经练了两个多星期，每天中午、放学后，都要到班主任办公桌边，一句一句跟着歌曲卡带练。练多了，一听到这旋律就想呕吐。与歌唱家的声音相比，永远都学不像的心理阴影越来越大。

县里领导们离开学校前，都对倚在门上嗑葵花子的林丽挥了挥手。校长和班主任过来，给了她两支中华牌铅笔和三块双色橡皮作为奖励。这是她学习生涯中得到的唯一的奖励。而过多的来自生活的打击和意外，她早已将自己这一点可以称为小小“天赋”的东西抛到九霄云外。

当垂头蹙眉来到大楼物业管理处应聘时，她已经三天没有吃饭。管理处工作人员只是看在她身高的分儿上，才以城市最低工资标准试用她一个月。

半年里，她低头走路，遇人贴墙、侧身，很少开口。但是她却度过了有生以来最清凉、安静的夏天。大楼全天恒温在25℃，她宁愿天天加班，天天在有质感的耐磨地毯上静静地走着，时间把心中块垒一丝一丝地抽走。

物业公司中秋节的歌咏大会，是个转折点。林丽原本是一个看演出的新员工，分部的一个喜欢唱越剧的阿姨发高烧，急得主管大吼："谁会对付几句？"她犹犹豫豫举了手。

她选了《当爱已成往事》。乱糟糟的现场，她"往事不要再提"一出口，大家目光立刻聚焦到小舞台。风雨、爱和恨、断了过去……唱着唱着，她像一支点了火的火箭，刺穿云层，不可阻挡。她的声音往上飙，眼泪往心里流。她早就忘了歌词，只是在旋律里翻滚、释放。声音收住后，她浑身打战，踉踉跄跄。全场静默无声，过了五秒钟，全体起立，热烈鼓掌。她得到歌咏一等奖。

她渐渐恢复了以前的一些活力：微笑、爱美。擦卫生间玻璃的时候，她猛然间发现自己的脸有点红，嘴唇微微张开，下意识地在哼唱着什么。难道自己真的就这样一直过下去了吗？她紧紧闭上嘴，用力把玻璃擦得更亮。

林丽低头走过地铁站拐角，一个卖唱歌手震天响的歌声把林忆莲的声音压没了。林丽踩着无声的节奏，斜斜地瞄了一眼那个摇滚男孩。

这个男孩看上去跟自己儿子年纪差不多。她从咖啡色小包外拉链里挖出几枚硬币，丢进正方体纸盒上大大的圆洞里。硬币发出"噗噗"的声音。男孩边唱边对她鞠躬致意。她不好意思起来，加快脚步离开路口。

快步走了一段路，她缓下脚步。想到自己总在逃避的样子，又叹了口气。

上次与儿子吃完饭，从乡土菜馆出来，他们谈着辣子鸡里鸡肉没几块、冬瓜排骨汤里全是冬瓜、三鲜炒面油都汪出来。其实，她认为饭菜味道并不重要。重要的是，她和儿子面对面坐了两个小时。儿子虽然话不多，但是毕竟听到了她的话。她把自己想说的话，断断续续、有明有暗地倒出来。儿子反应并不强烈，而表现出一种令她摸不清的麻木。

走到大马路上，儿子问她是不是一起坐地铁。她清楚儿子与自己住的地方相隔并不远，同一条线同一个方向。可她连忙朝相反方向的公交站点走去，嘴里还解释："你乘地铁吧，我坐公交方便。"儿子对她做了个表情，朝相反方向走去。

站在兜大圈子的公交车上，她看到每个行走的年轻人都与儿子相似，低头看手机，他们发出的成千上万条信息，有几条是发给母亲的呢？她非常想告诉儿子，自己所做的一切，都是为了他好。对他的要求，她都答应，除了那一桩。

儿子出生时，林丽和郑强已经在城里。儿子只是像游客那样回过乡下，骨子里完全脱离了农村。林丽对此既欣慰又感伤。儿子再也不会看到黄河泛滥时的浊浪滔天，闻不到麦田收割后醉人的清新气息，听不到旷野里数不清的雷电轰鸣。

郑强每天都在外面忙生意上的事情，接送儿子到民工子弟幼儿园、小学，都是林丽的日常。她当时在一家大型百货商场的著名品牌鞋柜工作，经理说她修长的腿很美，特意嘱咐她穿自家品牌高跟鞋上班。

有一天，她把鞋穿回家，郑强和儿子围着她啧啧赞叹。那时，天是蔚蓝的，风是舒爽的。

她与郑强家相隔一条河，却分属两个乡。她姐姐嫁到郑强邻居家，她经常去玩。郑强要么在打麻将，要么在打牌，都是带彩头的。她在边上看着看着，觉得郑强拥有超强的脑袋。他算牌精准，牌风也好，每次都赢不少钱。

郑强还有与其他追求林丽的乡村小伙子不一样的地方，是他喜欢看书，特别是电子信息、电脑技术等厚厚的书籍，他没几天啃完，就能说出个大概。

林丽初中毕业后在家闲了几年，跟村上姐妹一起去了东莞。电子厂流水线工作她整整做了两年。两年间她和郑强没有联系。春节前，北上的绿皮火车里，林丽的骚动被硬生生地挤了出来。年初二，她就到姐姐家拜年。姐姐跟她说，郑强好是好，就是喜欢赌。林丽心里挺别扭。那个春节，郑强没有回家乡。

要是就此没有再遇见郑强，她这一辈子可能完全不同了。林丽又叹了口气，一抬头，自己工作过的百货商场赫然挺立在眼前。

林丽对美好生活的向往从这里开始，也在这里毁灭。

那天晚上，商场就要打烊。林丽跟邻近柜台的胖姑娘打了招呼，去洗手间。她刚把隔断门锁上，电话就来了。

电话里严肃、纯正的普通话还在继续，她的手机已经掉在地上。她先是无声啜泣，接着放声大哭。洗手间拥进很多人，大家让她打开隔断锁，但是她已经瘫软，手脚无法动弹。

她被胖姑娘驮出去的时候，睁眼看到了豪华大理石上闪耀的星星灯光，她想起了与郑强的那次相遇，也明白，从此自己的生活将跌落到镜面之下。

林丽去了趟北京。她把儿子交给在同一个城市的郑强的妹妹。儿子临别时问她去哪里，她说去北京。儿子嚷着一起去。她别过头，泪水长流。

这是她第一次去北京。当时最快的是“夕发朝至”车。她靠着窗户，怔怔地看夜色一点点浓起来，又一点点淡下去。虽然北京的一天从冬日暖阳开始，但是她却只感受到彻骨的寒意。

隔着看守所的铁栅栏，郑强仍在一遍一遍地算账。他被剃了光头，显出头顶的一块紫色胎记。她盯着胎记看，那张熟悉的脸，因为顶了个怪怪的东西而变得陌生。不规则的胎记，象征着他的另一面啊，想到这里，她心里猛地一惊。她责怪自己，怎么就没有看透郑强呢？

东莞的工厂倒闭后，她和四个姐妹来到昆山。台资企业就像码头招搬运工，十个人当中只能录用一两人。五个从南面来的姑娘，站在江南细雨里，盼望着自己的名字从尖嘴猴腮的 HR 经理的嘴里报出。

送走未被招用的姐妹们，林丽更觉孤单寂寞。太阳很大，她贴着商店、宾馆的廊下边看边走。似乎有人敲厚厚的玻璃窗，沉闷的声音让她想到打雷，她抬头望望大太阳，心里有点迷惑。

郑强跑出那家五星级宾馆，当街大声用方言叫着林丽的名字。包括林丽在内的好多人都回头看，那个穿长袖白色衬衫、打着蓝白条斜纹领带的小伙子，难道就是郑强？林丽不敢认。

郑强自称在谈一个项目，具体内容林丽并没在意，也听不太懂。当时林丽坐在大堂咖啡厅里，思绪已经很乱。服务员给她上了一份带奶油的咖啡，上面显出一个心。临走，她都不敢动这个形状。她不想让这颗心破碎。

当她按照警察的要求，把他犯罪罚没的钱凑上后，才知道总是衣着光鲜的郑强从他们重逢的昆山开始，就一直在做“小额借贷”生意，办案警察看她还是搞不清的样子，就提醒她，这俗称高利贷。

林丽心头一紧，高利贷是要死人的。事实上，郑强他们在北京放了一笔款子，事主是个私营老板，郑强通过分析认为他不可能还不出钱，而想赖账。他们绑架了老板的儿子，提出赎金要求。老板报警，警察很快把他们抓获。

最后一次见到郑强，他已在监狱服刑。他不停地看她身后。

“儿子没来。”

“下次把他带来，让我看看。他长多高了？该上初中了吧？”

“没有下次了。”

他露出惊讶的神色，很快恢复自然。

“我们离婚吧。”

“儿子得归我。”

“不可能。”

“你让儿子住他姑姑家，也不妨碍你今后的生活。”

“我考虑考虑。”

“不用考虑了，这是我唯一的条件。你也不容易。”

当时，一个出租车司机看上了她，她把事情全都告诉了司机，司机还是不放弃追求。她只好来找郑强。

郑强点头答应她的时候，她突然看见那块紫色胎记竟然变成了红色。她有点惊恐，越发觉得儿子住郑强的妹妹家不是陷阱，也是一个计谋。但是她无法抗拒，她想让儿子得到良好的生活与学习环境。郑强的妹妹一直单身。

“万家灯火”是最近冒出的网红餐厅。她跟儿子一说，他就报出哪几道菜人气高。随后他又表示，自己无所谓。

网红店订座时间要求很严，五点半到六点之间，就取消预订。林丽五点四十分进餐厅，门口已经有一小支队伍在等座。

她定的窗口四人卡座空荡荡的。她先靠窗坐下，随即调整位置，占了靠走廊的座位，还把小包放在边上。这样，男孩、女孩只能并排坐她对面。

点单用微信。她扫了二维码，没有先点菜，问服务员要了一杯白开水。

时间一分一秒过去，餐厅不到六点已经满满当当。她随着餐饮高潮紧张起来。毕竟，这是一个小小的“圈套”。

近段时间，她在微信上给儿子留言，几乎很难得到他的回复。急起来打电话，有时他不接，即便接了也说不到几句话就挂掉。一次，连续一个星期，儿子没有回她一个字。她只要裤兜里一震动，即使趴在卫生间里刷马桶，也要立刻脱掉橡胶手套看手机，是不是儿子回信。黄昏的光线有点晃眼，她把手机高举过窗户，原来又是商铺推介广告。

办公楼里的领导和职员都下班了，只有冷气“呼哧呼哧”地向外吐气的声音。她放声大哭，手机掉到地上，屏幕碎成一朵花。抹布落进马桶，洗涤液好像流成一条蓝色的河流。哭完了，她重新打扫了一遍卫生间，念了无数遍“南无阿弥陀佛”。这是一位陌生的河南大姐告诉她的，只要念一念这句话心中所求就会被知道。

当天晚上，儿子给她回了微信，不是一条，而是几十条。她相信佛、菩萨显灵了。屏幕碎了，不妨碍她了解儿子的近况。她的心也碎了。

但是，打电话过去，他又不接。她以和儿子同样的方式度过了一夜：失眠。郑强的事情，以及前前后后种种不顺心，她都很少失眠，但是儿子失眠、焦虑，仿佛连着她的神经。最近社会上抑郁症爆发式增长，惨烈的结局不时在耳机里听到。悲剧真的离自己这么近吗？那一晚下来，她觉得自己马上要疯。

主管检查卫生质量，察觉她面色差、情绪低，做事走神。自从唱歌才艺得到大家认可后，主管对这个沉默寡言、面目清秀的高个子阿姨高看一眼。午休时，主管拉她坐在花坛边聊天。主管是个懂沟通艺术的女人，先跟她吐槽了一大堆自己生活的不如意，丈夫酗酒、婆婆悭吝、公公好色，等等。作为交换，她不得不把儿子的困境说出来，但是她仅说了儿子。

主管一拍大腿：“哎呀！这有啥难？给他介绍个对象，全都 OK！”

那年黄梅天的一个黄昏，郑强的妹妹开车来把儿子接走。往后备厢塞箱包的时候，林丽闻到了一股浓烈的香水味，眼睛酸起来。她调整好呼吸，刚站直身子，突然发现儿子站在她身后。他背了一个绿色书包，一头汗把头发末梢都弄得刺毛毛的。

“你不要我了？”

她把儿子头发捋顺，说不出一句话。有一大块委屈团在喉咙口，开口就要喷发。

儿子低头上车。车子拐弯很久，她才慢慢走回一家三口租住多年的一室一厅公寓房。房间在三楼，她一步一顿，一步代表几个月。

房间正中，堆放着她那点可怜的家当。她从南到北，仔细观察变卖掉家具后的空荡荡的已经不是家的“家”。

卧室朝南，面积很大，刚入住时，大床边还搭一张小板床。她最喜欢看儿子睡着后的表情。一会儿，眉头皱得紧紧的，小脚有节奏地牵动；一会儿，他嘴角往上翘，“嘻嘻”笑出声来，把手举过头顶。她摇醒郑强，两人趴在床沿静静地看儿子。他们争论着儿子像谁，结果总是她获胜。

司机等得不耐烦，上楼来找她。把东西一样样搬下去后，他又在路边等了很长时间。林丽听到楼下催促的喇叭声，前后左右又扫了一遍，纱窗上有个角破了，她用丝线补了，现在又裂开了。绿色窗帘飘飘荡荡，儿子也飘走了。

司机家有多个房间。他女儿住北面的小卧室。她从不理睬林丽。林丽感觉自己只不过是个寄宿者。开始一两年，她还主动接近她，路过超市会买点廉价零食给她。那时，她还存有与司机结婚的想法。

希望和理想的破灭，都是一件件琐事积累的结果。司机身上有很多缺点，这不影响什么。但是如果危难关头不帮自己呢？这是个大问题。林丽抛出一个试探球。司机的实际行动让她沮丧。

梦里，林丽时常回到故乡原野，在广袤田地间奔跑、呼喊。上了年纪，城市生活鲜艳色彩逐渐退却。乡村宁静，甚至有点僵化的作息，对她有强烈吸引力。她在镇里订了一套简陋商品房。她盘算着自己的积蓄和还贷能力，打上两份工，基本可以应付。她跟司机好多年了，于是，她告诉他买房的意向。

这个浓眉大眼的男人当即拍胸脯支持她三万元。司机妻子遭车祸去世，保险公司赔偿了一笔钱。受益人理所应当是他们的女儿。但是林丽知道司机钱不是太紧张。别人早上六点出车，晚上不到十点决不收工。而他只做半天，他搭档的工时是他的两倍。他的两大爱好：喝酒、买彩票。一本本女儿用过的练习册空白处，他用红色水彩笔画彩票数字曲线。这些本子堆放在他躺的那侧地板上，只要醒着，或者梦中惊醒，他都要随手记下灵感数字。

三万元不是个大数字。他一忘再忘、一拖再拖。新房钥匙到手，林丽再没有提起那个数字的力气。

两个人每天躺在同一张床上，各自想着琐碎的杂事。林丽唯一不想的就是结婚，她最想儿子。

林丽喝一口白开水，低头刷微信。

捷讯大厦火灾已成朋友圈转发的热点事件。“知情人”爆料，捷讯大厦内某公司内闯入一讨薪人。劳资双方矛盾升级，公司叫来保安。争执过程中，讨薪人突然点燃携带的汽油瓶，引发大楼火灾。

儿子曾跟她抱怨工作累、工资低。她劝他大学刚毕业能找到稳定工作已经很不错了。不过她心里还是堵得难受，一周上班近六十小时，拿实习生工资。如果能够把这些工作量压到自己肩上就好了。

微信上说，讨薪的是个年轻人，她的心又紧了起来。马上六点半了。她打儿子电话，连续三次，还是没人接。她急得站了起来。

看她突然站起身，门口排队的人立刻向服务员示意。她又慌忙坐下。

儿子出现在她眼前，她反而一愣。

“打什么打？我人都在门口了，还不停地打。”

儿子一坐下来就抱怨，她一口气松下来。

“刚才捷讯公司火灾，据说是有人纵火，还是一个讨薪的年轻人干的。”

“哈，你认为纵火人是我啊？”

“不要瞎讲，我担心你正好去总部送报表、材料什么的，碰到危险。”

儿子皱皱眉头。这个动作很像郑强。郑强在打牌的时候，不自觉地会皱眉。在危急关头，眉毛也会打成一个重重的结。

几年前，林丽和司机还有结婚可能性的时候，和儿子单独碰了个头。当时，儿子正在长个头，一身篮球运动装，人又高又瘦，背有点儿驼。

她试探着说：“你爸判了这么多年，你马上高中毕业读大学，我这个年纪也挺尴尬的。”

儿子眉头紧锁，没说话。

她硬硬头皮继续说：“如果我再有个家庭，你有什么想法？”

儿子突然抬起头，眼里全是责怪，话里充满斥责：“你是不是现在就有了？”

“没，没有。我没有。”她惊慌地低下了头。

“我只有一个家庭。”儿子坚决地说。

“可我已经跟你爸离婚了。”她感到委屈。

“他是我爸，你是我妈。”

空气凝固。林丽没有再说下去。她住的地方，在儿子脑子里，一直是简陋的集体宿舍。

今天不能出岔子。林丽这些年从商场营业员、物业管理员、清洁工姐妹那里学到不少经验。

与郑强离婚后，她第一个念头是回老家。她极度厌恶城市，城市把人打磨成精怪。但是，同一个城市里，还有她儿子。日常生活都与她无关，可一旦有什么紧急状况，儿子比她自己重要得多。她每天念“南无阿弥陀佛”。找无须用脑、出卖体力就能糊口的工作。

她排斥用脑，但是此时，她不得不动足全部脑筋。

“那个心理医生还没来吗？”儿子在手机上翻看菜单，勾选了几个他喜欢吃的菜。

“你最近睡觉怎么样？”

“还那样。现在躺到床上就有恐惧感。”

“你也工作了，个人事情上有什么考虑？”

儿子摇着头，说话声音低下来。“我还能考虑什么。”

林丽的心猛地被扎一下。

高考志愿填报时间截止前，班主任心急火燎地打电话给林丽。

林丽费了一番周折，在一所大学篮球场上找到了儿子。复习、考试、填志愿，都是儿子一人。她实在说不出什么来。按照老师的说法，以他的分数完全可以填一个更好的学校和专业。但是他却填了听力与言语康复专业。

汗水顺着他瘦削的下巴滴滴答答往下淌。她拆开一包餐巾纸，抽出两张去擦儿子的脸。他避开了，卷起运动汗衫抹了一下头。

“你为什么放弃喜欢的化学专业？”

“现在我不喜欢了。”

“你打算一辈子跟残障人士打交道？”

“我就是残障人士。”

“你胡说什么？”

他用手指戳戳胸脯，反问她：“难道不是吗？”

她很想告诉他，每天午饭后，她都会一个人坐在无人经过的楼道里，摸出钥匙扣里他十岁时在照相馆拍的照片。有时看着看着，她觉得幻觉太多，只有照片真实。伸只手进去，就能把儿子牵出来。回到那段日子，她绝不让儿子离开自己一步。她把所有话都咽下去，内心有愧。递给儿子一个装着六千块钱的信封。

儿子去遥远的西南读大学的几年间，只回来过三四次，每次跟林丽吃一顿饭。他的话越来越少，蛮烟瘴雨阻碍了他们交流似的。

目前的工作与他的专业没有关联。每天在网络上搜寻相关资讯，做成分析报表供总部研发产品参考。

林丽长吁一口气，看儿子刚才点的菜。

“现在心理医生收费贵，预约难。我帮你约了个护士。”

“护士？”

“她是我们主管的亲侄女，卫校毕业三年，已经是市里医院大内科的主力护士了，人很漂亮。”

“你，你怎么能骗人呢？”儿子呼地起身。

“等等！”在心里演练过无数遍的话从林丽嘴里倾泻而出。

“我知道你恨我，也知道你在同学、同事面前背着沉重的包袱。这是你爸和我给你带来的不幸，我们对不住你。我经常一个人走路会出神，觉得自己好傻，这么简单的选择题当初怎么就一选就错，错了又错呢？也许你也这么认为。我想了很久都没弄明白。我拜佛，腰腿酸了、眼前冒了金星，没找到答案我还坚持着。后来，一瞬间，什么知觉都没了，人似乎在黑暗中飞行，目标是前面的一点光亮。但是，我总也飞不到，那个亮点永远那么小、那么渺茫。我在心里哎了一声，光亮消失，声音、气味、酸麻一下子回来了。我猛然明白，这就是我的命。现在，只有你恋爱了、结婚了，我一颗心才能有着落。”

“那么，爸爸呢？”

儿子声音很轻，林丽耳朵却震得发烫。

“姑姑咨询过监狱方面了。今年年底，爸爸就可以出来了。”

郑强表现好，获得减刑，提前五年释放。这个信息林丽清楚，可她始终不愿面对现实。比萨饼店的日历是她负责撕的，每次她看见绿色数字翻新，呼吸都变得沉重、杂乱。

她没料到儿子直接揭开她最脆弱的伤疤。

她打第二份工，为钱、为耗掉时间和精力，尽量晚地回司机家。这家比萨饼店是著名的意大利连锁店。前台的服务员都是学生或者实习生。店长看她长得端正，寡言少语，让她负责清台、翻台。她手脚利索、整理干净，打烊后她再检查一遍所有凳椅再走。

有一次，她发现靠窗的一张桌子下有个篮球。她坐下刷微信、打游戏。大约一刻钟，有人敲窗。一对父子正对她做手势，指那个篮球。

她重新锁门，她停住了手。灯光下，父亲快速拍打篮球向前，小孩晃着大脑袋、迈着小碎步，张牙舞爪地追赶。她一直看他们穿过广场，消失在绿化带后。她重新坐下，取出儿子的照片。两块肥嘟嘟的肉长在脸颊上，显露出一点骄傲神色。两只微眯的眼睛，试图把调皮藏起来。广场上空空荡荡，回忆却装不进来。

“你有什么想法？”林丽脑子里留出了足够的空白迎接儿子的建议。

儿子仰起头，目光扫向窗外。

“我的想法很简单，我们是一家人，就应该在一起。”

“不，这绝不可能。”林丽回答速度之快，自己也吃惊。

这个问题林丽暗暗自问很多年了。而明着问的人，儿子是第一个。即使她回老家，亲戚们都不会提郑强的事，而是热心参谋再找一个。随着她在城市里越待越久，三姑六婆也就渐渐闭上了嘴。

“为什么？”儿子显然有点冲动，“是因为他是犯人，还是你有了？”

林丽头靠到椅背，随后稍稍往前倾。她不想说太多，只说：“反正我和他再也不可能在一起了。”

“你听说过鸳鸯的传说吗？一对鸳鸯一只死了，另一只也将赴死，或者终身不再另找配偶。”

“即使我相信这个传说，我也不会做里面任何一只鸳鸯。我有我的生活，即使很穷很糟，也是自己的。”

儿子似乎看到林丽脸上的什么，忽然闭了嘴，低头玩手机。林丽伸手摸了摸脸，湿漉漉的一摊。

两人沉默了一会儿。

儿子突然冒出一句：“我不想继续做下去了。”

林丽吃了一惊：“你想干什么？”

“我还没有想好。”

林丽端详儿子的脸，遗传力量真强大。

郑强当初做的就是一步登天的梦。多少次，有些话到了嘴边，她硬生生地咽下去。今天，她觉得应该将郑强的事情告诉儿子。

“我离开你的时候，你还不大懂事。你对我们的印象，基本都来自你姑姑的描述。她尽量让你感觉你爸爸只是一时误入歧途，显然她在偏袒他。虽然她并没有妖魔化我，但是把一大半责任推给我。现在，我向佛、菩萨起誓，我所说的只是为了还原真相，没有其他目的。”

儿子慢慢放下了手机，呆呆地望着林丽。窗外街灯亮起，行人三三两两穿行在车流间，商场巨大的电子屏正在播放《向往的生活》电视预告片。

“什么是向往的生活？”林丽冷不丁插了一句。

儿子想了想，还搔搔头皮，最后摇摇头。

“当初，你爸爸就是想天天住宾馆、吃馆子，酒足饭饱后打上几圈牌。小赌也就算了，他想各种理由借钱。后来，我们欠了几乎所有亲戚的债。有一年，我发现他在外面找女人，一气之下抱着只有一周岁的你去了温州。我什么都不会，只能背着你在一家饭馆洗碗、扫地。三个月后，他找到了我们，承诺痛改前非，坚决要带我们回去。我心一软，跟他回来了。他消停了一阵，我带着辛辛苦苦积攒下来的钱，一一登门，还清亲戚们的债。但是，好景不长，骗术升级。他打着投优质项目的幌子集资。在高利息的诱惑下，一些人把钱投向他的皮包公司。他把后来者的一部分钱还前面的利息。他的所谓投资，除了放高利贷，就是赌博。有多少钱，他就赌多大。”

林丽一口气说完这些，喝一口水，补充一句：“你模模糊糊感受到的一家三口的幸福生活，其实并不那么美好。那是你渴望的、幻想的生活图景。”

街上响起警笛声，由远到近。林丽往外探望，看不到警车。

“如果警车是来抓我的，你怎么看？”儿子静静地盯着她。

“抓你？怎么可能？”话是这么说，她的心还是提了起来。

“如果捷讯大厦的火是我放的呢？”儿子的笑带着俏皮。

“不许胡说！”她脑子里一连串问号开始浮现。

警车出现了，不仅声音刺耳，连不断闪烁的红蓝光也打到林丽手中的杯子上。她看见自己的手在微微抖动。她闭起双眼，神情痛苦。

“你相信我的话了。”儿子的话里透出悲伤。

林丽睁开双眼。警车渐渐远去。

“我受不了刺激。”

“但你刚才认为我犯了事。”

“对不起，有那么一瞬间，我恍惚了。”

“你不是恍惚，这就是我和你的间离感。是你抛弃了我！背着绿色书包的我，只有八岁。从此我寄人篱下，哪怕一丁点儿的错都不敢犯。我始终觉得自己是一个病人。出生在污泥里，生长在夹缝中。高考的时候，我选了听力与言语康复专业，就是想帮助与我一样身心有障碍的人。可现在，我知道理想与现实永远都有一条难以逾越的鸿沟。除了抑郁，我还感到绝望。”

“我跟在那个人后面上了电梯。我低头看手机，忘了按三层键，等我反应过来，电梯已经快速上行到十多层。电梯里只有两个人。那人按的是三十五层。我捧着资料默默地陪他往上。他看了我一眼，又看了我一眼。

“‘实习生啊？’

“我点点头。开始注意他。他年纪比我大几岁，高我一个头，满头乱发，眼睛红肿，胡子拉碴。

“‘这些鬼公司，看上去光鲜亮丽，骨子里早已腐败猥琐。’

“我不敢接话。好在三十五层到了。临出电梯门，他对我做了一个竖拳的动作。

“电梯下行，我瞥到电梯角落有个工具包。赶忙随便按一层，停下，然后重上三十五层。

“电梯门开，外面的吵闹声吓我一跳。乱发男人正被几个保安抓着往电梯这边送。几个穿笔挺白色衬衫戴领带的职员胸口叉着手，在稍远的地方昂头张望。

“我喊了一声，对他示意手上的工具包。他犹豫了一下，夺过工具包，瞪了我一眼，露出凶狠面目。

“‘快走！’

“我忙返回电梯，电梯门缓缓关闭的时候，我看到他从工具包里拿出了一个瓶子，随手用打火机点燃。我似乎听到了他的狂笑声。

“所以，我刚才说的完全是真话。捷讯大厦的那把火是我间接点燃的。一路上过来，我一直在想，工具包是不是他故意不拿的？如果知道工具包里是汽油瓶，会不会拿到三楼去点燃？我吃不准。”

林丽长时间做体力活的脑子，有点跟不上儿子的叙事节奏。等她弄清楚，张大的嘴巴一时闭不上。

“隔了两条马路，我看到燃烧的大厦，想着乱发男子。我渴得厉害，拼命喝水，水像渗进沙漠一样。当我听到新闻里说，正在追捕纵火嫌犯时，立刻喝饱了。我清楚地记得，离开你的那段日子，我总是去抠绿色书包背带，那个部位是你最后抚摸过的。我抠啊抠，一直抠到背带穿洞。突然间，不再想你了。”

林丽眼泪滴下来，她用餐巾纸捂住双眼，她想把五官全部堵住。

这时，她多想一个人在安静的恒温的楼层里东扫扫、西擦擦，嘴里悄悄地哼着林忆莲的歌。当她有一天离开这个世界时，也希望有个长长的通道，她一边整理，一边朝前走去。前头是静谧的、洁净的极乐世界。

“我准备搬出姑姑家了。”

“住得好好的，为什么？”

“我和同学已经合租了一套两居室房子。”

“还有什么打算？”

“我俩准备办一个听力康复班，帮助有听力障碍的人。”

林丽的心猛烈跳动，但她用缓慢呼吸压住了。她依稀看到几个年轻人在一间整洁的房间里为老人们试戴助听器，为孩子们测试听力。而自己正在厨房里忙碌地为他们准备午餐。窗明几净、鸟语花香。

电话铃声响起，她刚一接电话，就看见餐厅门口一个长发姑娘在对她挥手。

“她来了。”

她对儿子说一声，站起身举高手机，迎着姑娘走过去。

刚才幻想的一切随脚步移动慢慢消失，现实重现。过会儿，她还得回到司机家里，那个地方冰冷如霜。还要每天打两份工，精力全都耗尽。再过些时日，郑强出狱……她不敢再往下想。

唯一值得期盼的，就是眼前的两个孩子能走到一起。

她拢拢头发，擦擦脸，笑意从心底发出来。

一次约谈

王玉兰拎着塑料袋走出新村，迎面碰到一个常客。客人问了句去送人啊？她哦了一声，就觉得不对头。掉转身，走回水果店里。朱亮不解地问她怎么啦？

她不吭声，在一堆杂物里东找西找。蓝白条纹的编织袋被翻出来，她把它套在透明塑料袋上。走出几步，编织袋发出响亮的嚓嚓声，她觉得很讨厌。接着她目光落到了自己的胳膊上。反复掂量，她才穿了一件黑色薄呢外套，里面衬一件白色半高领羊绒衫。黑白配，是一个客人传授给她的秘诀。走出门，她才知道，秘诀也有失灵的时候。春天天气作怪，昨天还是十来度的阴天，今天太阳一露头，气温逼近三十度。

走了一段大马路，路面上全是白腿白臂膀加太阳镜。她右手拎着袋子，左手挎着唯一一只出客用的小黑包。汗有点儿控制不住，她自然抬左手去擦，刚擦两下，手僵住了。啊！脸上刚涂了东西的。小黑包被笔记本、报告单、活页夹和几支不同颜色的笔占领，化妆包被清了出来。

她把脸贴近一家超市的玻璃窗，外面光线太强，她只能隐约望见自己黑乎乎的脸上，只是有几缕头发黏在额头，想象往往比现实来得复杂。她定定神，理了理头发。抿抿嘴唇，似乎还鲜红着。超市里一个胖乎乎的服务员对她挥手，她只当没看见。这个猥琐的中年男人到她店里总会顺手多拿点什么，哪怕几个小番茄。对这样的城里人，她内心里是看不起的。

汗把羊绒衫洇湿了。她站在公交站台上想喊停一辆出租车。但是，她的双手似乎都不空，无法抬起来。一辆又一辆空车开过，有几辆还故意放慢速度滑过站台。她看了一眼手表上的时间，离约定时间还有足足一个小时。到学校的这点距离，她甩开脚，走过去都够了。可现在她放不开，她比任何时候都来得紧张。她曾经说过，经历了那场风波后，她知道其实自己眼里只有儿子。

她突然记起来，那天也很热，朱亮只穿了灰背心搬货，一捆捆香蕉在她眼前晃得耀眼，心烦意乱之外，她有个不祥的预感。她告诉了老公，可他只是闷声擦了一把汗，右手上清晰可见一长条纱布。她比他多读几年书，也比他大三岁，事事都显得更精通。她说要去打破伤风针，不能自己盖块纱布就算。结果他发了好几天烧。烧刚退，那帮人就来了。

当时店还小，就他俩轮流看。亏她好说歹说，朱海翔把水果送进了店对面的幼儿园。园长、老师也就经常能够吃到便宜、新鲜又好吃的水果。一来二去，店里的水果也就悄悄地上了幼儿园的餐桌。那帮人借口昨天有人吃菠萝坏了肚子，吵着必须赔偿。朱亮刚开口解释，那帮人就开始砸。她开始时冲上去和老公一起阻止，后来她只是静静地站在一边看了。朱亮被打翻在地，五颜六色的水果杂耍般在空中翻滚，在地上开花。简易房店面全被掀掉，半个新村的人都在围观。她眼睛直勾勾地盯着新村口的那家安静的水果店。令她镇定下来的仅仅是儿子正安稳地待在幼儿园里面。

空气中传来一股浓烈的焦味，王玉兰偷瞄周边候车的人，没人感觉到异样。公交车还没来，站台几乎站满了人。她深深呼出一口气，再吸气的时候，吓坏了，焦味来自她体内！这已经不是头一次了，但是味道最浓的一次。她再次紧张起来。等会儿到学校一开口该怎么办啊？一辆空出租车过来，她慌乱走下一步，拦住了它。

一上车，她就瞥见光头司机右脸微微牵动了几下。编织袋放在脚下，小黑包捂在胃部，副驾驶空间不大，她有点手忙脚乱。司机对她做个手势，她连忙系好安全带，小包被卡，用劲松安全带却动不了。司机的脸又抽动了，拍下表计的同时问了目的地。听到那个全市最著名的高中名称，他又接了句，哦，送货要迟到了吧。

她胃部被勒得紧紧的，但这句话一定要回，我不是送货的，我儿子老师有事找我！司机听到外地乡下女人发出这么大声音，方向盘抖了一下，随后脸又抽了抽。她喊过之后，突然轻松起来。似乎发泄掉什么，最重要的是，来自体内的焦味消失了。

她相信一切都会慢慢好起来的。就像窗外那些樱花、桃花、梨花，到了这个季节就会先后开放，预示着美好的开始。她想静心看看那些不停闪过的白色、粉色、红色的一团团的花。可司机不时问些奇怪的问题，总之是不大相信。她已经骄傲地习惯了回答客人、陌生人的那些问题。

一个常客在那个高中招生说明会上碰到她。了解到朱海翔免试免学费保送进顶尖高中时，客人提醒她，女人出门要打扮打扮，不要穿工作服。想到儿子的名字，她就会自然而然地咧开嘴。

其实她和朱亮还没有见过海。怀上孩子的时候，他俩躺在凉席上，四只脚来回摩擦，不时碰到三轮车轮胎、泡沫盒盖、旧报纸，腐烂的水果味飘荡在这个不到十平方米的棚屋里，但是他们心情清朗，就像越过破漏棚顶看到星空一样。如果是女孩，就叫苹儿、桃儿、梅子啥的。如果是男孩，朱亮开始慎重征求老婆的意见。她又在席子上来回伸缩几下，海一定要有，不能被现在的环境憋坏，还得飞起来看海洋的辽阔。就叫海翔！我们没有见过海，就要让孩子在大海中自由飞翔。

出租车像滑翔机一样平稳向前，她望见每个人脸上似乎都是平静、喜悦的，而为什么自己总是心事重重，与众不同？就连从小到大从没让她操过心的海翔的学习成绩也出现了问题。现在离高考不到八十天。以往，只要头靠枕头，她就能睡着。春节前，搬进新买的新村里的二手房，蓝印户口躺在床头柜底层，她却没有睡过一个完整觉。

她最喜欢跟熟客聊高考话题，但是海翔一出现，说话就戛然而止。她赞同一些热心客人的意见，高考没有完美结果，上到高考状元，下到奋力挤三本的考生，都各有各的难。虽然海翔的成绩从零模到二模，下滑得令人胆战心惊，可她总觉得这绝不是最严重的问题，几乎在同时，昨天她收到了班主任许老师的约谈短信。她的心咯噔一下，若无其事地做事。朱亮并没有察觉。

她喜欢朱亮，很大程度在于他“心大”。在乡里小塑料厂，女工们使心眼让运输工朱亮多帮自己干活，朱亮倒不在乎，她们却起了内讧。在离开内地、前往哪个发达城市、以什么为谋生手段等关键问题上，朱亮完全听她的。那套二手房，就是她在为一个客人刨甘蔗皮的时候抓住的机会。那人说隔壁邻居要去上海工作急着处理房子。她喊来正在烧饭的朱亮的姐姐看店，自己跟着客人去了趟房子里。当天傍晚，邻居回来，她就把房子的事情定下来了，朱亮也去看了看，他就愁钱的事情。

钱，她清楚得很。全部付现，是不可能的。但是她很有底气。新村口的那个冤家店早在五年前就被她拿下，新村尾的桥塊摩托车修理铺也被她接手搞精品水果和鲜花，贷款有了后盾。尽管如此，她还是抱怨外乡人在城里办事难于上青天。况且贷款这种事情也不是送几斤水果就能搞定的，靠的还是经营实力。乡下多的是人，朱亮的姐姐、姐夫、外甥女，她的弟弟、弟媳妇，都成了店里的员工。

房子，她也满意。两室一厅，两个卧室都朝南，海翔住没有阳台的房间。他们尽量不去打扰他。搬进去不久，买甘蔗的客人后悔没自己买，房价过个春节就涨三成。听到这个消息，她心里一动，如果在二手房上一年来回动个一两次，开店的辛苦钱，不一眨眼就来了？

但是，农村传来不好的消息，她母亲在湿滑的地面摔了一跤。老家、省城医院来来回回她跑了五六趟，花掉房子涨上去的三成钱还不止。“炒房”的火苗一点一点在火车上、长途汽车上被她自己掐灭。她开始相信因果报应。

刚到这个城市的时候，她就怀孕了。她又羞又恼，还没有赚到钱，就要添丁。后来她发现，只要她以孕妇相站到三轮车前面，这天的水果就卖得特别好。朱亮受人点拨，高价买回一台电子秤。平时他不敢过分，分量上就多加三五个点。下雨天或者嘈杂的夜晚，朱亮憨厚的外表、耿直的语言迷惑了大多数中年以上妇女的心，他把分量有时多加了十几点。

水果批发市场去多了，朱亮掌握了催熟剂、保鲜剂、甜蜜素等的使用方法。她并没有多加干涉。妊娠反应让她注意力只集中在如何少吐上。最重要的还是钱。她不能眼看着水果就这么烂掉，或者吃口不好。朱亮戴着橡胶手套，往水果上涂抹，把水果按到稀释过的溶剂里。他不许她进棚屋，浓烈的气味会损伤小生命。

不久，人们发现了电子秤的秘密，同时也发现了棚屋里的瓶瓶罐罐。看在刚刚呱呱坠地的海翔面子上，大家只拿走了秤，砸碎了瓶子。

朱亮当着大家的面，发誓再不做那些下流手脚。他就是这样，说到做到，这也是她喜欢他的重要原因之一。

但是，她心里还是隐隐担忧。海翔出生的时候，他们蝇营狗苟、狼奔豕突。万一孩子出了什么问题，等于现世报了。

别人在出摊的时候，也有背着孩子的。但是她始终与海翔面对面，挂在胸口一整天，时不时她和儿子的脸碰擦。从他的唾沫、眼泪、呕吐物中，她都闻到一股甜蜜的奶香。晚上平躺在板床上，她听到脊椎骨咔啦咔啦的复位声。海翔会爬了，会走路了，会说话了，她左看右看察觉不出问题，渐渐地放下了心。

幼儿园老师顺路过来挑选水果时，告诉她一个消息，让她大吃一惊。她立刻想起自己的一个梦。那是她童年做的梦。她在村头捡到一张粉红色蜡纸，晚上她枕着蜡纸入睡。

梦里，幼儿园是粉红色的，园里的男孩女孩都穿粉色衣服。但是她却穿着铁灰衣服，被镂空的铁栅栏挡在外面。男孩女孩在玩数学游戏，他们分成两队，每队出一个代表，互相提问。每次女孩问男孩问题，男孩总是轻松答出。男孩问女孩，她都知道答案，女孩们却全不会。她高声地在外面报着数字，那些女孩回过头，以讥讽的眼神看她。只有那个男孩，远远地对她竖起了大拇指。

她没想到海翔居然成了这个问不倒的梦中男孩。老师边吃哈密瓜，边用纸巾擦嘴角滴下的浓稠汁液，神情夸张的脸拉得更长。海翔还在小班，二十以内的加减法却已熟练掌握。

老师挑了三只瓜，推搡中，扔下十块钱。望着老师因提重物往右弯的身体渐渐远去，她想只要海翔好好的，老师如果拿得动，所有瓜都可以兜走。

她盯着夕阳看，眼前出现一阵阵眩晕，在梦幻般的金黄色中，童年的自己已经换上粉色衣服，加入女孩队，和男孩子拼智力游戏。开心舒畅之余，她目光扫到铁栅栏，栅栏外，一个孤独灰衣女孩仍孤独地站立着。我是我吗？她是我吗？她低下头，眼前一片漆黑。

再次抬起头，她觉得刚才是幻象，她似乎永远都进不了粉色园子。对面的幼儿园虽然不是粉色的，但是院墙很高。四年间，她进出围墙很多次，却从没确认自己是否真正进入过园子。虽然每次她都会把脚底蹭了好几次才踏上彩色条纹塑胶地，却还是怕掉落下来泥渣。她总是缩在最后一个，使劲伸头伸脑探望。只要有人回过头来瞟她两眼，她就会觉得自己什么地方做错了。她检点全身，掖挺衣服，梳好头发，却仍不自信。

后来，邻市发生一起幼儿园爆炸事件。家长们不许再进园，送货也只能在后门验收、交接。大家都被挡在门外后，她感到一种平等的轻松。

出租车上了高架。等王玉兰反应过来，匝道都走完了。她指责司机绕远路，司机辩解地面道路修路。好长时间没有进市中心，她完全不知道里面路况。她只能紧盯着飞速蹦字的计程器，但愿赶快到目的地。

车子慢了下来，她的怒火上来。高架堵得水泄不通。司机光头上的汗滋出，一点又一点像露珠浮在宽大落叶上，脸部肌肉还在抽着。她怒了，提高音量，把辛辛苦苦学来的本地骂人方言畅快地试了试。她发现还行，虽然只用过几次，但是发音、语调、语速基本准确，关键的隐喻和内涵把握得很准。司机不时把头探出车窗，没有别过来面对她的勇气。

她感觉内脏又要被火烤焦了。脑子里跳出来的全是让她心急火燎的事情。朱亮身体好好地，突然有一天，一位熟客从美国探亲回来，把她拉到一边，说小朱这个阶段瘦太多，要去检查身体。天天在一起，她一点没感觉。朱亮本来就饭量大，近来吃得似乎更多。海翔在长身体，食量却赶不上父亲。熟客指点重点查血糖。朱亮开始不肯去，后来，自己照镜子也怕了。

检查结果出来后，那个熟客笑着对她说这是“富贵病”。她觉得心里稍微轻松了点，毕竟穷人有富贵在边上总是好的。接着，她缓过神，明白那是骂人的话。病是吃出来的。人是不能干重活了。但朱亮还是照旧吃，照旧干活。她听熟客说，朱亮这样的话，就是在慢性自杀。他打了个比喻，朱亮的五脏六腑现在都浸泡在糖水里。有几天，她的梦里尽是那些脏器被糖水侵蚀的画面，心肝肠胃一点点在融化、消失。

她天天劝朱亮吃药，按熟客提供的健康菜谱吃饭，但是他根本不睬她。他的信条，宁可撑着死去，也不愿意饿肚子活。

多吃会要了你的命！一天晚上，海翔夺过父亲的饭碗，狠狠地吼了一声。她从没见过儿子这样说过话。他总是低头，心事重重地思考着。特别是进高中之后，走路的样子，变成了“7”字。她看着儿子，心里产生酸楚感，那是陌生的滋味。朱亮的麻烦意外地被儿子解决了，他开始吃药，按照熟客指教的方法吃饭。

她才安下心，学校来了电话。海翔在上课时突然晕厥，班主任许老师叫了救护车已经送到医院。

过一段日子，她回想自己怎么到的医院，竟然完全记不得了。这也成了她的一桩心事。从小，她就把事情看得重，心事一件件积压起来，弄得她脑子发烫、胸口发闷。如果现在就得了健忘症，那么加上朱亮的病，这一家往后可不就完了吗？直到有一天，一个出租车司机来买水果，笑着说那天免费载她去的医院。她给他削了个苹果，让他说说细节，司机说停车等红灯时，整个车子都是抖动的。一下子，回忆全都回来了，她甚至记起来那天司机放的那几首流行歌曲:《小幸运》《会呼吸的痛》《遇见》《思念是一种病》。

许老师年纪不会超过三十岁，却有一股逼人气势。想想等会儿又要碰到她，她再次确认了拎包里的笔和本子。时间居然有点紧了，而前面的车子仍在蜗行。她抓了一把头发，居然真的扯下几根，里面还夹杂着一根白发。

司机手指不停地敲方向盘。司机就喜欢瞎动手指。那天送她去医院的司机吃苹果时，也四处弹钢琴般在店里乱弹。她没收他水果钱。走的时候，他把果核弹到了幼儿园门口。

海翔第一次昏厥是在幼儿园。园长抱着孩子冲出来的时候，她以为他不行了，报应来了。她瘫软躺倒，呼天抢地。园长大声喝住了她。这是癫痫，俗称“羊癫疯”。

上小学，也是园长帮了大忙。把海翔送进其侄女任教导处主任的学校，再三告诫她，不能说没这个城市的户口。园长真是喜欢海翔，还让侄女安排一个懂事的高大女孩坐在海翔身边，不仅不像其他同学说他身上有腐烂水果味，还密切关注他的身体动态。有一次上课，海翔病发，女孩紧紧抱住他，不让他倒下，校医赶过来及时治疗。进入青春期，这个毛病似乎一下子好了。海翔个子蹿得很高，肌肉也在强壮。她觉得这才是高才生的样貌。

但是，医院那一次把她吓坏了。最可怕的病，在于不知道是什么病。她冲进急救室，海翔已经半躺在病床上。她当时的确闻到了腐烂的水果味，在消毒水的衬托下，浓重而怪异。医生、护士都用一种她熟悉的眼神瞥着母子俩。许老师等她喘息稍定，就连续发问。那天起大风，医院的桂花下雨般落地，满地金黄。奇怪的是，她没有闻到一点香气。许老师的问题她无法回答，只能说自己错了，向老师、向学校道歉，至于犯了什么错，该道什么歉，她没去多想，她只想摆脱病房里的尴尬。

来店里的客人，都喜欢问朱亮和她家乡的情况。讲得多了，她总结出自己一套讨巧的说辞，让客人听后，既显出大城市的优越感，又流露出家国情怀，以及对“三农”问题的忧虑。朱亮却总是说俺那里空气好，水直接喝，人不患病。客人在朱亮手里称的水果，远不如她经手的多。她把朱亮打发到后面整理、挑拣货物，不同的客人她都让他们开心满足。

许老师显然是海翔历任班主任中最难搞的一个。她是物理老师，似乎崇尚论证，挖掘事物的最初状态和发展轨迹。医院里的提问，长久缠绕着她。这些一针见血的问题，一针一针扎在她心上。半夜里，她偷偷取出自己存的那张存款单。一阵心痛，下个月就三年定期到了。

花了很多钱，所有的心、脑检查都做了，还是不能确定那天他在教室一头栽倒是什么原因。她逼着医生作出结论，医生只好发明了一个词：“非典型性癫痫”。她赶忙拿去给许老师。许老师淡淡地，却又诚心诚意地告诉她一个道理，海翔只能拼身体。

终于挨到高架路有匝道的路口，司机赶忙窜下去。这时，离约定时间只有一刻钟了。王玉兰已经急得忘了骂司机，手指掐手背，绿灯过了一个，手指放松点，一个长红灯，指甲都陷进肉里。

和朱亮来这里前，他俩从未在城里生活过。红绿灯他们是不看的，还有好多警示标识也看不懂。渐渐地，那些具体的他们都懂了。还有一些隐形的禁忌她还在琢磨，可朱亮再琢磨也不成。

她给园长送水果，园长四五次当中会收一次，如果是其他东西，园长就不会要。她改变思路，估摸着时间差不多，就送园长一次进口水果。同样的方法，她用到那些教过海翔的老师身上，效果都差不多。她觉得自己的智慧全使在给儿子创造良好的环境上，也是用在了刀刃上。但是，到了许老师这里却卡了壳。

家长会上，许老师的话像一支支箭，把刚才挺胸走进教室的男女家长射得鼻青脸肿，弓腰曲背。她用的工具很多，最要命的是“比”。她做了那么多表格：班级比、年级比、区里比、市里比、省里比，还有自己跟自己比、跟去年比、跟入学时比。最后的结论，没学生不在退步的。

她倒是单独见过几次许老师，有一次还带了一个著名品牌的水果券，但是许老师根本没给她拿出来的机会。她在这个年轻女人面前，不仅闻到了高雅的香水味，更感觉到一根无形的高压线，自己根本不敢出手触碰。

接到短信到今天上午，她做了很多功课，主要分析许老师没有给出的数据上。关于成绩的那些数据的确呈下滑态势。但是，她把海翔入学后参加的社会活动次数、数学和物理竞赛的成绩、文体表演的情况等也细细地列了表，鲜亮的颜色显示的都是往上走的趋势。

她觉得自己变了。这些年来，除了进货付钱、出货数钱，就是盯着儿子的成绩。从小到大，老师们都喜欢海翔，他默默地把自己的事情做到最好，成绩一直像血压器的汞柱，越逼越高。

她要谢谢许老师，让她发现儿子成绩之外的东西。

她把气一放，突然间，看得到蓝蓝的天，闻得到新村里清爽的香樟花味道，海翔的身子像在渐渐直起来。

忽然间，她感到很伤心。造成这些年压抑、沉默、灰暗的，竟然是自己。最初的一次，园长握着她的手，说了海翔有天赋之类的话。后来，她专门收集那些赞扬的话，拿到昏黄的灯光下，狭窄的饭桌前。海翔很懂事，从不把学校里的委屈带回来，但她还总嫌不够，儿子应该是近乎完美的。

最近，一个顾客把一个熟过一点的西瓜，当场摔个粉碎，快速说着方言骂个不停时，她并没有去听那些脏话，而是猛然明白一个道理，她逼海翔，其实是为她自己。于是，她放声大哭。一个西瓜也不至于这样吧，熟客都来劝。她还是停不了。她把悔恨狠狠地吐了出来。

出租车上的最后几分钟，她闭眼度过。声息、光影、心思都被她屏蔽。泪水静静涌出，随着心跳不断起伏。她仿佛置身家乡千亩麦田当中，微风里传来稚嫩麦草的清香。她放下身上所有东西，仰面躺倒在麦地里，天朝云移动的那侧渐渐倾斜，她觉得每寸肌肤都在融进泥土、空气、阳光里。身体变得很轻很轻，风托举着，带着灵魂游荡。终有一天，她会回归这里。

下车的时候，她对司机没有任何怨言，尽管他还一再强调各种客观原因。她看着车子走远，仰头看了看天空，灰蒙蒙的一片。远远地，一只绿色风筝飘飘荡荡。她四下寻找广袤的绿，却被汽车突地响一声警告。她忽然明白，绿色在心底，现实在跟前。

走到校门前，离约定时间还有五分钟，她从上到下整了整。总觉得有什么地方不大对。蓝白编织袋！脑子仅转了一秒钟，她就觉得应该把它留在传达室。

传达室的保安扫了一眼，就似乎看穿了里面东西似的，坚决不允许来路不明的东西寄存。她也不好意思从里面抓一点上好的进口水果出来孝敬保安，时间一下子变得又紧张了。

然而，她从保安一口普通话里听出一点蛛丝马迹来，连忙切换方言对话，刚开始保安还矜持地守着普通话的底线，不过一些亲切的口音很快刺破了防线，原来两人是一个县的老乡。坐是没时间了，出来再叙谈吧。但是老乡把她拦住了，半小时前通知的，全体教职员工开大会。现在进去，一个老师都碰不到。

她这才想到看手机。果然，许老师二十多分钟前发来短信，约谈延迟一个小时。她长长叹了口气。紧张、松弛，来回折腾，汗都快出尽了。老乡给她一瓶矿泉水，她对着瓶子上的满眼绿色微笑着。他不解地看着她。她问他对家乡的最深印象。他说酱驴肉的时候，嘴唇边冒了一层白沫出来。她笑得把水都吐了出来。两人比着出来的年龄，到过的地方，做过的职业。说着说着，突然，都沉默了，说不下去了。

一对满头白发、拄着拐杖的老夫妻从学校门口缓缓走过，老头还用手指指牌子，老太太点着头催他往前走。

他们就这样默默地盯着两个老人走远，然后才说到孩子的事情。

她早就习惯人们用惊讶的口气赞叹海翔，正在她等待老乡露出同样的情态时，她听到的只是一声叹息。随后他说出的一番话，让她心抽得紧紧的。

他回避了本校的事情，指向隔街另一所重点高中。他说的事情，报纸、电视上虽然没有，但是街头巷尾都传遍了。

出事的那天，他下中班，晃过那所学校门口时，想找熟悉的保安聊聊天，突然发现校园里气氛不对。晚上九点多，警察、医生、教师等来去匆匆，却又安静异常。熟悉的保安被挤到墙边上。他靠着没换的衣服跟他们混在一起。但是他们都呆呆的，他问这问那，被他们严肃阻止。趁一个空当儿，熟悉的保安跟他嘀咕一句：一个高三学生跳楼了。

她被他带入紧张神秘的气氛，像是有人轻轻在她耳边说了句噩耗。她全身抖了起来，刚才脱下来的薄呢外套重新被紧紧地裹上身。她怀疑自己是神经质，联想起来无边无际。有一回，隔壁胭脂店老板吹嘘知道一只股票内幕，说自己所有积蓄都买了，劝她也投进来。她偷偷拿出存在箱底的三千块，交给胭脂店老板。从此，任何关于股票的消息都让她一惊一乍，特别是暴跌、利空、断崖那些词一旦在媒体出现，她的咽喉就像被卡住一样，气都喘不过来。

前一阶段，她也听到这个消息。她悄悄把房门推开一道缝隙，直勾勾地盯着儿子足足看了十五分钟。一刻钟之内，海翔刷题、转笔、挠头。正常。她放心地热了杯牛奶端给儿子，随意问了几句身体情况的话。一切正常。隔天，她屏蔽有关消息。对大嘴巴客人，她送上一个削好的水果。而现在，她无法回避。

海翔的成绩下滑，许老师分析得很对。但是许老师没有跟她捅破那层纸。儿子进出家门，加起来的时间不超过十个小时，包括睡觉时间。她对他的了解，似乎还停留在聪明的、沉默的少年时代。顶级高中聪明人太多了，也就是刚才保安叹息时说的第一句话：害人呢。

其实，她怎么会注意不到那些细节呢。难得的一个晴朗的周日下午，她硬拉儿子去公园散步。他默默地走，似乎没有什么能够吸引他，只是偶尔昂头看看蔚蓝天空。但是，他在一个锦鲤鱼池边停了下来，她也很开心地陪他看五色鱼。看着看着，他把手伸进鱼池，她还是没在意，轻松笑起来。猛地，他整个人朝鱼群直直扑过去，她才慌了，连忙把他一把攥住。她追问他，他一言不发往回走。晴天之下，除了儿子，全都暗了下来。

老乡快速用拇指摩擦中指和食指，用夸张的动作把她拉回来。她明白他表示的是钱，这是始终压在她心头的一块大石头。他还在往她最不想听的方向深入。她果断打断他，让他问问会议什么时候结束。

他打电话的时候，她心里在做比对。如果没有买下那套房子，她可以对儿子说，那条对你来说并不高的一本分数线，只要轻松越过，然后拼上所有的钱，想办法争一个名校的名额。但是，这也不能确保，有了钱，她并没有把钱投得出去的门道。

他还在电话里家长里短地聊着。她已经瞥见三三两两手拿笔记本的老师往办公楼走。她心里一紧，忙摸手机。手机到手里，短信也来了。许老师在办公室等了。

多年前的一个星期六的下午，全市首届“阳光少年”颁奖活动在新建成的图书中心举行，市领导将为朱海翔等二十名代表颁奖。海翔拿回水果店两张票，一名获奖少年可以带一个家长。她试了几乎所有当季服装，选定了一件红色外套。当她把票交验的时候，察觉到检票员憋住了笑。

家长的位置在市领导后一排，都是居中。她挤到自己的位置上，刚坐定，赶紧伸手理头发。边上有人笑出了声。虽然其他的女性家长几乎没有穿红衣服的，但她还是很讲礼数的，这样的重要时刻，就是要穿得喜庆。她又摸摸耳环，耳洞都塞住了，临出门之前，用血的代价打通了的。她悄悄看看手上，没有血迹。但是窃窃磋磋的声音还在继续。最后，旁边一个西装领带的家长对她做了个手势。她霎时觉得头膨胀了十倍。

她是躲在走廊的门边看完整个颁奖仪式和表演的。她双手紧贴身体两边，手臂酸得差点抽筋。回到店里前，她都不敢抬一下手，不然两侧的腋下脱线的部位会出卖她的尴尬。

她眼神好，望见台上的海翔不管是受奖，还是作为代表演讲，都在往那个空位置时不时地瞟一眼。她恨自己像电视里演的刘姥姥，关键时刻总有意外，还挺不住。

但是，今天不会了。她也不再是当年的她了。走出传达室的一瞬间，她大方地把一路拎过来的水果全都送给了老乡。他谢她，自然而然称呼她王老板。她轻松起来，脑子里闪出《至少还有你》的旋律。

她只要儿子。

这个念头一出现，其他任何东西都在往后退，更有一些已经消失在她脑海。她踏着歌曲的旋律，微笑着走向教师办公楼。

在林荫道上，她突然听见了铃声，一时间，细碎的光斑叮叮当当地砸在她身上，她无法躲避。

夜静人未眠

静音的手机，屏幕不停地闪烁。惠惠侧脸望了好几次。身边的胖五早就鼾声如雷。可惠惠还是不敢接电话。她悄悄地将手机翻转，光从床头柜表面透出来，细细的木纹卷成一个个旋涡。惠惠感觉自己会被吸进去。水的深处没有阳光，她被黑暗压迫得透不过气来。她索性紧闭双眼，希望睁开眼时，已经过去百年，压在她心头的巨石早就粉碎。

过了好一会儿，眼睛悄悄撑开一条缝。黑暗渐渐退了下去。手机不再发亮。她轻轻下床，赤脚走出房间，转到隔壁房间。小婧抱着猪娃娃睡得安稳，她像一片纸，插进被窝里。被子、床单、枕头保持空床时的整齐。四点十分。惠惠下意识地替女儿掖了掖被角。

卫生间镜子前，惠惠端详自己。太瘦了，颧骨和锁骨格外突出，下眼袋又黑又大。她抿抿嘴，大眼睛、吊眼梢、薄嘴唇，细看之下，女人味还是很浓。可刚才胖五把沉重的身体压在她身上的时候，头却是埋在枕头里的。抽筋般的动作过后，他一翻身就进入梦乡。她撩起头发，额头两角有两块伤疤。

“你不许走！”惠惠拦在摩托车前。

阿三不急不慌地点上一根烟。“闪开！”

惠惠去拉后座上的女人。路人一片起哄声：“噢！好！”

阿三叼着烟，跨下车子，左手一把掐住惠惠的咽喉。眼珠凸出，声音低沉。

“滚开！”

惠惠顺手抄起人行道上的一只小板凳，用力甩出去。看客们兴奋地跳跃着躲避凳子。

阿三发力，把惠惠推倒在地，重新骑上摩托车。

惠惠爬过几步，平躺在车前。“有种你从这里轧过去，里面是你亲骨肉！”

“疯了，你疯了。”阿三熄了火。后座上的女人下车，一甩头，高跟鞋留下一串轻佻的声音。

阿三转身想去追，惠惠双手死死抱住他的双脚。

“你作死！”

阿三捡起一块砖，对准惠惠前额就是一下。惠惠手还是没松。阿三对着另一角又是一下。血汩汩往外流后，旁观者才分别抱住阿三和惠惠。

“夫妻哪来这么大的仇噢。”

惠惠听见这句话，晕了过去。

“街对面那个穿牛仔服抽烟的男人，看到没。好像盯这里好久了。”

胖五放下勺子，用油腻的围裙擦手。对惠惠说道。

惠惠早就瞥见阿三了。

她支吾着：“在等人吧。”

她暗自庆幸自己的警觉。来店里后，就把玩具、蜡笔带上阁楼，然后做了好长时间思想工作，小婧才点头到阁楼上带着猪娃娃画画。工作时，自己戴了大口罩，扎了彩色头巾。

“对了，你姐又推荐了一位老师，我想明天下午再带小婧去老师那里试试。”惠惠转移话题。

“随你便。”胖五又起了个油锅，腰花入油的声音像放鞭炮。胖五几乎吼出声：“你要做好思想准备，去了也白去！”

惠惠尖利的声音穿透力很强。“我就不相信了！”

“老板娘，来碟油炸花生米！”

“来了，来了。”

斜眼一扫，阿三不见了。她松了一口气。

三伏天，四点多天就泛白。

惠惠打开卫生间的窗，从六楼往下张望。晨练的老人们已开始出动，远处早点铺的鼓风机沉闷地呼吸。

她手里握着一瓶安眠药，象征性地倒进倒出。身子往狭窄窗口挤挤，试试一跃而下会不会卡住。其实，她心里很明白，如果没有小婧，她早就以任何方式离开了。

小婧出生的那天，阿三的判决书也送到了。

“婧”字是她翻破旧《新华字典》取的名。希望女儿将来有才华，不依附男人。

上户口的时候，孩子父亲一栏，她用笔粗粗地画了“×”。

小婧不声不响。她抱住女儿的时候，常常流泪。

当时她在便利店打工。店长大姐嘴狠心软，让她带着小婧上班。惠惠在店里忙收银、理货，小婧在狭小仓库里独自待着。一天下来，满屋都散落着她画的漂亮蜡笔画。每个店员都对此赞叹不已。小婧面对这些表扬，要么低头不语，要么空洞地望着货架上的某个商品。

“惠惠啊，孩子有点不对劲啊。”店长憋了好长时间。

“姐，有什么问题？”惠惠不止一次听到人家的议论，她偏执地认为小婧怕生、胆怯。

“我弟媳是心理医生。前几天碰头吃饭时，我跟她说了小婧的情况。她认为可能是自闭症。”

哗啦啦，惠惠刚拆开的一卷硬币全掉在了地上。

几个穿橘黄跑步衫的身影快速拐过街角，风吹起他们的头发，惠惠想起了一个字。

看来自己注定又要“跑”！

阿三像个幽灵，怎么也摆脱不了他。

她和他从小生活在同一条老街上。每次汽车开过，总会扬起尘土，他俩在尘土中嬉笑打闹。

阿三住在一个大杂院里。每当下雨，阁楼总会滴滴答答漏水。水桶、瓷盆、海碗摆成一排接水，静静地听水落下的不同声响，这里是他俩约会的天堂。他们常常窝在阁楼里，一待就是半天、半夜。

夜幕降临，弄堂里暗号响起。阿三翻窗跃上屋脊，像只狸猫，轻盈地几扑几跳，就落到弄堂地面。不忘回头对她献上飞吻。

她心惊肉跳地等着他回来。残缺的《基督山恩仇记》，不知被她翻了多少遍，可内容一点都没记住。

绷带、碘酒、红花油等的熟练使用，让她成为一个熟练的“护士”。阿三把战利品献给她，有时是一把小刀，有时是一个票夹。她把这些礼物仍然放在阁楼的抽屉里，不敢带回家。

最严重的一次，阿三从窗跳进来就重重摔倒在地板上，弄得楼下三姑妈放声大骂。

“要不是看在你死鬼父亲的面子上，我早就让你滚蛋了。你再这样下去，离死也快了！”

的确，阿三背上挨了一刀，伤口很深很长。惠惠要送他上医院，他倔强地趴在地板上，惠惠只好帮他消毒、涂药、包扎。

阿三转过苍白的脸，头发挡住右眼，轻声地说：“以后一定要嫁给我。”

惠惠也怕去医院。

店长说了那番话之后，第二天，惠惠就带着小婧离开了从小生活的城市。

嘈杂的火车站里，她掏出手机。上面一串未接来电，都是店长打来的。她来到卫生间，拔出电话卡，扔进马桶。在水的漩涡里，她看到了冰川。

这个城市已经没有再待下去的必要。和阿三同居的那天起，父母、亲戚都与她断了联系。她不知自己作了什么孽，单纯地爱一个人，难道就犯了天大的错误吗？

阿三、小婧的状况，让她渐生悔意。

她把小婧抱在怀里，眼望窗外不断变化的景色。从熟悉到陌生，她既没有留恋，也生不出希望。

烧烤店在出租房弄堂口。一到深夜，浓烈的油烟味熏到惠惠狭窄的房间，她会想起一些与阿三在一起的美好瞬间。

她拉着小婧的手经过烧烤店门口。小婧的眼睛盯着简陋霓虹灯闪烁着的“龙虾·啤酒”广告牌不肯走。一个胖子在店边搭出的土坯房里颠勺，胡乱奔蹿的火焰燎红了他的圆脸，还卷光了头上所有毛发。

她蹲下身，陪小婧一起看霓虹灯。小婧一旦盯上感兴趣的事物，便不肯轻易离开。

夜越深，烧烤店里人越多。胖子热火朝天地干着，他穿的圆领汗衫，鼓起一个个大小不一的泡泡，在惠惠眼里，这些泡泡会随着温度的升高，逐渐飘向星空，化成一个个幻想。

“吃饭？”胖子双手擦着更为油腻的围裙。

“不。”惠惠抱起小婧。小婧挣扎了几下。

“进来吃点吧，免费。”胖子的眼睛眯成一条缝。

“不不。”惠惠赶紧往前走几步。

“有事找我，我叫胖五。”胖子的声音从背后清晰传过来。

“有事找我！”阿三把客人送出门。

“你不许去！”惠惠把桌上的礼物扫到地上。

“最后一次！”阿三总是说这句话。

“要么送命，要么进去。”惠惠伸出两根指头。

“你不要触霉头。”阿三恭恭敬敬对着关二爷像三作揖。从供桌下抽出一长一短两把砍刀。大的用红布一裹，小的直接插在皮带上。

一场街头排档的酒席里，几个小弟争先恐后地向惠惠描述阿三的英雄事迹。

“大哥独自走进门。对方五六个大汉站起来，大声对大哥叫嚷。一阵啰唣后，大哥只问一句话：你们让不让？对方领头的大块头额头爆出青筋：不让！你拿我们怎么样？大哥从腰间拔出短刀，喏，就是这把虎头刀。塞到大块头手里：你们先砍我，把我砍死，这事了结；砍不倒我，我把你们全做了。大块头拎刀就砍。大哥这身手，他们这帮混混哪是对手……”

“得了得了，我不要听。”惠惠的心整天都被这些事情吊着。

阿三也沉默着。酒杯里的普通黄酒到了他嘴里，似乎成了陈年佳酿。他抿一下，夹一口菜，酒和菜混合成一股香味，连惠惠都闻到了。

再简单的酒和食物，阿三都细细品咂。惠惠知道，他把每餐饭都当最后一顿来吃。

惠惠腆着肚子，目送阿三骑摩托车走远。夜色中，红布被风吹得几乎散开，隐约看得见被路灯照得一闪一闪的白刃。

阿三没有再回阁楼。

胖五走进出租房，手里提着糕点和熟菜。

小婧躲在妈妈背后，头埋进惠惠衣服里。惠惠走到哪里，她都吊住不放。

胖五坐下，惠惠只能站着。胖五拿起一块蛋糕，绕过惠惠，递给小婧，小婧没有反应。奶油蛋糕很香，惠惠很长时间没有吃了。

“小婧乖，吃蛋糕了。”惠惠把女儿拉出来。

小婧仰头看妈妈，眼神空荡。三个人雕塑般维持了很长时间。

胖五最终撤回了那块蛋糕。他舔舔手指上的奶油，夸张地说：“啊！真好吃。”

小婧低下了头，双手搓着自己的衣襟。

“我忙不过来，你到我店工作吧。这里环境太差了，我有地方给你们住。”胖五打开熟食，拣了一块酱牛肉往嘴里一扔。

阿三不会这样吃。惠惠突然想起前夫来。

窗外飘来歌声：“女人花，摇曳在红尘中；女人花，随风轻轻摆动。只盼望，有一双温柔手，能抚慰，我内心的寂寞。”

阁楼上，阿三搂着惠惠。

“我最爱梅艳芳。人们说她‘艳’，我却最喜欢她的‘侠骨柔肠’。”

惠惠抬手摸阿三的络腮胡，根根像挺立着的刺。

胖五球一般的脸，没有一根刺。

小房间里，小婧咳了几声。

惠惠推开门，坐在床边，轻轻拍被子。小婧睡着的时候，眉宇舒展开来，像极了她爸爸。

惠惠俯下身，捡起一张飘落的蜡笔画，似明似暗间，卡通人物跳出画面，拉起她的手，叽叽喳喳说个不停。这是她当前最大的安慰。

小婧的异常，惠惠早就观察到了，只是安慰自己，孩子小，大了就会改变。到了两岁还不会说话，惠惠自己都急了。更为严重的是，除了妈妈和猪娃娃，小婧不关心任何人、任何事。想到怀孕时的痛苦、阿三带给她的劫难，惠惠只有日益增加的自责和对阿三的憎恨。

小婧三岁了，还不会说一句话。惠惠鼓励她很多遍，才勉强蹦出“妈——妈”来。

有一次，她带着女儿去菜场买菜，跟肉摊老板讨价还价，又要求切肉丝，乱哄哄一阵子下来，一转身，她惊得灵魂出窍。

小婧不见了！

她怎么能不见呢？她什么都不懂！

惠惠疯狂地满菜场找，扔了肉，扔了菜，丢了钱包，只有手机紧紧攥着，她想拨报警电话，但是那个简单的号码组合，却怎么也想不起来。她恨眼前那些散漫的人，更恨那些满面笑容的人。半小时，她觉得自己末日来临了。

她不知为什么会走进菜场边的公园。可能想到那里有个大池塘，可能觉得池塘是她的归宿。她出了一身又一身的冷汗，衣衫湿透，在三月的天里，却感觉不到冷。眼前变成黑白，她也不诧异。她只是手抖，抖得像鸡啄米。

突然，小婧的影子就这样孤零零地闯进她的视线。她跌跌撞撞扑上去，两人一起摔倒在地。没有一句话，只有无声哭泣。围观的人越来越多，好心的大妈把母女俩搀起。她这才注意到，女儿一只手始终指着地上的粉笔画。一位大爷正蹲着画一个彩色孙悟空像。

回家的路上，小婧拧在文具店前不走。惠惠给女儿买了一套二十四色蜡笔。

陌生号码打了好几遍，惠惠才接。

“喂，是我。”

惠惠愣在那里。客人大呼小叫的声音一下子消失了，她只听得见自己急促的呼吸声。

“听得见吗？是我。”

那个声音在手机听筒里，旋转、放大，变成一片乌云，恶狠狠地压下来。她不敢掐断电话，更不敢搭话，任由电话继续通着，也许，通着通着，他自己就会挂了吧。

“你别以为我找不到你。我知道你的电话，就快了。”

电话挂了，嘟嘟嘟的声音还在响。手机就像胶在耳朵上了，她一时竟无法拿开。

端菜、送酒、翻台、清洗、打烊，惠惠机械地重复着每天的固定工作。

凌晨三点，她驮着睡熟的小婧，跟在胖五后面，回到胖五家里。

胖五又在她身上闹腾好一阵，她恶心得差点吐出来。那晚，她所有肌肉都僵硬，胖五嘟嘟囔囔骂了好几回。

当她松弛下来，她做了个梦。

阿三是条狼。猎人把狼捕住了，关在铁笼里，可狼逃脱了。狼盯住了她。她拼命往前跑，狼在后面紧追不舍。她逃到悬崖边，狼一步一步紧逼上来。她咬咬牙，心里只有一个念头：千万不能回头。眼一闭，从悬崖上跳了下去。

决不回头！哪怕过得比现在更糟糕，也不回头！

惠惠打定主意，像只猴子，在胖五狭小的一室半旧房子里，摘下属于自己和小婧的衣服、用品，收拾干净，抟紧，塞进行李箱。

她站在马桶前犹豫了半天，最终没有把电话卡扔进去。

她熟练地驮起熟睡的女儿，拎起行李箱走到大门口。轻轻用钥匙转动门锁，门外的湿热空气滚进来，霎时将她的汗逼了出来。把钥匙放到鞋柜上后，她回头望望昏暗室内，那些熟悉的家具、那些熟悉的角落，她叹了口气。

胖五在下午醒来，通常做两件事，要么捧着手机打游戏，要么躺着抽烟看电视。她搬进来后不久的一个下午，胖五什么都不做，从东晃到西，不时望着墙上的时钟，突然塞给她一把钱。

“买点菜去。”

“买什么啊？”

“随便随便！”

“钱太多了。”

“去城南新开的超市买，选好点的。”

“这也太远了吧！”

“别啰唆，去吧去吧！好好挑啊。”

她又累又无聊，带着小婧到附近超市随便买点就回来了。

门被反锁了。她心一动，把耳朵贴到白铁皮包的门上，生锈的铆钉毛躁地警告她。胖五吭哧吭哧的低声叫唤声，夹杂着女人痛苦的呻吟声，从铆钉孔里旋转着钻进她耳朵。她连忙转身捂住小婧的耳朵，一步一步，又轻又慢地转下六楼，直到底楼，才松开双手，似乎听见的不是她。

那天晚上，胖五照例折腾她。她别过头，带着似笑非笑、似哭非哭的神情，麻木地承受着。

后来，只要是胖五多给钱让买菜，她就用钱跟女儿大吃一顿，有时一根葱都不买回来。胖五想要发作，却还是用粗大的手撸撸光脑袋，傻笑笑。

本来，她想留下只言片语，再一转念，放弃念头，转身跨出门，回头掩上白铁皮大门，铆钉组成的“福”字，像咧开的一张大嘴。

清晨的售票大厅空空荡荡，空气中弥漫着隔夜的酸腐气息。

电子大屏上一行行高铁信息反复滚动，那些令惠惠向往的城市名字跳跃着，张开双臂欢迎着她。可她忍住了。她站了很久，腿都麻了。

一张回故乡的车票被检票口吞进又吐出，她这才长长舒了一口气。

高铁刚启动，小婧在她怀里醒来。她揉揉眼，望望妈妈，转头盯着窗外，就像早就知道要乘坐这班列车似的，安静从容。

一个多小时的车程，惠惠脑子里一直在放电影。

虽然是故乡，熟悉的城市，却没有她和女儿的立足之地。她搭乘公交车，朝想好的目的地而去。

店长一见她们，就搂住小婧。小婧任她抚摸、搂抱，眼睛盯着五彩广告牌。

“惠惠，几年不见，你到哪里去啦？看你瘦成这样，吃苦了吧？”

“姐，我向你道歉，我错了。我不该不听你的话。”

“别说了，回来就好！来，先吃点东西。”店长端上来满满一桶关东煮。

“我不饿，真不饿。”惠惠环顾店里，重新装修过了，店员也全换了。

“你不吃，孩子可是要吃得饱饱的啊！”店长抽一根竹轮给小婧。小婧顿了顿，慢慢伸出手，拿了，一口接一口吃了起来。

“乖孩子！真可爱！”店长笑着说。惠惠看到蹲着的店长头发稀松发白了。

“有个事想请你帮忙，我又说不出口。”店长越热情，惠惠心里越堵得慌。

“什么事啊？快说！”

"我，我想请你照顾几天小婧。"

"这是什么话啊？"店长站起身，递给惠惠一串鱼丸。"就放我这里了！我喜欢都来不及呢。"

"我会快的，有个事要办，办完就来接。"惠惠心里一酸，忍住马上要掉出的眼泪，跑出便利店。走出一段路，她才责怪自己：怎么谢都没有谢一声呢？

这个城市变化很大。惠惠拖着大箱子，在人群中闪躲，就像一个异乡客。

她不敢回熟悉的街区，在城乡接合部找了个廉价旅馆住下。

仰面躺在狭窄的单人床上，窗式空调叹气、嘶吼，却不怎么制冷。沿街叫卖声、汽车和电瓶车的喇叭声、切割铝合金型材的噪声，吵得她心烦意乱，她用枕头紧紧捂住双耳。手机响，她看了一眼，胖五的电话。今天他比往常起得早。她没有拿他任何东西，不亏欠他什么。就让铃声继续响吧，在这嘈杂的环境里，铃声就算一种怀念吧。

又来电话了。她侧脸一看，浑身肌肉立刻紧张起来。在没想好之前，她决定不接这个电话。

阿三曾经做过生意，那段时间，她成了"老板娘"。接接电话、算算账目。阿三买了一辆小货车，每天早晨，他俩去建材批发市场进货。看着水曲柳三夹板被搬运工一片一片插满货斗，她感觉腰包一寸一寸地鼓胀起来，心也定了不少。阿三用皮筋把长发扎在脑后，走起路来威风凛凛。她站在旁边看。阿三不时地给工人们派烟、递水，声音柔和，语气谦和。他就是这样的人。遇到蛮横的，他却决不低头。街坊邻居有人见他怕；有人喜欢他，愿意跟他在一起。

店里的生意还算不错，每天能够成交几笔。她在店门口搭个小煤气灶炒菜做饭。傍晚总有人赶过来，摆张小桌子在人行道上，一起喝啤酒，吃她做的饭菜。那个阶段，没有暴力，只有笑声。

“我们走吧。”一天傍晚，阿三让惠惠收拾除了建材外的全部东西。

“走？到哪里去？”她茫然地看着他。他把头发全都剃了，头皮青青的。

“我把店和货车盘掉了。”

“为什么？”好好的日子走到尽头，她绝望了。

“有个兄弟被人害了。正在抢救，需要钱。”

“那我们怎么办？”

“我会有办法的。他为我挡过命。”

命！惠惠忽地坐起来，继而站起来，在四五步距离的廉价旅馆空间里来回走了很多遍。突然，她站住，抓起手机，拨通了那个电话。

这个咖啡厅他俩都熟悉，只是现在换了牌子。服务员提供手冲滴漏咖啡，惠惠站在柜台前看了很久，要了浓浓的美式咖啡，又香又苦。

她把身体深深陷进高背圈椅里，双手紧紧搂住无纺布袋子，闻着咖啡香，思考着问题。

阿三端了马克杯悄悄坐到她对面。窗外夜色很浓。路灯、汽车灯像一只只机敏的眼睛，扫视他俩。

“你瘦了！”阿三啜了一口咖啡，眼睛盯着她。

“你精神不错。”惠惠把布袋塞到背后。

“在那里过得怎么样？”

“什么在那里？我就在这里。”

“别装了。我知道那个地方。”

“我什么地方都没去。”

“还记得我让人给你带的话吗？”阿三跷起二郎腿，头向左侧歪过去。

惠惠摇摇头。那句话深深烙在她心里。

“离婚我同意，可你不能找别的男人，不然我把他弄死！”

她身体一颤。那是个雨天，小阁楼就要拆迁。三姑妈逼着她搬家。她抱着小婧不停流泪。一个高大的男人闯上阁楼，简单快捷地转述阿三的话，转头就走，出门的时候，她看见那个男人后脑勺有一道斜长疤痕，像一条巨大的蜈蚣。

“是那个胖子吗？不要以为在外地，我就拿他没办法。”

她声音高了起来：“我跟你说了，我就一个人过，从没有离开过这里。”

“我都看见了。”

“你看错了。”

阿三点了一根烟，一位女服务员过来制止。阿三蛮横地瞪了她一眼，姑娘悄悄退下。

“你怎么还是这样。”惠惠抢过烟，掐灭在自己的咖啡托盘里。

阿三两手一摊。“好吧好吧。”他脸上露出微笑，“女儿现在好吧？”

胖五在小婧身后，不停地发出夸张的赞叹。

小婧没受任何影响。她认真画着一幅美少女像。闪亮的大眼睛、金色的长发、白色连衣裙、红色长筒皮靴，最亮的是少女手上的魔法棒，她正在施展魔法，点点小星星，代表着纯洁的希望。

胖五猛地将手里啃着的鸡腿扔进垃圾桶。

“小婧，她，她是天才啊！”

胖五来过几次出租屋后，惠惠对他的好感反感参半。他热情，带吃的用的来。他揩油，伺机动手动脚。

那天，惠惠脸上露出了笑意，她看出胖五是真诚的。

“我们要给小婧找个好老师！”胖五激动起来，嘴上油油的。

“开玩笑，她连校门都进不了。”惠惠让水龙头的水流到手臂上，冰冷的水，让她冷静。

“我姐姐就是教美术的！我让她来我家教小婧。”

惠惠低下头。小婧的事是最大的事。

胖五乘势而上。“搬到我那里吧，大家都方便。”

“你还是先给她看看小婧的画吧。”

“我把女儿送掉了。”惠惠将空咖啡杯往前一推。

阿三摸摸刚长出的头发，不紧不慢地说：“你不会的，你们在等我。”

“还记得我的绰号吗？”惠惠面孔板板的。

阿三仰着头来回摇，像在搜索信号。最后，小眼睛眯缝着盯住惠惠。凑上头，轻轻地没有把握地询问：“我赌钱的时候？”

建材店关掉后，阿三闲下来就往外跑。惠惠开始忍住了。后来他整夜不回，回来往阁楼上一躺，等到天黑又跳起来往外冲。而她肚子又一天比一天大。风言风语传到她耳朵里，阿三并不是去做生意，而是去赌钱。赢了钱，他就和搭讪到的女人在歌舞厅厮混一夜。赌输了，到处借钱，想连夜翻本。

大着肚子找到街角的三轮车夫，让他们带她去地下赌场。车夫们不肯，也不敢。惠惠掏出一叠钱。

“我去赌钱啊，你们知道我家的情况，我用这点钱去撞撞运气。”

一个年轻车夫接下了活，但是反复告诫惠惠：“千万不能告诉阿三哥，是我拉你去的啊！”

赌场在一幢写满红色“拆”字的危房里。两桌人在推牌九，烟雾缭绕，怪味呛人。坐着、站着、站在凳子上的人，围了密密麻麻的三圈。阿三站着，身体前倾，高声叫嚷，噼里啪啦往里扔钱。惠惠掰不开人墙，好在阿三长发在脑后束起来。她探出手，抓空几把后，靠在别人身上，往前一挤，一把抓住阿三的头发，猛地一拉。阿三受惊，大声叫起来。赌徒们以为警察来了，疯狂逃窜。

阿三抡圆巴掌想落下，惠惠把肚子挺上去，阿三气恼地将手掌拍在自己膝盖上。

“你，你等着瞧！”

跑出去的人慢慢又聚集回来。惠惠扶正一张板凳，小心地站了上去。她的声音尖利，像刀刃划过玻璃的声音。

“我有两句话说，我就要生了，阿三要做正经事。今后只要他再来赌，我就报警，大家帮我监督好他。这对大家都好。”

一阵哄笑。不知谁带了头，大家鼓起掌来。

阿三推开人群，往外快跑。

“阿三啊！你老婆是‘太平洋警察’呢！”

一片嘘声。

胖五的姐姐摇摇头，走出房间，拎起包往大门外走。

胖五愣在那里。

惠惠紧跟着胖五的姐姐来到楼下。

一阵秋风刮过，银杏树上飘落几片金黄叶子。

胖五的姐姐叹了口气。

“孩子或许是个绘画天才。可我教不了她。”

惠惠心里冰凉：“有什么办法呢？我都急死了。”

“你清楚孩子的问题，就要治疗和教育相结合。”胖五的姐姐又瘦又高，只有粗大眉毛、厚嘴唇显示与胖五的血缘关系。

惠惠想起店长的话，点了点头。

“要我说，必须接受特殊教育。”

“现在我很难，小婧更难。”惠惠低下了头。

“孩子对色彩、构图有特殊的敏感，却又特别拗，我只能送几本画册给她。”

惠惠看着胖五的姐姐在风中离开，情绪低落。

“我联系同学试试看。”胖五的姐姐突然回头，高声说，“不要放弃！”她用手在空中做了挥笔的动作。

“你在警告我？”阿三警觉起来。

“我是告诉你，你我现在没有任何关系。”

“那怎么可能！你那么早就跟了我！”

“所以我一直在为那个错误赎罪。”

“我脱离社会时间久了，看到繁华的大街就头晕。”阿三轻声说，“跟我走吧！”

没有一丝犹豫，惠惠坚定地说：“我决不回头！”

顺着惠惠的语气语调，阿三强硬起来。“你试试看！”

“刚才我跟你说‘太平洋警察’的事，是提醒你，不能再乱来了。”

“我不用你提醒。”

“更重要的是……”惠惠从无纺布袋里拿出一个棕色大瓶子，旋开盖子，一股刺鼻气味立刻盖过咖啡的香气。“这是我的决心。”

阿三惊讶的神色显露在脸上。

“你这是干吗？”

“你逼我，我就把这瓶东西喝下去！”惠惠把瓶口提到嘴边。

一辆敞着车窗的轿车驶过，惠惠眼睛跟了男驾驶员一段路，才注意到长发飘飘的他身边，坐着一个短发戴大耳环的年轻女人。

“妈妈！”小婧在她身后喊了一声。

她回头。老师带着小婧走上前。

“小婧好样的，进步很快。”

“谢谢您的指导！”

“下个月在上海有个国际儿童画展，你不反对的话，我想让小婧参加。”

小婧仰头看着惠惠。惠惠突然发现这么多年来，那双眼睛里有了一点光在移动。

“太好了！”惠惠俯身抱住小婧。

“你们全家一起去感受一下艺术氛围。”

惠惠直起身，扭头盯着空荡荡的马路，缓缓地说：“我们全家都在这里了。”

起风了，惠惠把自己的围巾摘下，围在小婧脖子上。

小婧笑了，一股暖流流过惠惠全身。

神经元

浅蓝色大湖，雪山倒映湖面。大家围在圆桌边，无声无息地吃饭。他端起一杯咖啡，雪山又到了杯中。突然，雪山开始崩塌，杯子剧烈抖动，咖啡晃出来。他仔细一看，杯碟里空无一物。他扫视周围，那些人脸模糊不清，正在慢慢扭曲、雾化……

他一脚踩空，从梦里醒来。

他感觉心脏仍在剧烈跳动，呼吸风箱般抽动。他睁开眼睛，可没有成功。啊！还在梦里。梦中梦，是经常发生的事情。在梦里唤醒另一个更深层次的梦，但并没有真正醒来。好几次，他甚至已经觉得自己坐了起来，顺带把床头柜上的那杯水都灌了下去。一回头，看见自己还懒懒地躺在床上。顿时，挣扎着爬起来的意愿可能会使头稍稍离开枕头一点点，最终却还是被柔软的鹅绒吸过去。根据经验，只有等待。时间一分一秒过去，意识一点一点从梦的泥潭里拔出来，然后，睁开双眼，回归纷扰的世界。

然而，比平时多等了几倍时间，他还是没能张开眼睛。外界声音已不容分辨地钻进他耳中。汽车以及喇叭声、工地打桩声、鸟叫声和人说话声，还有莫名其妙的杂音。不能再装还在梦里！他必须继续行动。

他发出命令，手和脚似乎没有接收到。一瞬间，恐惧漫上心头。他屏住呼吸，集中意念，心里数一二三："起！"他惊恐地发现，不仅手脚、眼皮没动，连声音都发不出。

"我死了吗？外面这么多世俗的声音，怎么听也不像天堂，当然也不会是地狱。要不，就是可怕的病真的来了！刚才那些乱七八糟的梦是不是在预示着什么？"他想了一会儿，听到若隐若现的一首歌飘过来，旋律熟悉，歌词却是新填的。他敏锐地捕捉着新老歌词的异同，嘴里唾液分泌多了起来。大学时代，他骑自行车的时候，经常哼唱这首歌，后座上的女友不停地晃动双脚。她现在在哪里？

不久前，一条微信朋友圈信息显示她正在瑞士读EMBA。配阿尔卑斯山图片的文字简洁生动：我在这一站下了车，巨型XYZ公司蓝色列车呼啸向前，云卷云舒，我不带走一粒尘埃。看样子她辞职去读书，他没想通，却又不想发信息问她。四十多岁的女人了，何必呢？

傍晚下班，他走向地下停车场时，又想起她的图片和文字。一阵风吹来，连打几个喷嚏。进入冬季，事情特别多，感冒一直没好透。坐进车里，发动汽车的一瞬间，手指麻了一下，他以为是静电。

忙到午休时，才喝上一口正山小种，胃里暖起来，他舒展地横在沙发上。麻木感再次袭来，脚趾、手指、眼皮都清晰地感受到了。不是静电！他细细地回想，记忆深处的蛛丝马迹显露出来，已经这么长时间啦？他有点惊讶。同时，脖子后面掉落几滴汗珠，心脏加速跳动。

他暗暗掐掐手指，痛感明显，轻松感重新覆盖全身。

这才七天时间啊！大脑快速运转，噼里啪啦放电，信息交互和传输接近光速。宇宙中的一切，终于坍缩到他脑子里。脑子看似有限，其实超出宇宙范畴。

两滴眼泪挤出眼睑，滚落脸颊。

“何医生，他醒了！”

“帮他擦擦吧。从今天起，二十四小时不能断人。”

“可我还得上班。”

“请护工吧。你来他休息，你走他上班。”

“我……”

“我什么我，马上上地塞米松等激素，家属在这里签名。”

“我不是，不是。”

“不是他妻子？”

“嗯，女友。”

“他没其他直系亲属在？那就你签！”

哈！女友！他差点想把滚出的眼泪收回。他苦笑。渐渐地，笑串起涟漪，在心胸荡起波澜，他想憋住。一转念，憋不住又怎样呢？他放开笑了，这才是真正的只属于内心的笑。平静的外表下，莫名的笑席卷身体每个细胞。这多像台上的那些总裁、副总裁们啊！平稳外表下，个个都在互相较劲。谦逊的一个微笑，附上的是一句诅咒。

“叫什么名字？”

“诸小花。”

“病人名字！”

“哦，贾文山。”

“四袋水，分别是激素、氨基酸、维生素和葡萄糖。”

“挂几天见效啊？”

“你去问医生，我只负责挂水。”

小张护士的形象一直印在他脑子深处，圆圆的眼睛，高挺的鼻梁，两片稍厚的嘴唇，说话时经常蹦出童音。虽然小花比小张大不了几岁，可就是不能比。小张俯身、转身时惊起的细微的风，他都能感觉到，淡淡的消毒液混合护手霜的味道。这样的气味下，他渐渐安静下来。

来这个医院看何医生，是副总裁介绍的。那天下午，会议休息时，他俩躲到阳台上抽烟。副总裁发来的烟，他指头没夹稳。

看了他检查的一大堆数据，何医生开了住院单。他急着问病因。她指指病历上两个花一般的字。辨了好长时间，他才弄清：待查。

他不想住院。公司那么多杂务缠绕着他。可总裁打来电话。嘘寒问暖一番后，让他不要管公司的事情，安心养病。

“可我没病！指标还都不错呢。”

“呃，这个，是啊，身体不会有大问题，不过小问题也要重视。工作不要担心，安心安心。”

他敏锐地感觉到总裁身边站了副总裁。很可能副总裁刚刚接完何医生的电话，跑过来汇报他的病情。大凡病情，病人大多只知道冰山露出海面的部分。

他厌恶何医生的一切，虽然从大众眼光来看，她是一个标准的中年美妇。她笑，他觉得伪善；她不笑，他觉得冷漠。她多问，他觉得像前妻蕾蕾那样神经质；她少问，他觉得她没有尽到医生的责任。甚至，她把头发扎一把，他觉得装嫩；她把头发披肩，他觉得散漫。

烦躁不安源于毫无章法、没有目的的全面检查。住院前的检查统统作废，一项项重新来。小花累得瘫在方凳上起不来，把送快递的弟弟找过来，陪他做完所有检查。

温暖的室内，飘雪的室外，进进出出，他感冒加重了。在单位他为人处世还过得去，没有完全对立面，却也没有铁杆。大家拿了鲜花、水果来看他，说些完全记不住的话，坐也不坐就走了。总共有五六批。那是入院后三天的情景。当时，相比阵发性麻木，他更担心感冒的走势。

第一波寒流压过来的时候，单位里好多人感冒。他没喉咙痛、咳嗽，也没发烧，只感到浑身没劲。任何事情都变得冗长难耐。多年没见的同学刚下飞机就赶过来看他。他俩隔着宽大的办公桌对坐，黑色暗纹实木桌面，像一条波涛汹涌的大河，阻隔了言语传递。他不时用长音发出“好吧”“行啊”，暗示会面的结束。后背有一条冰冷的线正在爬行、生长，刺痛他的脊椎。但是同学还在滔滔不绝，他索性借口上厕所，跑到一间无人会议室，在长沙发上躺下。熬，他突然想到了这个字。上班熬到下班，下班熬到上床，上床熬到睡着，醒了又开始各式各样的熬。由近及远，一生也无非这个字。他觉得在沙发上躺了差不多半小时。回办公室发现同学手边的咖啡还在冒热气，看表才晓得只过去了五分钟。

同学把土特产放在黑色暗纹里，说句“你忙”，失望地走进暗成铁灰的黄昏街道。如果同学知道这是他的病，心情应该会好点。他觉得很对不起同学，只是错误难以弥补，也弥补不了。

住院后，何医生问了他好多关于感冒的情况，包括同事们的感冒症状。一个个问题分析解答下来，他判断病毒在他体内扎根了。他能感觉得到病毒司令部就在尾椎骨中。他把自己的推测告诉了何医生，她只是笑笑。他发现医生的笑都很难捉摸。据说何医生的老公是脑外科主任，医生家庭说说笑话就会到人体上，在他们眼里，器官就是零件、配药就是调味、手术就是雕刻。

在他的紧逼之下，何医生只好说：“手脚麻木，可能是感染病毒引起。”

他轻松地躺在病床上，小花在一旁削苹果。

“不对啊！”他猛地直起身子，小花苹果差点掉了。

手脚麻木最初的记忆，他找到过，远在这次感冒之前。可是，何医生也没有说错，感染病毒，谁知道哪天感染的？狡猾的女人！

小花想把苹果切成小块，他阻止了，拿起就咬。“咔嚓咔嚓”的声音里透着自信。整个过程中，手指、牙口都灵活。吃完苹果，他研究了一堆报告单，嚷着要出院。小花找来值班医生，医生说晚上不办，要办明天。

他打发小花回去睡觉。起夜的时候，发现双脚都麻了，到卫生间短短几步路，他走了大半夜。等他回到病床上躺平，窗外传来鸟叫声，微白的光亮隐隐投射到窗帘上。绝大多数人都将开始普通的一天，短暂平凡，甚至无聊烦恼。他羡慕那些混杂在车流、人流中的普通人。

从入院的第四天凌晨开始，他显出“特殊”来。

小花坐在床边按摩他的手，长时间挂水使左手冰冷。看不见、动不了后，听觉特别敏锐。他听见小花的呼吸粗重，一股大蒜味飘来。小张护士告诉她要打持久战，身体支撑下去就要吃大蒜增强抵抗力。小花就是别人说出道理，她就会认真执行的性格。

刚和蕾蕾离婚的那个阶段，他总觉得在人前说话支支吾吾，抬不起头来。别人的生活都经得起阳光晒，就他的像一份灰色档案，见不得光。真正好起来，是他当上人事经理，有权随便翻阅员工个人档案后。一边翻，一边在心里骂，原来人人都有隐秘事件，人人都和表象不一样。那些员工后来在他眼里化成符号：单亲的、离异的、丁克的、受处分的、书包翻身的、富二代，等等。

人事经理是个被人表面尊重的职位。他懂得里面的诀窍，他没有像有些人在日常工作中，随口说出他人的学历、履历、双亲来，而是把他人隐秘当作比自己的还重要。人员岗位调整他也不失时机、恰如其分地透露点风声。这两点也成为还有几批同事来探望他的主要原因。剩下的，他与其他人事经理一样，是单位这台机器上被拨动最多的，不能自转的最大零件。

但是，这又有什么呢？“渐冻”的悲伤笼罩了他。门外、窗外渐渐静了下来，应该是夜晚了。小花的手已经离开他胳膊。不时有震动声传来，她在聊微信。当着他面，以前她不大敢长时间聊。病房里发出的信息，撒向全国各地，传给男男女女，抵达那些他不知道的“花名”。

黑暗中，出现蕾蕾的脸。她在此时此刻出现，让他感到惊诧。难道隔了这么多年，隔了浩瀚太平洋，自己在生命之火即将熄灭之际，脑子里跳出来的第一个人竟是前妻？是不是有女儿的因素在？然而，女儿茜茜十二岁跟蕾蕾走后，他再也没有见过。茜茜属牛，今年二十二岁了，正好大学毕业。但是她在哪个大学，学什么专业，甚至现在身高多少，长相与十年前有什么改变，他一概不知。蕾蕾的消息也是从一些大学同学嘴里零星获悉。他俩从未联系过，正像他从不主动与父亲联系一样。

但是，现在记忆的闸门全都打开了，每一个细节都是如此清晰，以前他用尽全力去堵住的那些泉眼，全喷了水。小花，可怜地在汪洋之中漂远，越来越小。

最后一次见到父亲，他还没有撞见小花。父亲打了好多次电话，他才去参加婚礼。进宴会厅的时候，他瞄了一下桌数，不下二十桌。父亲方面的亲戚只有一桌半。他被安排在半桌里。

父亲给他介绍继母时，他马上想起了母亲。他羞愧地低下头，一个劲地抽烟。继母亲热地喊他小名，似乎早就是一家人。这更让他心如刀绞。他周围，继母的亲戚们大呼小叫，完全把婚礼当作家族联欢会。这里的一桌半，很快也融入觥筹交错。

继母很年轻，有人告诉他，继母是他中学校友，高他没几届，塑料厂下岗好多年。很明显，她是算计着老头财产来的。他朝那个亲戚瞟瞟，没说话。母亲病重的时候，已经把所有财产捐赠给某个医学基金会。母亲患的是老年白血病，她一直认为医生离攻克“血癌”难题就差一把劲。她把所有都献给科学家们。

他并不想去弄清继母出于真爱还是什么，他以自己的行动投票。自此，他没有接过父亲一个电话，没有踏进父亲家门一次，没有跟任何人说到“父亲”这个词，即使在同学聚会上，大家聊起父亲这位学术界泰斗，他都只当没听见，拍拍屁股走开。

可他的行为又循着父亲的轨迹进展。一天，他觉得左肩酸痛，那种酸痛深藏在骨头深处，时不时地钻出来骚扰一下。最好有一只小手伸进去，使劲搓揉骨头和肌腱交接处。他来到一家正骨院，这家的广告经常挂在“上前一小步、文明一大步”的上方。虽然名字熟悉得很，但任何一家连锁店他都没有进过。以至于按摩师让他躺下，他就直挺挺地面孔朝上。按摩师诸小花的名牌挂在胸口，一抖一抖，他眼睛有点花。

小花让他面孔朝下扣到按摩床的圆洞里。他告诉她按摩的重点部位。触摸到那个酸痛点，花了小花不少时间。他一边叫着“酸酸酸，哦，痛痛痛”，一边喘息着表示着舒服极了的感激。小花让他买卡，他毫不犹豫地买了钻石卡。小花把他送到店门口，下雨了，她把她的伞借给他，那是一把小碎花的暗红色伞。

他和小花的婚礼，办在了乡下，他这边连一桌半都免了。乡下的习俗是前三天后三天，加上正日，连吃七天。小花是黄花闺女，又嫁了大城市大公司大领导，乡里、村里都当大事办。喝得醉醺醺的他，摆脱了纠缠不休的乡亲，走到夜风劲吹的旷野里。猛一抬头，星空近在咫尺。他跳啊，伸手捞啊，一个趔趄倒在地上。一瞬间，无数颗星星眨着眼向他压过来。他痛哭起来，他变成和父亲一样了。

他听见小花打来一盆水。她完全按照小张护士的要求，一丝不苟地将他翻身，擦洗。想到自己没有一点抗拒力任人摆布，他一辈子积累起来的道行，掉落地上，碎片满地。以往，无论多大的困难，他都闪展腾挪，化险为夷。现在，飞速运转的脑细胞，再也驱动不了麻木的身体。

单位里，他绰号名头比名字大得多。连副总裁有次连蹦“贾、正”两个字后，加大嗓音喊出文山，想掩盖掉马上要漏出来的“经”字。他俩都笑笑，互敬香烟，让浓浓烟雾遮住真相。

每到这种时候，他都有一种英雄末路的悲壮。职业道德和素养要求他只能每天口吐漂亮肥皂泡，不能每天拿起解剖刀。他竭力保持中立和公正形象。他说的每一句话，都绕大脑转几圈才吐出来。但越是这样，他发现离想保持的形象越来越远。不仅普通员工，高管层也同他表面客气。

唯一支持他的是总裁。好几次他都暗示自己最好换岗，到基层锻炼，或者去业务部门。总裁眼光从老花镜架子上射出：“这么多年，人事没出事，对我意味着什么？”

他没接话。

“人心的天平在我这边啊！”总裁戳戳自己的胸口，“人力资源有个说法，人岗适配度超过百分之六十就算成功。这些年，经过我和你的努力，我觉得我们单位的这个比例在百分之八十，甚至更高些。”

再也不用啰唆了。他打个招呼退出总裁办公室。“我和你”这样的称谓，“咱俩”这样的昵称，总会在一段时间内刺激他振奋起来，开阔的仕途场景海市蜃楼般展现。

这期间，他会频繁“偶遇”副总裁。阳台上抽烟、休息区喝现磨咖啡，他仔细观察副总裁的一言一行，结论令人振奋，如果他代替副总裁，在各方面都会更加得体、出色。同样学历、年纪，差不多经历、资历，为什么人家是副总裁？自己差在哪里？

很显然，“贾正经”成为拦路虎。他曾试着微笑，到大办公室说笑话，结果鸦雀无声，他只能干笑几声，假装接电话溜回属于他的狭窄空间。

有次梦到大楼正在改造，电梯不能用。他急着去办公室，一层一层地找，却始终没有找到。就在他惶恐不安的时候，电梯突然启动了，他坐着电梯一路向上，亮如白昼的轿厢里，他的形象变了，头发全黑、皱纹消除、肚腩缩进、胸挺腰硬。不知升了多少层，电梯停处，就是他巨大圆弧顶全透明宽敞的办公室，三百六十度视角，俯视任何建筑物。之所以透明，是因为没有人有能力窥视到他，只有至高的他观察别人。梦的最后，他借助强力望远镜，透过重重迷雾，看到地面上一个身穿黑色衣服的中年人正在踟蹰而行，走每一步都谨慎无比。仔细辨认，他就是他。

在一堆乱七八糟的梦里醒来，惬意地揉揉眼，伸个懒腰，缓缓坐起，用蒙眬双眼看看这个原本简单，现在被人类弄得复杂的世界。他多么希望一切都是梦，醒来回归无聊无奈的生活。

“您说吧，他似乎还在睡觉，再说了，即使醒了，他也不会有任何反应。”

“行吧。贾文山的病叫：运动神经元缺失，感觉神经元存在。”

“您说白一点，我听不太明白。”

“人的思维、感觉都在，就是动不了。”

“怎么得了这么奇怪的病啊？”

“这种病的病因是世界性谜题。一个外伤、一次病毒性感冒等都有可能致病。”

“您多开点特效药啊！他是公费医疗。”

“药正常开看来还不行，病发展得太快，院里决定多科会诊后……”

小张护士在走廊里喊何医生，何医生走出病房。

小花打水。用毛巾擦他的脸、身子。纱布从温开水里取出，湿润他的嘴唇，慢慢伸进去，清洁他的牙齿和口腔。温水像溪水绕过重重障碍，抵达干燥的咽喉。正当他蠕动喉结，尽量让水分均匀分布在喉咙口时，他突然遭受一个沉重打击。感觉喉结正在肿胀。他心头猛地一震，其实是咽喉部位的肌肉正在麻木、僵化。他没想到一下子离死亡这么近。最后结果只有一个——窒息。

早知如此，当初鼓鼓勇气，从办公大楼楼顶一跃而下，要比现在备受折磨而亡强得多。他年龄大小花近二十岁，有些隐情也就不说了。他不是一个透明人。

与蕾蕾离婚后有一个阶段，他把全部精力放在工作上。当时所在的业务部门领导非常赏识他，经常给他派重活、压担子。几次产品策划传播在全国都产生影响。特别是那句“家事件件有好帮”，弄堂里的老人、孩子都会不时从嘴里冒出来。“好帮”系列家居产品就这样深入千家万户。部门业绩遥遥领先，他成为标兵红人。

一天，检察院带走了部门领导。因为这事，他天天写材料、补充材料、证明、说明，办案人员经常找他核实情况。有时一个小细节就问他两个小时。

他感觉背后火辣的眼神、直刺脊梁骨的手指。风言风语像凄厉北风割着神经。他开始失眠，先是一两个小时，后来整夜不眠，身体迅速消瘦。安眠药组合起来吃也没效果。

他精神恍惚起来，遇见熟人都唠叨：“哎！我没事。他们找我是核实情况。我很好！他们还给我抽烟，客气得很，很客气。”

他没有告诉小花，他是一个残障人士，精神残疾轻度（三级）。他偷偷去精神病医院诊治，医生跟他说不是特别严重，吃吃药就能康复。

此刻，躺在病床上的他，最希望来次精神病大暴发，或许能一举冲破运动神经元障碍！

何医生的声音再次传来。

“情况大致就这些。”

“哦，我明白了。”副总裁的声调低沉。

两人走近病床，副总裁对小花说：“我代表总裁来看望文山。这是单位的慰问金和慰问品，请收下。”

那个经常把“咱俩”“我和你”挂在嘴上的总裁没有来，他心里有点不舒服。

副总裁试探性地凑近他，由轻到重连喊三声“文山”。

“你别喊了，他从前晚起就没动过一丝一毫。”小花的语气正在变硬。

副总裁恢复正常语调。“最近文山有没有什么特别事情交代给你？”

“没有。”小花很干脆，隐隐露出一点不耐烦。

他心里却犯起嘀咕。刚才副总裁说是代表总裁来的，什么事让他们放心不下？在他仕途最低谷的时候，总裁起用了他。他做任何事情的原则是不违背总裁意思。当然，帮总裁做隐秘的事情，更是他分内之职。他脑子像量子计算机那样飞速盘算着那些往事，每件事他办得都非常妥帖，绝少留下后遗症。再说，那些事情毕竟也到不了“生死追踪”的程度。他们难道是真的关心他吗？这个想法刚冒出头，就被他打压下去。他决定不再去想，反正他们认为天大的机密，现在都已经进了保险柜，除非他入院初期讲故事般说给无聊的小女友听。是的，很有可能他们担心小花是知情者。当领导的，就是这么处处小心。

果然，副总裁追问小花几遍后，语调轻快起来。

“文山是我们单位的优秀人才，请何主任务必重视，我们总裁也跟院长打过电话了，尽早恢复那个什么元？”

“运动神经元！”

“对，恢复这个功能。”副总裁主席台上的腔调摆出来。

没人答话。

远远地，一个女人的哭腔飘过来。小张护士在一旁扔了一句：“霍金都没治好。”

他一惊，一下子沉入旋涡，旋涡里什么都有，木板、塑料、油桶、树枝，还有杂草，他每样都去抓，每个都抓不住。还是那把丰茂的杂草，给了他一点点支撑："我要活下去！还没有到说结束的时候！"

同时，他又暗自在心里开始起草自己的悼词。类似现在的场面，他曾经代表总裁去过不少次。进病房前，家属把他带到医生那里，医生开口便说病人没救了，你们给他吃点好的，说些好听的话吧。然后进病房，约定俗成地把总裁、单位的关心相继搬出来，其实总裁不一定认识病人，一切都是程序。病人感动单位、医院像救亲人一样帮自己，常常紧握他的手不放。他不敢盯着病人的脸看，可是低头瞥见那些密密麻麻的针眼同样让他心惊。每次回来，他都要偷偷拿出红本本，去特约诊所配点特殊药。

今天轮到程序走到自己身上，他已经先看一步棋了。那是在殡仪馆。这些年来，他总要代表单位去站一站，握握手，致个悼词。说来也奇怪，从葬礼上回来，他倒不会去配特殊药，反而觉得心宽了。也许过程中永远是煎熬的，一旦尘埃落定，也就那样了。

他灵魂在飘荡，渐渐地，他觉得控制不住它了。

简陋的平房亮着灯。父亲趴在饭桌上写着什么，母亲在剥毛豆。他抬头问父亲一道数学题，父亲没有回答，母亲擦擦手把本子接过去。他把板凳往门口移过去，砸在水门汀上反弹过来的雨点，凉凉的，不一会儿就把塑料拖鞋打湿了。突然一个响雷，停电了。母亲在黑暗中摸索的声音缓慢而有节奏。一点烛光只能照亮一方块，母亲让他与父亲对面坐，自己坐到板凳上。她只说了一句："雨真大啊！"三个人各忙各的，没再说一句话。他觉得胸口热乎乎的，低头一看，一朵烛花在心上跳跃。

熙熙攘攘的商场，茜茜双手拉着蕾蕾和他的手上滚梯，她咯咯笑着，他们一起笑。一转眼，蕾蕾跟他起了争执。为小事互不相让。蕾蕾赌气面朝五色衣服不停翻拣，他坐到走廊里的休息椅上玩手机。远远地，当两人目光偶然碰在一起的时候，同时触电般跳起来。

“茜茜呢？”

“她跟你的！”

“她跟的是你！”

“别废话了，快找吧。”

店招和货物像彩色河流，急速慌张地在他眼前流动。空气中弥漫着烧焦的气味。气温急速上升，他扒下羽绒服只剩汗衫。一张张疑似诱拐嫌疑人的脸从他眼前晃过。一楼旋转门内最大的一根柱子旁，茜茜双手抓衣襟，看人来人往。她没有哭，没有闹。他和蕾蕾抱住茜茜。茜茜轻轻地说：“你们就知道吵呀吵！”

他趴在按摩床上。一双手从轻到重依次按摩肩颈、手臂、腰部和腿脚。他抬起左臂示意重点推拿肩袖部位。一个女声嗯了一声。过不久，他腰部感觉被搓揉得火辣辣的。几次，他想说弄错了，但是那种强烈的舒适感从腰间渐渐扩散到全身，似乎连肩酸也缓解了。可搓揉的力道在加剧，背部每一个穴道都在酸胀、每一块骨头都在疼痛。他大声喊停止，可声音被锁在喉咙口；他双手拍打床脚，可像碰到棉花；他奋力昂起头，头却沉如铁锤。他被折磨得快要窒息了，所有痛苦最后都成了快乐。一股青烟往上飘。他飘到高处往下看，那个帮他按摩的女人，竟然不是小花，她一袭白衣，脸是那么亲切。一时，他呆住了，想不起来她是谁。

陌生女人是他一生中最重要的人！

这个念头一出现，僵硬的喉头猛烈动了一下。他突然想起来了。那张脸！

他十三岁那年，单位分给父亲一套两居室顶楼的房子。他的房间九平方米。夜晚，他透过窗户看风景。前面一幢房子所有朝南房间都在他视线范围内。那些房间一个接一个对他失去吸引力。半年后，他只关注三楼的一户人家。刚开始的时候，是因为有一次浴室窗没关，窗帘一摆一摆，雾气中的人影若隐若现。那是一个裸露的丰满女人。集中观察一段时间后，那个三口之家的情况浮出水面。年轻的夫妻俩有个上幼儿园的男孩。女人不上班。她一天的日常是：早起做饭，送儿子上幼儿园，顺路买菜，回家洗洗涮涮，午饭简单吃几口，或者不吃，午休时间看书也看电视，接儿子放学，做晚饭，一家人吃晚饭，晚上做游戏或者拿着书本说着什么。

他喜欢上那个家庭，迷上那个女人。幸福生活，肯定不是自己父亲闷声不响、母亲唉声叹气那种。当然，他无法改变父母的做派，可他能做自己的主。而他向往的生活，一下子完美展现在眼底，有股魔力狠狠地吸引住他。渐渐地，他聚焦到女人身上。他发现，她只穿白色衣服：白外套、白衬衫、白汗衫、白连衣裙。他从没有看清过她的脸。

一天早晨，他没有观察到她忙碌的身影。两个男的显然凌乱又马虎。在焦躁中，他度过三个焦虑的昼夜。第四天放学，他注意到新村门口停了两辆警车。书包一丢，他就趴在窗台上观察对面。几个警察正在他熟悉的房间里走动，像是在检查什么。男人搂着孩子，缩在客厅落地窗帘前。

出事了！血往他头上一冲。他像一只纸飞机，顺着楼道飘着落到一楼。那个单元门口一个联防队员把着人员进出，嘴里也没闲着，向围成半圆的大叔大妈发布“权威消息”。他听了几句，就觉得脚像踩着棉花，地面微微倾斜。重新爬上六楼，花了十几分钟时间，每上一级楼梯，都像攀上一个小山包。

母亲叫了他好几次，他都不想把头从被子里抽出来。黑暗、孤寂、禁锢，想不到依靠一条厚厚的被子就能实现。

电视里正在放联欢会录像，一位著名女歌手放声高歌。

父亲晚饭喜欢吃开水泡饭，一边用筷子搅动米粒，一边对着屏幕说：“她一口可以吃进去一个大汤团了。”

母亲狠狠瞪了父亲一眼：“你们单位出事了。”

父亲转过头：“哦，你说小刘老婆吧？是啊，怪可怜的。小刘平时看上去这么老实，怎么会这样呢？”

啪！母亲上前关掉电视机：“你也给我注意点！唱歌的嘴大嘴小关你什么事？”

“哎！遗体今天才浮上河面。”父亲转移话题，却一把刀砍在他心上。

“你们单位有责任，她去找那个女的，你们还袒护自己职工！”

“我们哪知道她做好了死的准备啊？”

“喂！你待着干吗？这不是小孩听的，做作业去。”母亲收拾碗筷，顺带训斥他。

她的脸，他从未近距离看见。此刻，连眉心中一小颗黑痣都展现得清晰生动。她改变了他对生活本来面目的认知。他突然想起来，那段日子里，依稀做过和她在一起的梦。在海边、在高山、在温泉，她温柔呵护他。

母亲临终时，支开父亲，用仅有的几口气送上几句话：“不能让你爸有钱。他骨子里就是花心。你独立了，我很放心。”

现在，她们都聚集到梦里来了，他觉得自己快完了。

“快给他擦擦，又流泪了。”小张护士换输液袋时叫小花。

小张护士走后很长时间，小花才给他擦眼泪。就这么短时间内，手机还“嘟嘟嘟”振动了三次。

他努力动着喉结，试图表达“你自由了”“你走吧”“不用管我了”这些复杂意思，但是喉结基本没动。这样下去，他很快就会见到深爱他的母亲了。外面受了再大委屈，捧着母亲递过来的饭碗，他就有了强大的依靠。

蕾蕾也给他盛饭，她自己不吃，时不时看手表。一次，他实在忍不住，摔了饭碗。

“陪客户陪客户！我看你迟早陪出事情来。”

“丧心病狂！”激动、愤怒、兴奋、惊讶时，蕾蕾只用这句成语。

当得知北京一个客户要把蕾蕾带走时，他一点都不觉得惊讶。站在办公室窗前，眺望这个城市的地标性建筑，一根直直插向云端的椭圆筒，脱口而出：“真是丧心病狂啊！”

在单位里，都是这山望着那山高。即便总裁，还在为争一个股东名额使出浑身解数。他多数时间是冷静的。用生命和身体去拼业绩，得来的也是一时荣光。蕾蕾和他的裂痕，从这一点开始，慢慢撕裂。

可为什么蕾蕾的形象总是挥之不去呢？老是伸出食指指责他人的，蜷缩的其他手指正对着自己。难道自己有什么问题吗？

时间不多了，是时候检讨自己了。

眼前全黑了好一阵，突然有了光。录影带缓缓转动，投射出光与影。他看到每个镜头里都有自己。不仅如此，镜头是全景的。忠实记录着他所不知的人和事。

他往裤兜里胡乱塞几枚硬币，悄悄地把抽屉慢慢关上，一溜烟儿跑出平房。母亲从门后转出，打开抽屉，往里面放一把硬币，再用手捣一下，轻轻关上抽屉。

他与蕾蕾大吵一通，摔门出去。蕾蕾一边流泪，一边把屋子收拾得干干净净。茜茜走过来，递给蕾蕾一块毛巾。

他训斥部下材料写得差，要求推翻重写。他拎包推门下班。两个小伙子、一个姑娘回到座位上默默打字。一个打电话回去说不能参加儿子生日的聚会。一个发短信给男友，不能一起去看《美女与野兽》。一个发微信让妻子打车从机场回家，要改材料不能接机。

他和副总裁在阳台上抽烟，议论单位里的是是非非。窗台内，总裁盯着他俩的背影连喝几口咖啡。

他跟踪小花，乘地铁，换公交。大概半个小时，小花突然没了踪影。他沮丧地回头。镜头追踪着小花，继续走。穿过大街走小巷后，她来到郊区的一个花木市场，买曼陀罗叶。曼陀罗叶卷烟是治疗他哮喘的偏方。

镜头里的人，头上都有一团烟，各种颜色都有，颜色相同，深浅也有所不同。孩子头上是几乎透明的乳白色，步履蹒跚的老人是姜黄色。小花是淡粉色，蕾蕾是浅紫色，副总裁是灰色，总裁是深褐色。他很想看看自己头上的颜色，可怎么也看不到，这使他心情忧郁。

“文山！文山哪！”一个颤抖的声音在他耳边响起。

是父亲！他一激灵。父亲怎么来了？

“您坐，喝水。”小花说完这句话，就没了声息。病房很静，他听得见远处马路上洒水车的音乐：《世上只有妈妈好》。

“我是小花叫来的。”歇了好长一会儿，父亲声音又响起，“刚才我去了何医生那里，她说明天要为你做个小手术，把气管切开。”

他明白自己喉咙口越来越僵硬，自主呼吸力不从心。

父亲在床头床尾忙碌着。他想起母亲出差的日子里，父亲手忙脚乱做家务的情形。

过了很长时间，走廊里喊：打饭了！父亲开抽屉，碗筷碰撞的声音。父亲走出去，一会儿回来，坐到床边，饭菜香味飘过来。

“放心吧，我在呢。”父亲说话的时候还在咀嚼。“跟你说个事啊。从今天起，我就管你了。小花昨天让她弟弟找到我。我觉得人家挺不容易，就答应了。你这个病啊，看来还是个马拉松病。等这个阶段治疗结束，病情稳定，你就搬回家住，北面那个房间还是老样子。哦，对了，我跟那个谁，也说好了。她同意的。”

他脑子渐渐发烫。小花就这么走了。他一生中最重要的几个女人，都离开他了。

“我知道你对我有意见。可你要想啊，这世界上，谁和谁的血脉最近？不就我一个糟老头、你一个怪病人吗？昨晚，我想了很多。乱七八糟的，都不值一说。有一条，我很明白，如果换一下，我躺倒了，你肯定会来看我、照顾我。”

他在心里暗自点头。他的怨恨，与生老病死放在一起，就轻了许多。

父亲手上响起钥匙的声音：“小花走的时候，把你们房子的钥匙交给我了，她只带走自己的物品。她没有告诉我去哪里。这也好，互不牵连。以后你那个房子，可以租掉，补贴补贴。”

蕾蕾走后，他特意换了一套房子。现在，即使有康复的机会，他也不会回去住。让原来的痕迹都消失，这是他的理念。刚才父亲说的话里有一个漏洞，这个世界上还有一个他最亲的人。可茜茜现在长什么样，他都不知道。

父亲给他润唇的动作粗放，几滴水直接淌进他咽喉，溅进气管。

气管猛烈收缩，竟然咳出声来。他觉得自己的手脚在那一瞬间翘了起来，离开了床单，弹向空中！

“爸爸！你看见我动了吗？”他拼命喊、反复喊。

而老父亲却木木地转到床尾，小心地把被子裹好。就像小时候母亲出差时一样。

引力波

在宇宙的某个地方，两个黑洞发生了碰撞。这两个黑洞与恒星的质量差不多，体积却只有一般城市那么大，是真正意义上的黑洞（里面空荡荡的，没有一丝光）。在碰撞发生前的最后几秒钟里，它们在引力波作用下一起绕着最终接触点完成了数千次的旋转，使时空发生了剧烈振荡。碰撞之后，这两个黑洞合并在一起，形成一个更大的黑洞。

引力波经过长达 14 亿光年的星际旅行来到地球，2015 年 12 月 26 日 03:38:53（UTC），位于美国汉福德区和路易斯安那州的利文斯顿的两台引力波探测器同时探测到了这个引力波信号。

——《引力波》【美】珍娜·莱文

郑小军最近焦头烂额。

接到养老院电话时，他正在离婚协议上签字。

“什么？他要结婚？”

大声重复嚷嚷同一句话，在场所有人都认为他在讽刺什么。

“你父亲吵闹着要结婚，你快过来吧。”

郑小军快速签完字，抬头看了一眼已成为前妻的孙韵。孙韵抓起车钥匙。

“快走。”

破旧的富康车，已开了近二十万公里。孙韵一挂挡，郑小军就点了根烟。

“你不抽会死啊？”

“我这不是想事吗？”

“就你家事多。我告诉你啊，那边房子装修好，我就带女儿搬过去。”

“那边房子写的是女儿的名字，随你怎么搞。”

“搞？我有你会搞吗？”

“好了，好了，你现在是自由身，我也是了。拜托不要再纠缠过去那些事了。”

虽然满肚子不爽，但到了郑伯房间，孙韵还是轻声喊了声爸爸。郑小军反而虎起脸，双手叉腰站着。

养老院院长周菊陪他们进的门。她身体微胖，喉咙沙哑。

郑小军火气很大，说出来的话像质询。

“你怎么会有这样奇怪的想法？”

郑伯眼神坚毅，望着窗外灰蒙蒙的天空。

“是你妈支持我作出的决定。”

郑小军和孙韵互相看了一眼。一股怪怪的凉意从他心头升起。

郑小军从小就没见过妈妈的亲戚。

青春期的一天，白天他学了天文知识，晚上做了个梦。他和弟弟、妹妹，乘坐飞船飞向浩瀚星空，很快离开太阳系，远处最亮的一颗星，指引他们前进方向。他们向那颗亮星飞去，越来越近的时候，星球在放大。越来越耀眼，那是一颗由水晶钻石构成的星球。一群浑身雪白的外星人搭成人梯，每人手上拿着大大的钻石，而他们的妈妈站在最高的位置，举着最大的钻石，光芒四射。人梯解散，像一堆密密麻麻的蚂蚁。妈妈告诉他们，这些都是她亲戚。她把钻石给他们吃，是冰冷、香甜的巧克力味。

但是，现实生活中，并没有出现一只那样的蚂蚁，或一块“钻石巧克力”。郑小军时常在接过妈妈塞给他铝饭盒的时候端详她的手，看看是否白得透明。她孤独的背影消失在弄堂拐角处，他又猜想是不是她没去上班而回外星娘家探亲。妈妈从不说自己的家庭，街头巷尾也从未有过传言，他在和孙韵结婚的那天忽然想明白了，没有人知道妈妈的身世，包括她自己。他很想做个“解密者”，还拉了个同伴，孙韵。

孙韵幻想着最佳结果：中华人民共和国成立前夕，一个大老板仓皇逃亡的时候，漏了一个女儿。这个女儿留在了大陆，没有任何亲属。改革开放后，大老板的儿女回国找妹妹。她望着星空，伸开双手。

“那么，郑小军！我们就发达了。”

他何尝不这样设想呢？但是千辛万苦的寻根调查结果令他一句话都说不出。

郑小军站在养老院昏暗的一居室里，借这个结果向爸爸开火。

“你不要脑子搭错。妈妈是‘烈士之后’！我强烈向上反映，换来了‘烈士家属’的牌子。你这样搞，是辱没家风！还说是妈妈同意的，她都去世两年了，怎么同意的？”

郑伯撑住拐杖站起来，旁边周菊想扶一把，被他挡开。

“你妈亲口对我说，她完全同意。”

去薛姨房间的路上，周菊让两人不要冲动。孙韵侧头想了想，自己是好奇。郑小军却还在想爸爸最后一句糊涂话，妈妈可不是简单人呢。

薛姨正在看医书，竖排本前面摆着两个白瓷盖碗。

“您又在学习啊？”

“我年纪大了，生怕给人弄错穴道。”

薛姨摘下眼镜，请三个人坐下。孙韵闻到一股淡淡的幽香，脱口而出一句“真好闻”，遭来郑小军的斜白眼。

周菊热情地介绍两人。薛姨一脸笑意，继续看着周菊。郑小军性急，腾地站起来。孙韵使劲拉他手臂，但是他的话已经冲出口。

“您和我爸结婚到底有什么企图？”

“老郑是好人啊！”

“是好人您就和他结婚啊？”

薛姨仍然微笑着，把白瓷盖碗推给郑小军。

“喝点茶吧。你们也不容易。”

孙韵替郑小军接过盖碗，揭开一闻，茉莉花清香四散开来。她一瞬间有点激动，用劲眨了眨眼睛。

养老院就在闹市区，外表看上去像个学校。郑小军问过周菊，为什么不建在有山有水的郊外。她的回答很特别。

“老人们都是从热闹中来的，特别冷清的地方，会使他们更加孤独，更多想到死亡。市井生活中的嘈杂声、油烟味，是强心针、暗示剂，每天注入他们体内，才觉得社会没有把他们抛弃。”

刚才郑小军他们一进养老院大门，周菊就把他们拉进办公室说了事情的经过。

“我也难啊。这事在这里传得沸沸扬扬。养老院是个封闭的小社会，一句话传出去，打两个来回就面目全非。”

“我父亲退休前是中学校长，规矩严谨，爱憎分明，很难想象妈妈才离开我们不久，他就像换了个人似的。要知道他们是出名的模范夫妻呢。我倒要看看这个女的有什么本事！”

除了一根长长的灰白辫子，郑小军没有看出薛姨的特殊，和孙韵一样，反而受了一些柔软东西的辐射，对这个老太太尊重起来。但是，原则不能动摇。

“我知道您也是老师，和我爸一样，到了晚年，最重要的是名节。你们就非要走那条路吗？”

“是啊，正因为到了晚年，我们才要更加珍惜。你们还有时间，我们等不起了。”

说完这句，薛姨摸摸膝盖上叠得整整齐齐的白大褂，眼睛往两个女人身上扫。

“我爸嚷着要出养老院，您知道吗？”

“这是我们商量的结果啊。”

“他腿脚不好，血糖高，心血管又有毛病，怎么可以离开这里呢？”

“你们啊！”

薛姨轻轻喝了一口茶，微笑始终挂在脸上。她伸手拿出一本厚厚的笔记本。

“太不关心老郑了。那些病，都没问题了。哦，应该这么说，有我在，就没问题。这本子里记录了他的身体数据，看看吧，大多好了，剩下的正在逐渐好转。”

孙韵拿过本子，黑格子，红蓝两色笔工整的记录。

“你们出去以后准备怎么过呢？”

郑小军狠狠瞪了孙韵一眼，她的话明显带了妥协和同情。他挥挥手，提高了嗓门。

“不能出去！老头脑子糊涂了。”

“哎！我们糊涂吗？倒是被你们说糊涂了。好像你们什么都明白，什么都比我们处理得好一样，其实呢？我们就想简单过日子，互相照顾。你们不懂老人。”

孙韵想到等会儿还是要回到那个一室半阴暗破旧的老楼房，胃里泛出酸水，忙喝口茉莉花茶，压一压。

她曾最多打过三份工。早上五点半起来，推出铁皮车，沿街摊蛋饼到七点半。上午如果超市轮空，她就去小姐妹开的蛋糕店打工。超市下班一般就要晚上九点半了，回家还有一堆女儿的功课要她签字。

其实她并不在乎郑小军在外面搞七搞八。好几年没有性生活，她也忍了。可他家里什么事情都不管，什么责任都不负。最大的本事就是喝点啤酒，红着脸说国际风云、国家大事。女儿让他接“明月松间照”的下句，他支支吾吾地去了厕所。她受不了角色倒错。

她想不通优秀教师、威严校长怎么教出这样的儿子来。也许是对公公的敬畏，她才拖了这么多年。去年，婆婆去世，公公迅速衰老，住进养老院。她逼郑小军在新区买一套小房子，写上女儿的完全产权。她是孤儿，也从未拥有真正的安全感。没等房子装修好，她突然提出离婚。

郑小军完全没有想到孙韵把他在外面的事情掌握得充分又准确。这个打三份工的女人身上有可怕的韧性。他这个摊手摊脚、游游荡荡的人，粗粗一盘算就知道不是对手。几瓶啤酒下肚，他又想开了。反正房子是亲女儿的，表面上看，自己没损失。唯一懊糟的是，两个没有任何关系的男女还要住在同一屋檐下半年，甚至更长时间。

他现在有点懊悔让孙韵开车过来了。她在起反作用，把事情搞得不可收拾。好在他手上还有周菊给的一张王牌。

周菊接待郑小军他们时，一再强调不能伤老人心，特别不能去揭他们的伤疤。她非常不情愿地告诉他们薛姨的一些特殊情况，这是她的职业素养和岗位要求。

当郑小军完全不顾她叮嘱，攻击薛姨时，她十分内疚。她想拦阻，却显得犹豫。

“我们过得顺不顺，与您无关。恕我直言，您必须直面自己的问题。”

薛姨眼中闪过一丝不安，被郑小军抓住了。他按住周菊的手，豁出去了。但是，他这么做究竟是为爸爸还是为自己，他还没做出精准判断，反正这张纸迟早要捅破。

“您一直在服药！”

“嗯，我每天吃药。”

“您在吃特殊的药！”

薛姨转头盯着周菊看，周菊低下了头。

薛姨转过身子，戴上老花镜，拉开抽屉，一个药瓶、一板药片地仔细找。

孙韵碰碰郑小军的胳膊，皱起眉头对他狠狠瞪眼。见完全无效，她索性独自走出小房间。

黄梅天太阳一出，又闷又热。孙韵喘气都有点困难，在心里一连问自己几个问题，都不是胸闷的答案。缺氧阻碍了她的精确判断。原来，宇宙的一呼一吸，也会影响到一个个卑微的地球生命。想想，她轻松了些，转身回到小房间。

薛姨已经把常用药收集到一起，放在蓝色封面的医书上。郑小军恨不得拿出手机按照药名搜索功效，但忍住了。他看看周菊，没有任何表示，只好歪头自己研究。

“好啦，我看你也不懂，我来告诉你吧。”

薛姨把降压、降脂、清血管等药介绍完，指着剩下的三种药，缓慢而又准确地介绍给郑小军。

“这是思诺思。我睡眠非常差，特别是入睡困难，这药起效快，缺点是持续时间不长。所以我一般起得很早。这是盐酸氟西汀，有个好听的别名，叫开克。这样的天，我加点量。开克开克，让人开心起来，克服抑郁情绪。”

孙韵回来正好听到，她牢牢记住了开克的名字。

“这种叫氟西汀，别名也很有意思，叫百忧解。它比开克药性猛烈，治疗的范围比抑郁广些。我现在已经基本不吃了。对吧？周院长！”

“啊！对对。您身体状况越来越好。”

周菊从郁闷中惊醒，忙说好话。郑小军却立刻找到敏感点。

“您服用精神类药品，有好多年了吧？”

“大概二十多年吧。”

“当初您是什么情况呢？”

薛姨愣住了，眼睛直直地来回看三个人的脸，似乎答案就在他们脸上。她又拿起一瓶开克，自言自语，重复问自己。求助的眼光从老花镜后流出。

“为什么吃开克呢？为什么呢？”

薛姨的眼睛在老花镜放大作用下，显得很大。三人同时看到了大大的眼睛里的惊恐。

周菊连忙把郑小军赶出门。

“你这样问下去，要闹出事情来的。走，快离开！”

郑小军发育得早，很小就在街上横行。而现在，他的个头与穿坡跟的孙韵差不多高。被他一直欺负的弟弟和妹妹长得像爸爸，高挑有气质。只有他，戾气盖住了一切，到了中年就像一块会走路的肥肉。

有一次，街上打群架。郑小军一伙很快被打得四散奔逃，只有他拎着铁棍退到墙角，抵挡逼上来的三个家伙。正在他招架不住的时候，墙头伸下一双手，他紧紧攥住，翻身上了墙。救他的人在屋脊上跑得飞快。虽然没跟上，但他脱了险。他坐在屋檐往空荡弄堂扔瓦片，清脆的回声让他想起很久以前水晶钻石星球的那个梦，该不会是妈妈那些蚂蚁亲戚来救他吧？

弟弟妹妹都比他有出息多了，一个在悉尼研究冰川，另一个在纽约研究金融。他抱怨一个人照顾老房子里的父母时，他们默默打给他一些钱，于是他沉默一段时间。

妈妈去世的时候，两家都及时赶了回来。他们知道哥哥的脾气，各类费用、各种花销都是他们来。临走时留下一笔钱，说是爸爸养老院费用，让哥哥代付。暗地里，他们偷偷塞给老头现金。

郑小军不去烦他们了。他们也不再远渡重洋在春节出现。郑伯在养老院也很忙，各忙各的。

郑小军有一本全国分册公路地图，高速公路查超载、违章违规很严，他就经常走国道。国道上有数不清的路边店。他把心仪的店，用粉红水彩笔准确点出来。点的背后，用又淡又细的铅笔写上服务员的小名。一个人的时候，他点上烟看红点，猜背后的女人的姓名，像学校里做填空题。答对了，开心地喝一口啤酒；答错了，摇头笑笑罚自己两口啤酒。

有一天，地图册不见了。郑小军此时正与郊县的一家羊肉店的年轻服务员打得火热。拉货停过一次，他就忘不了她勾魂的眼神、酥麻的声音、年轻的肉体。事后，他闭上眼想这个女人，样貌并不出众，说话粗里粗气。可他就认定了她，而她也吃定他了。富康车常带着威武的噪声冲向那家难吃的羊肉店。

孙韵复印了地图册，甩在他面前。地图册上多了张表格，人名、店名、电话、备注。表格很长，转了页。羊肉店女服务员位列第一，他从备注里才知道那个叫徐春花的女人就是羊肉店服务员花花。

孙韵一个回合就把郑小军绊倒。郑小军开始哭穷。协议离婚结果出来，郑小军隐瞒成功，弟弟、妹妹给他的钱保住了。孙韵总在想什么地方不对，却没有抓住郑小军在钱上的把柄。

理想生活总是暂时的，变化着的。极有可能走向尴尬境地，就像看上去老老实实的人是个贼。郑小军一天之内经历了人生两件大事：自己离了婚、爸爸要结婚，想想这几个词就有魔性。他掂量一下，后者更为重要。薛姨暂时在房里僵住，他要趁这个机会挽回爸爸的心。想到这点，他加快了步子，周菊和孙韵只有小步快跑才能跟上。

郑伯房门前围了不少人，赶过来的三人起初心头一紧，郑伯会不会突发什么事情?

但是人群是宽松的，人们脸上是微笑的。他们挤进房间。

他们撞见了捐赠仪式的高潮。

一排人的正中是郑伯和一个穿西装戴领带的中年男子。两个穿制服的公证员正向大家大声宣读着。

郑小军听了几句，耳朵里嗡嗡嗡的声音越来越大，公证员的话越来越模糊，他忍不住用小拇指掏了掏双耳。掏完，声音进去了几秒钟，突然，噗的一声，全都没了。大家在鼓掌、叫好，西装男子紧握郑伯的手激动地说着什么，孙韵拍手的频率比别人都高，她用左手主动拍打右手，样子难看极了。郑小军全都听不见。

他试着啊了几声，自己的声音也听不见。他用劲喊，还是听不见。大家目光都聚集到他脸上。他继续叫喊着，过了很久，才发现一直在喊着的那个字应该是：不！

郑小军的头被薛姨有节奏地温柔地按摩着。

他仰面躺在爸爸的床上，眼睛闭着，闻到一股淡淡的药水肥皂的味道。苏醒过来有一段时间了，他没有力气，也没有心情爬起来。多少年没有闻到这股味道了。爸爸年轻时经常打拳练石锁，每次冲凉、洗背心都用便宜的药皂。他喜欢睡前躺倒在父母床上，夏去秋来刚换褥子的几天，他在床上滚着、摩擦着，太阳香味混杂着药皂淡淡的消毒液味，让他觉得生活像秋天那样清澈透明，人可以飘上天。

有时他会赖着不走，妈妈走上来摸摸他的头，笑着拍拍他。他拉住妈妈的手，检查她的手掌，里面并没有水晶或者钻石的影子。直到妈妈给他一颗糖果，似乎弥补“钻石巧克力”的缺憾，他才满意地跳下床，根本不管弟弟妹妹的嫉妒。

他忍住不想过去的事，但是挡不住气味钻进鼻子。似乎进了点凉风，鼻子有点痒，接着眼睛也有了感觉。酸酸的感受从心里泛出来，直往上攻。此时，薛姨手指正好在听宫穴上一使劲。两股力量在头上交汇，他张口大声一喊。

“妈妈！”

房间里的人全听到了，郑小军自己也听见了。

大家都愣在那里。薛姨双手还箍在郑小军的双耳上。

郑伯站起来，轻轻移开薛姨的手，双手托住儿子的头。郑小军的视角发生变化，从天花板慢慢移到半开的窗上，窗外一棵广玉兰正在掉落最后的花。

“你妈妈会同意的。”

妈妈，刚才怎么会喊出妈妈的，郑小军心里一阵难过，歪过脸去，薛姨正对他微笑。怎么看，这个老太太没有一丝一毫妈妈的影子。但是，有时陌生人会成为妈妈。

大概小学一二年级时，一个冬天的黄昏，日落已经很长时间了，爸爸妈妈都还没回来，家里两个小的哭闹得他心都荡出来了。远远地，白帽子、白围裙的妈妈快步走回家。他从妈妈匆忙的脚步里看出她的焦虑。他猛地跑了起来，迎着妈妈冲过去。

“妈妈，妈妈，妈妈！”

他扑到妈妈怀里，一个劲地叫着，妈妈温暖的怀抱包裹着他冰冷的脸，吸收着他不由自主淌出的眼泪。

“孩子，孩子！”

妈妈双手把他温柔地往外推。他先是看到纺织女工围裙下陌生的外套，随后陌生语调惊醒他。他扑进了隔壁方阿姨的怀里。他像只受惊吓的羚羊，跳起，在半空中转身，蹦跳着逃回家。一路上，邻居们的笑声刺激他逃得更快。

这次，他没有避开薛姨的目光，这目光与方阿姨一样，本身是温柔平静的，但他就是感到里面有剑、有刺。

事情发生戏剧性逆转。郑伯将毕生储蓄、房产都捐给自己学校做奖学基金。

“我爸已经一无所有了，你还坚持吗？”

郑小军问出的话，反弹回来，重重砸在自己心上。如果自己，将怎样回答呢？

薛姨走上前挽住郑伯一条胳膊，回答坐在床沿的郑小军。

“他告诉我这个想法，我全力支持他。我们都坚持自己的选择。”

郑小军垂头斜睨两个老人，他们背着光，只看得见两个影子，越来越黑，越来越大，什么都看不见了。而他心里，显出空落落的时候，一些负荷也悄悄转移了。

“这么大的事，你也不跟我打个招呼。”

郑小军气呼呼地质问周菊。

“我真不知道啊！”

周菊喊冤已经很多遍了。从郑伯房间出来，郑小军就一直盯着她。

“捐财产、请公证、成立基金会，这么大的动作，你们不知道？鬼才信！事到如今，赶快让他们结婚了事。”

“你刚才不是竭力反对吗？”

周菊显然跟不上郑小军掉转枪口的速度，她望了一眼孙韵。孙韵跟东跟西，一直没有出声，她像个优秀观众，碰到重点情节，不时在心里标记一下。显然，标记之多超出想象。此时，她告诫自己，保持缄默最明智。

“事情到了这个地步，老头子的事情我是管不了了，他们爱怎么弄就怎么弄。”

郑小军伸出手要富康车钥匙。孙韵翻翻包，又掂了两下，抓住钥匙交出来。

“等等！我有个主意。”

周菊叫了一声。

三个人呈犄角之势站立，各自贴着办公桌一条边。

郑小军被老师叫去的时候，也是这个姿势。孙韵受够了老师的训教，打死不去，他只好硬着头皮顶上。女儿的班主任是外地人，发音 n、l 不分，十来分钟训话下来，郑小军只能听懂一半。他索性头低着靠在办公桌边想心事，做出诚恳接受批评的样子。

女儿像谁？他想来想去，谁都不像。她什么话都没有，什么态度都没有。班主任一句话击中他要害。

“如果你给她一把斧头去劈个人，她会懒洋洋地拿着斧子，极不情愿地劈了，然后有气无力地把带血的斧子还给你。整个过程不说一句话。”

这是一种可怕的想象，郑小军仔细一想，却又和女儿性格非常匹配。沉默外表下，她心里似乎只有恨。发起火来，他真后悔要了这个孩子。父母对孩子的爱既是单向的，也不求回报，但如果像一块石头投进深渊没有一点反应的话，那也是不能忍受的。把自己从女儿出生到目前的行为仔细检点一下，他没有找出明显的问题。孙韵呢？分析孙韵的性格特征，他似乎有点明白了。孙韵要强却又没有实力。女儿感受最多的是孙韵不切实际的幻想和贫乏生活之间的强烈对比。孙韵情绪起伏落差大，从高峰滑向谷底，经常是几秒钟内的事。反之也是。女儿带着“鄙视”在生活。他终于找准了这个词。女儿看不起孙韵，更看不起他。女儿把这种情绪带到小房子的每个角落，整个家的色调都灰了。

他曾想带女儿去看心理医生。孙韵阻止，哪个花季少女没有一点逆反情绪？高二马上分班，班主任心比家长还急。女儿所有功课成绩都在下滑，连初中比较出色的语文也在变差。班主任扔给他一个作文本，最近一篇作文每个字他都认识，可连起来，横看竖看都不知道是什么意思。

他决定跟女儿谈一次，地点选在了街角咖啡店。说完预备了几天的话，他喝干了抹茶拿铁、柠檬水，女儿仍然一句话没有。继续坐下去，恐怕到天黑都还是这样。他最后想了想，问了她最后一句。她抬起眼，回答了一句似乎什么都不搭，却又无所不包的话。

“我在思考宇宙的事。”

女儿这句话让他惊呆了。他摆脱现实的唯一途径，就是延续少时探秘心理，订阅《天文爱好者》，浏览中国天文科普网站。遗传基因就是这样强大。他在黑夜开车，她在屋里做作业；他在副驾驶位置上静静眺望星空，她在熄灯卧室外的阳台上对着恒星发呆。可他们从未交流过一句关于天外的事。

想了好长时间，最终他决定不再强迫她，让她自由选择，自由发展。宇宙这么大，既拥有光明，更遍布黑暗。

现在，他惊讶的是，对爸爸的态度，最后竟也相似。

郑小军认可周菊的主意，孙韵也认为在结婚证书上做点手脚是必要的。

薛姨搬到郑伯房间住的那天，孙韵也来了。

刚离婚几天，郑小军和孙韵似乎客气起来。女儿不再闷头闷脑，而变得敏感，目光老在两人身上转。郑小军晚上不出去，主动睡客厅的沙发上。饭菜都由孙韵买来，郑小军负责烧煮，三个人一起吃晚饭，孙韵收拾干净。他隐约觉得在平静的生活下，隐藏着波澜。女儿是不是也在期待着一出轰轰烈烈大戏的上演？

一天晚饭后，郑小军正在看球赛喝啤酒。孙韵接了一个电话，通话时所有赞美的、祝福的词她都用上了。挂了电话，孙韵先是沉默了好一会儿，随后是自言自语翻衣服、找东西。最后，她关了郑小军的电视。从嫁错他一直骂到他的背叛、不要脸、没本事、不负责任。郑小军从她混乱的语言里整理出一条线索，她最要好的姐妹的漂亮女儿将嫁给知名电商创始人，打电话通知她参加婚礼。

激烈的争吵、打闹持续到深夜。郑小军有几次产生错觉，差点说出：我们离婚！他瞥见女儿歪在门框上，一脸世故地看着，神情里透出“还有完没完”的厌倦和不屑。他突然放弃了抵抗，任孙韵尖叫、拍打。他穿行在真空管道里，什么都没有，脑子里也是空白的。他吊在半空，什么时候落地？也许是新房子装修好的时候，也许是郑伯的事情解决的时候，也许一直这样荡着。

过了一夜，他们还是如常生活，可味道彻底变了。他和孙韵的对话，都避着重点，一些词语突然成为两个人头脑里的禁词，手脚也开始拘谨起来。郑小军喝完一瓶啤酒，正好喜欢的球队绝杀对手，他冒出一句不恰当的话。

“好！过瘾！正好老头明天办事啦。”

郑伯穿了件长袖白色衬衫，领口的扣子也扣上了。双手放在膝盖上，郑小军斜望过去，老人两根食指正在做无规律运动，配合手指，干皱皮肤下的喉结也在上下滚动。郑小军忽然想起自己老了之后，恐怕还不如爸爸的状况，说不定还到不了爸爸这个岁数。他站起身，拍拍爸爸的肩膀。

“蛮好了，很好了！”

郑伯疑惑地转过头。

“你在说什么？”

郑小军意识到自己把心里话说漏了，连忙补一句。

“你能够和薛姨在一起，很好了。”

郑伯鼻子里哼出了几声。

“我可不是老糊涂，外面的事情我也都懂。你放心，我会给你交代的。”

这下，轮到郑小军愣在那里。

半掩的门被轻轻推开。

周菊、孙韵一边一个地挽着薛姨走进来。

郑小军眼前一亮，心里一惊。薛姨标志性的长辫子被剪去了。烫了一个大波浪头，白发里夹了几缕黑发，像是雪山里倔强坚挺的断崖。他隐隐感到自己对这个老太太的了解太少，同时又担心起老头来。他的心事像一滴水银，不停地在天平两端晃悠地滑过来、滑过去。

和发糖果一样，周菊请郑伯和薛姨并排坐。拿出两本红红的证书，郑重其事地发到他们手里。

“你们年岁大了，特别是郑伯出门不方便，我们拿了你们的证件和证明，去民政局为你们领了结婚证。今天发到你们手里，就是你们的结婚纪念日了！祝贺你们，祝福你们身体健康、晚年幸福！”

孙韵带头响亮地鼓掌，接着大家都拍手。郑伯想找老花镜看看结婚证，周菊又把两个本子收走了。

“你们住到一起后，证书我们要登记，办好手续再还你们。”

事先郑小军在食堂订了几个菜。四个人坐在小方桌前吃着送来的菜。郑小军还喝了啤酒。

四个人碰了杯。孙韵说了一堆祝福的话，爸爸、阿姨这些词从她嘴里滚出来，就是这样妥帖。郑小军感觉在拍电影。

似乎被薛姨传染了似的，郑伯也只懂微笑，说话很少。天渐渐黑下来，郑小军觉得回到了几十年前的餐桌。

妈妈话不多，活几乎全是她一个人干。她吃得又很少，吃饭时，不像其他人低头扒拉饭菜，而是拣少量的菜放在碗中，端起饭碗，三两口就吃完，然后等着收拾桌子，洗碗。那时的天也是在不经意中就暗了下来，有时郑小军也会想到遥远的星空和无垠的宇宙。

但是，进了交通技校，他的注意力从银河星际拉回到油门刹车。后来，在山区开夜车的时候，偶尔会注意到似乎就密布在头顶的星河，回想到曾经迷过的星系、恒星、行星和黑洞。

郑伯的脑子很清醒，当他看到郑小军拿起富康车钥匙的时候，立刻阻止。

“你喝了酒，让孙韵开。”

郑小军两瓶啤酒下肚，临出门时，总有话哽在喉咙里。他想说，却又怕说。郑伯胸口染上一滴菜渍，刻板庄重的形象顿时垮了下来。

“爸，你以后多穿穿汗衫吧。”

郑伯忽然想起什么，大声把他们喊停在走廊里。他回过身去，掀开桌上的书报，露出几只铁皮饼干盒。他拿起蓝罐曲奇盒，走出房门，递到郑小军手上。

“不会是喜糖吧？”

孙韵嘴快，见郑小军慢慢掰开盒子，而老头又一脸严肃，就想调节一下气氛，但她瞬间闭了嘴。

他俩都把头凑在蓝色罐子的上方，一动不动。周菊稀奇地凑上去，她忍不住轻轻惊叫一声。

一卷卷花花绿绿的钞票，从盒中心往外旋转分布，排得满满当当。钞票有新有旧，有绿有蓝还有灰。郑小军的脑子还在钞票上。

郑伯把房门轻轻带上。他声音清晰，语调温和。

“你把这个盒子带走吧。我不是老糊涂，只是把自己的东西捐出去。我知道一直以来，你一直恨我把精力花在了你弟弟妹妹身上。我知道你们一直过得很不顺心。他们从第一次给我的外币一直到最近一次的，我都没用过。现在我留给你，也算我对你有了交代。你妈妈在的时候，你就一直跟我们说要面向现实，而到了我非常现实地要和你薛姨在一起的时候，你却阻止我。”

郑小军听到这里，把盖子猛地一盖，通红的脸上青筋爆出。

“可是，爸，你真的了解她吗？我这也是为你……”

“等等！听我把话说完。不要说周院长已经提前跟我说过，就是那些左邻右舍，也都告诉我了，我十分清楚自己在做什么！”

郑伯倔脾气上来。郑小军很多话瞬间涌上来，却堵塞了。

郑伯缓了缓，耸耸肩，又摊摊手。

“好了，我现在真的一无所有了。哦，不对，我和她都是。”

郑小军张着嘴看郑伯转身回房间，门“咔嚓”一声锁上了。

孙韵刚想发动车子，一回头，见郑小军捧了蓝罐曲奇盒在养老院门口的台阶上坐下了，还点了一根烟。

两人坐在湿漉漉的青石台阶上，街上汽车引擎声时远时近。孙韵发现郑小军一直在仰望黑乎乎的天空。

“你在看什么呢？”

“我在看星空。”

“别闹了，天不好，什么都没有。”

“但星空总是在那里啊。”

“你发什么神经啊？”

话虽这么说，孙韵还是顺着郑小军的目光向高远处探头探脑。

“你知道黑洞吗？”

“好像知道一点。”

“黑洞里什么都没有，任何物质都被消灭，连光都逃不脱。”

“你是在看黑洞吗？”

“黑洞看不见的。”

“那我们怎么知道黑洞的存在？”

“因为引力波。”

“什么是引力波？”

“两个黑洞合二为一的时候，会发出威力强大的能量，以波的形式传播。经过数亿光年或者更远距离的旅行，引力波达到地球，其能量已是微乎其微。但当初的能量产生的涟漪达到了我们所理解的‘永恒’。”

“每个人都接受了？”

“我把外币给女儿。”

“应该的。对了，我明天就搬出去。”

“你住哪里去？”

“我受不了了。”

秋天的一个午后。郑小军踩着片片落叶走进周菊办公室。老人们正在上课、听讲座、做理疗。周菊刚巡视一圈回来，她见郑小军进门，望了望他身后。

“不用看了。我一个人。”

“郑伯情况不是太好，你不要火大冲动。”

“我去看看他。”

“等等，听我说完。”

郑小军一边听，一边搓着办公桌台面。上面有一道彩笔的红色画痕，他擦得大拇指红肿起来。薛姨是个可怜人，那爸爸呢？

住到一起后，郑伯和薛姨过着幸福生活。两人手搀手，一起到食堂、练太极、学书画，没人见他们分开过。一些老人去他们房间串门，几乎都是郑伯大声读书念报，薛姨做针线活，或者摆弄着医书和茶经。这简直是老头老太太们眼中理想的晚年生活典范。

一天清晨，薛姨醒来，她突然惊恐万状。意识从浅到深，都没有这个老头的痕迹。她尖声跳起，夺门而出，一路哭喊，逢人便诉说自己那些年的悲惨遭遇。

“我是爱他的啊。我跟你说啊，他年轻时，英俊潇洒，追他的女孩排成长队，可他唯独看上了我。我也不差呀。优秀班主任、学科带头人。我还有一条又黑又长的大辫子。哎呀！辫子呢？我的辫子呢？要知道，他说最喜欢我的大辫子。那时的我，真幸福啊！

“都是你，还有你，还有她！你们这些坏女人。把他引诱了。他曾经跪在我面前起誓、罚咒，再也不跟你们来往。可你们为什么不放过他呢？他也会衰老、干瘪、无力、流口水。你们只看到了眼前的假象。

“我就不信自己比不过你们。我也要夺走你们拥有的宝贵东西，但是整个世界都找下来，我怎么也找不到啊。倒是那些个老流氓、老色鬼，老是惦记我，把我、把我给糟蹋了啊！快来人帮帮我啊，救命啊！”

刚到单位的周菊冲过来，拦腰抱住薛姨。可薛姨也不认识周菊了。

“薛姨被我们送进了精神病院，听说这两天情绪稳定下来了。”

“是什么引起她病发呢？”

“我在这个单位工作之前，是一家医院的护士。有一年省卫生厅领导来我院考评，开全体员工大会。轮到厅领导讲话，刚才还好好的话筒突然就不响了。院长急得从台上下来亲自察看设备，但是怎么捣鼓都没用。几分钟后，话筒突然又恢复了正常。院长气得下令调查事故原因。结果专家组给出了令人哭笑不得的结论：那几分钟，太阳黑子突然爆发，干扰了医院的会议通信设备。”

郑小军没有笑。到了这地步，任何事情发生，他都觉得合乎情理。

周菊让郑小军戴上口罩，两人来到郑伯全护理病床边，男护工轻轻唤醒郑伯。

郑小军接到周菊电话的时候，还在广州。卸完货，他星夜兼程地往回赶。开到一条盘山公路最高处，午夜来临。他突然不想开了。下车，满天的星星朝他压过来。有些光线来自久远的过去，那时，地球，乃至太阳系都还没有存在。它们还将与看不见的引力波一起，一明一暗，结伴继续旅行下去，当它们衰减到接近零的时候，很可能地球的一切都不存在了。光、引力波，到达地球只是一瞬间。什么事情都是一瞬间。郑小军躺在山顶睡着了。

隔天，他不再心急火燎地赶路。他慢慢地开，仔细地想事情。昨天的火气，被一点点压下去。进周菊办公室的时候，已经消解殆尽。

郑伯睁开浑浊的双眼，看看郑小军，再望望周菊。他每次只吐一个字，对儿子连说几遍“不”。对周菊拖长声调，说“来”。

郑小军问他有没有其他要求，他只是重复刚才的两个字。

周菊把郑小军送到医院门口，问他懂不懂郑伯说话的含义。郑小军想了想。

“我明白的，你放心。”

“明白就好，我也会照顾好他们的。”

秋风吹在身上有点凉，郑小军竖起了夹克衫领子，迎着金色斜阳走出大门。

晚　宴

走出地铁站二号出口，我打开地图，输入餐厅位置，导航显示，六七百米，拐两个弯就到。我顺手给陈露发了微信。

等她回复时，我点了根烟，刷微信朋友圈。最近联系紧密的，全点赞。屏幕在眼前往上滚，却没兴趣打开任何一条。

陈露回信：“到了。”

我四周望望，没人。又低头看地铁通道内，也没见人。

马路对面一辆宝马车不停鸣笛，行人转头注视。

嘴里骂了句，我翻过交通护栏，避让车流，走到车后门。

“帮我拿东西。”

“你自己拿。”

“快！”

陈露坚决的态度提醒了我，我伸出手，四个沉甸甸的拎袋挂到了我手臂上。

“什么时候来接你？”开车的男人问。

“算了，我打车回去。”

陈露刚想关车门，我吐掉烟屁股，大声说：“再拿两份。”

“不就四个人？”

“万一多来人呢？”

陈露钻进车里扒拉东西。开车的男人朝我看，我斜头瞥他。

“又换了一个啊？”六份东西拎在手上有点分量，我感觉说出来的话有点气短。

“少废话！你管不着。”

我们绕了个圈子，下到地下通道，五点半前冒出二号出口。

儿子个头就要超过我。他穿了件蓝白相间的校服，虽然双肩被书包压得陷进去两道沟，但还是显出一副好身材。

他刚走出来，陈露就上前又是摸头又是贴耳说话，还不时捏捏儿子的衣裤。

“好了，赶紧的。客人先到，我们就难为情了。”

“好长时间没见了啊，想不想妈妈？”陈露走路不看路了，挽着儿子的手臂，侧脸仰望着他。

儿子没吭声，一脸青春痘忽地红起来。我代表他说话：“他想生日礼物！”

“该死！”陈露“啪”地重重拍了一下大腿。“都是你！多拿两份东西，礼物忘车上了。”

我看儿子没什么表情，心里轻松不少。

拐第一个弯的时候，我忍不住问：“什么东西啊？死沉死沉的，客人拿着也不方便啊。”

“告诉你也不懂。”陈露还保持特有的轻蔑口气。“两块砖。”

我索性不开口。解释的声音隔一会儿也就传了过来：“普洱茶砖。存上几年，就变宝了。”

“以前没听你说过茶。是刚才那个男人的吧？”

“我怎么不懂茶啦？为什么我就不能懂？”

我还想纠缠几句，忽然发现儿子站住不动了。他的一双眼睛像陈露，细细长长，却仍然清澈明亮。我一阵心痛，扔下全部袋子，跑回去抓牢儿子的手。

儿子不聪明，小学时就表现出来了。别人都在吹嘘自己子女上奥数班，得数学竞赛奖，我却在担心他考试能不能过线。如果他是个顽皮的孩子，我也就心理放心点。他是这样认真、努力，每次考得不好，都对我表示：下次一定更加努力。

那次，我在福建进货。班主任微信群里公布期中考试成绩。儿子总分落到班级最后几名。我搬了一箱啤酒到礁石上，一边喝一边想怎么去安慰这个用功的孩子。我笨吗？陈露笨吗？我宁愿自己傻。

几瓶啤酒下肚后，我小心翼翼地打电话给儿子。我开口就先给他一个台阶。

“这次是不是身体不好没考好？”

“不是。”

“你怎么考虑的？”

“有些题目没弄懂，今天下午一个个找了任课老师，他们详细帮我解答。”

“现在都会了？”

“嗯。”

我一句责问的话都没有，关照他早点休息后，挂了电话。海上正在起雾。我担心当初跟陈露总是吵吵闹闹影响了儿子，他虽然不说话，但是眼神会传递出厌恶。我突然直起身子，像发痴一样向谜一样的大海伸出双手，我发了誓。戒酒！不去酒吧和歌舞厅。陪儿子一起努力，考上高中，实现大学梦。

便利超市门前是一块小广场，天热，周边居民坐在我提供的小塑料凳上喝啤酒、饮料，吃冰淇淋。熟人邀请我一起喝一杯。我很难拒绝。但是，从福建回来，我有了不喝的理由。不喝，大家还纷纷称赞我。

派出所副所长老何下了班，喜欢来便利店逛。看我生意清淡，就买几盒口香糖、几包方便面，烟他戒了。我是他的帮扶对象，我生活、工作正常，他开心。

儿子在收银台里做功课，老何走进去指导一番。有些题目老何也不会，他就坐到小塑料凳上琢磨。题目解出来，他飞也似的跑进店，嘴上还嚷嚷着我会了、我会了。收银台那边就传来一老一少不同频率的笑声。虽然我心里清楚，这可能是老何的工作，但心里还是暖暖的。

出了那件事后，我第一反应，对不起儿子，接下来就是对不起老何。

老何来拘留所带我回去，他给我抽烟，我躲闪他的眼神。

很久没联系的几个弟兄来看我。儿子看见他们的样子，往便利店小仓库躲。如果不是曾经长时间混在一起，突然进来一些全身文身的大块头光头，我也可能会按下报警按钮。他们有的靠“炒房”发了财，有的还在为老板看歌舞厅场子，还有的加入了小额贷款公司，负责讨债。

二十年！有个兄弟对我做了个“V”字手势。我猛然醒悟，二十年前的今天，“地坤门十三棍”组建，很快就在六城门内打出名声。我们的特点是“狠”，敢把对手往死里打。最终闹出事，在一次斗殴中，把两个技校生打成残疾。老大、老二被判刑。我年纪最小，被送进工读学校。工读学校进去的时候，你只有一个污点，在里面一滚，浑身都是污点。出来后，我联络“十三棍”的大多数人，大家继续混社会。

二十年后，有兄弟已经离开人世，有兄弟不知所踪，再也凑不齐。我们找了一家歌厅，一边喝酒，一边唱歌。我原本只想陪他们唱唱歌，不喝酒。他们知道我发了誓，也没怎么劝我。但是，童安格的《其实你不懂我的心》、张镐哲的《如果再回到从前》、姜育恒的《再回首》，几首老歌一唱，我心里涌起热浪。白酒、啤酒、洋酒来者不拒。

老何告诉我，我被交警拦下来后，神志不清。谁的车，哪里开过来的，我一概不知。交警也搞不清，烂醉如泥的人是怎么开车穿街过巷的。老何还严肃地告诫我，通过歌厅录像，发现跟我在一起的那帮人中有个通缉犯。我想告诉老何，自己什么都没做，也从不和他们联系，但是想到严重违背了自己的誓言，一句话都说不出来。

对儿子，我一直是歉疚的。

便利店正对着陈露第一个房产中介。儿子背着书包从这个店走到那个店，不是在这里吃就是在那里吃，刚开始他小，认为没什么区别。

老何那时还抽烟。我和他坐在店门口，看着孩子的背影，他扔给我一支烟。

“看在孩子的分儿上，你们就合了吧。”

我摇摇头：“就是为了孩子不能合。”

老何有点火冒：“我看陈露就是比你好。她明确表示可以不计前嫌，重新开始。”

“什么？”轮到我跳起来。“她竟然这么说?!”

老何做了个往下压的手势：“我快退休了。”

我重新坐下来，想想还是不去刺激老何了。我递给老何一根烟，他接上抽。我把空烟壳扔进垃圾桶。

陈露是我在舞厅认识的。她矮个、圆脸、短发，黑色紧身衣，疯狂地在反射灯下扭着迪斯科，腰间一根银色粗腰带闪着刺眼的光。看场子的兄弟鼓励我，上。

我似乎有点运动和艺术天赋。迪斯科刚兴起没多久，看了几次，我总结出几句舞蹈要领：“腰部扭摆头不动，双腿交叉用脚尖，提胯重心左右移，抽筋颤动穿插行。”

陈露对我挤进场中央十分反感。她以更加剧烈的扭动排挤我，打乱我的节奏。我反其道而行，不紧不慢地走太空步，以高质量、高保真把大家的目光吸引过去。受到干扰，陈露也停了下来。灯光暗了，只有旋转的“满天星”射灯把舞厅安置在了时空隧道里，DJ 把音乐换成了《太空漫步》，空灵音乐中，似乎只有我一个灵魂在飘荡。渐渐地，伴着节奏，零星有了掌声。掌声越来越响，越来越快，早已超过音乐节奏。陈露更是夸张地高举过头顶拍手。我的支撑点从脚换到手，腾空、倒立、翻滚、旋转，掌声、尖叫声、口哨声把音乐盖住。如此疯狂的舞步，后来我再没跳出来过。

有一次，我搂着陈露泡在舞厅里跳慢四的时候，窗帘一角被风掀起，马路上的嘈杂声、明晃晃的光线搞得我们心情很不好。

陈露仰头看我，把身体贴得更紧。

“我们怎么办？”

我扭头盯着那块不合时宜的光斑不说话。自从上次在游戏厅起冲突把霸占游戏机的老板表弟打伤，到现在已经半年多没工作了。陈露所在的工厂处于停工状态，全体工人即将下岗。

陈露摇摇我：“你说话啊。”

我转过脸，快速眨了几下眼睛：“我们结婚呗。”

陈露先是一愣，随后便跳到我身上，用力亲吻我，摇晃我。我踉踉跄跄地走入光斑，原来舞厅的地板都掉了漆，地板间的缝隙很大。陈露终于落了地，可她哭起来。我还以为她兴奋所致。然而从她不连贯的话里，我觉察出她对朴实平淡生活的恐惧，恐惧使她遇到挫折就想寻找解脱的捷径。

“何爷爷在等我们呢，快走吧。”

我知道，只有搬出老何，才对儿子起作用。

果然，儿子甩开我的手，往前走几步，停下，拎起四个茶砖袋子。

“我来我来，你放下。”陈露抢下两个袋子，剩下的儿子不肯给她。

陈露和儿子并排走的时候，刻意往儿子身上靠过去。我在后面看像一个字母 d。

我觉得好笑。陈露不知从哪里得到这个饭局的消息。几天来，连续不断地打电话、发微信要求参加。开始我坚决拒绝，可电话接多了，我猛然想到，会不会是老何故意透漏的风声呢？陈露精得很，不说消息来源。我索性让她订餐、备礼品。

刚结婚，陈露就下了岗。我们租住的小平房在运河边。打开窗，看得见一条条拖船南来北往。受这个场景启发，我跑起了货运。陈露怀了孩子，我要改善生活质量。

儿子百日照挂在货车后视镜上，他肥嘟嘟的，眯眼咧嘴笑着，渐渐地，我发现自己也有了变化，脸上横肉松了下来，紧皱的眉毛舒展开来。我是在学儿子啊，一想到他，眼前的公路变得开阔顺畅，山水树木变得壮观秀美。

我交了些做生意的朋友，他们让我为公司运货之外，带点私货。几乎每个司机都会做点这样的生意，可我那次却遇到了大麻烦。

在浙江南部卸完货，装了半车海产品准备回程。有朋友托我带香烟回去。我开到指定仓库一看，惊呆了，各种品牌外烟堆满仓库。朋友介绍龙哥——一个矮胖中年男人给我。

“抱歉，这是走私烟，我不能帮你运。”我准备跳上车子。

“好！我就看你老实。”

我笑笑，把车钥匙掏出来，拉开驾驶室门。

“等等！我付三倍费用，现在付！”一沓蓝色大钞不知什么时候出现在龙哥手上。

我开始犹豫。儿子马上上幼儿园，家里开销越来越大。陈露也不出去工作，整天东家串西家逛。我也听到些风言风语，但没往心里去。她是那么爱儿子，自己可以什么都不要，也不能亏待儿子。有些事情，可能都怪我吧。那叠钞票对我诱惑太大了。

当时运货都走国道，费用低，但是关卡多。我开上崭新的高速公路，快速通畅。我在休息区加满油，直扑苏南目的地。下高速时，我心情紧张，可收费小姑娘只是板着脸点钱、撕票。开出收费站老远，我还透过反光镜看那里的动静。

突然，一辆轿车从右侧岔道直冲出来。我还没有收回左反光镜上的目光，就这样莫名其妙地被撞了。

我愤然下车的时候，突然意识到绝不能冲动。桑塔纳轿车车头扎进货车前后轮之间，车上下来四个长发青年。

“私了，还是报警？”开车的把手指快点到我脸上。

我轻轻拨开他的手，我不想搞事：“私了吧。是你撞了我的车，我不要你赔，各走各路吧。”

一阵怪笑，有个瘦子眼镜滑下来，眉际显出一道深深的刀疤。

“看你也是道上跑的，怎么不懂规矩呢？爽快点，给这个数，我们去修车。”开车的伸出一根指头。

想想龙哥给的一沓钞票，我把气咽下，回驾驶室拿钱。他们在车厢门边捣鼓，大声问什么货，运到什么地方去等，我没睬。拿好钱转过身，我愣住了。车厢门已经大开，两个人跳上去正在翻货物。

我跃上货箱时，他们差点翻到香烟了。我承认拉他们两个的劲道有点猛，但没想到他们摔在地上居然爬不起来了。

我只想早点了断这件破事，把钱扔给他们就开路。但是我想简单了，开车的家伙报了警。我听到电话里他的喊叫：“他车上有问题！有问题！”

儿子慢下脚步，显出犹豫的样子。陈露摸摸他的头，问他有什么事情，他不回答。

我“哦”了一声，忙拿出贴身焐着的那张缴费通知单。儿子一字一字看了很久，陈露也凑了上去。

“好啊！这是妈妈的母校啊。当初妈妈没有考上大学，儿子你现在要加油！完成妈妈的心愿啊！”

陈露鼓动别人，自己都会感动落泪。眼看她又要说多，我赶忙收回那张缴费单，小心地重新装进衬衣上兜。

陈露在前面带路。饭店她熟悉，服务员也都认识她。306包厢还是空荡荡的。我们把东西放下后，都站着，有点尴尬。我拖一张椅子让儿子坐，他不肯。他从书包里拿出一本书，站到阳台上翻阅起来。

陈露去楼下点菜。我走到阳台上，点了根烟。我瞄了一眼书名，《菲尔普斯自传》。

我深深吸一口烟。如果说自己对儿子的贡献，那就是逼他游泳。

在里面待了三年，回到家，儿子正好读一年级。陈露已经开始忙我弄不清的生意，整天不着家。儿子见我躲得远远的，坚决不让我送他上学，我就远远跟在他后面。

老何就是在那时熟络起来的，他告诉我在狱中得不到的消息。浙南的龙哥垄断了外烟走私市场，数量惊人。专项行动的突破口，就是我送货被查，龙哥后来被判死缓。

“被你打伤的那帮人，其中一个瘦子在游泳时溺水死了。”

“他不会游泳？”

“他游泳很好，是突发心脏病。长时间酗酒、放纵，跳进泳池泡都没冒一个。大家还认为他在潜水，五分钟过去后，才慌忙下水营救。”

望着儿子瘦小单薄的背影，我就会想起老何说的这个段子。

整整三年，我只是替超市、酒店、市场等打打零工。如果时间与儿子训练时间抵触，我马上辞掉工作。

大多数时间，我是看台上的唯一观众，但也是一种煎熬。

儿子虽然很努力，却总是达不到教练的要求，不是动作不到位，就是速度跟不上。教练扔下一句：来回游十遍。看着快要沉下去的瘦小身体，我恨不得把教练揍下水。

我在环形通道里用拳头捶打马赛克墙面，高声咒骂教练，像个疯子。但是在看台上，我却始终保持缄默。后来，教练在比赛前总会对孩子们说：“你们出不了成绩，对得起家长吗？”他的手高高抬起，指向看台上孤独的我。

我内心热烘烘的，手段却越来越辣。

从第二年暑假开始，我规定儿子淋浴不能开热水。儿子在水帘里打战，怨恨的目光像把剑。我犹豫了几回，咬咬牙跟儿子挤到一起。冬天，儿子在温水池里游得全身发热，我在看台上做俯卧撑让自己热起来。然后，每人一个冷水龙头哗啦啦冲着，撕心裂肺地吼叫着。洗完澡，我用冷水把他全身擦得通红，几年之内，他没有感冒过。

老何拿着儿子的二级运动员证，显得有些犹豫。

“现在学校不知道认不认这个证呢。”

“我只有靠你了。”

老何嚼口香糖只用左边牙齿，我觉得他真的老了，腮帮子一个劲地往左下方掉。腮帮子成了他思考问题的中心。

以卤水拼盘为首的八个冷菜已经在圆桌上转了好长时间了，陈露把儿子叫进来。天暗了。

“酒先点好吧？”

“还是等老何来了再订酒水吧。”

陈露说出了我的担心：“他们会不会不来了？”

“不会不会，看在老何面子上，他们会来的。”

“唉！这个老何啊。”

陈露话里有话。她好几件事情落在老何手上处理。

我看看手机上的时间：“老何怎么还没来？他组织的，应该早点到啊，其他人来了我们也不认识啊。”

“你打个电话问问呢。”

打了三次，都是暂时无法接通。发微信，也不回。

三个人坐在三个角落，都离圆桌有段距离，彼此之间的距离更远。

发现陈露出轨的确凿证据后，我觉得我们都扮演了舞厅中的角色。音乐声中，如痴如醉地投入，连一个眼神都那么迷人。散场后，发现只有斑驳的旧地板、发黄的窗帘、破损的灯头，大家挥挥手，各走各的。

离婚！我态度非常坚决。

陈露要儿子，态度也坚决。她的理由是我没有工作，抚养儿子困难。

我找到老何，我不能失去儿子。

两个星期，我的便利店就试营业。陈露从房产中介牌子下探出头来，表情诧异。

我和陈露的离婚简单而漫长。简单是在于我们几乎没有家产，最宝贵的财产就是儿子。漫长是因为都不肯让步。她强调我有犯罪前科，是危险分子。我的理由也很有力，她是过错方，更会对孩子造成心理创伤。

老何坚定地站在我这边。

一天早上，我刚把送来的粮油堆放整齐，就听见对面吵闹声不断。三个赤膊男人，脱下拖鞋，指着房产中介大声叫骂。陈露的声音根本钻不出来。我看她的样子又急又怕。

一根烟抽下来，三个男人肯坐进中介屋子了。我让围观的人散了，回店拿了几瓶矿泉水、三包烟，回头分发给赤膊男人们。

一小时后，他们走出了店门。

陈露对我发火。“明明是他们赖皮，你不帮我，倒帮他们欺负我！”

我一口气喝了半瓶矿泉水。“你还没有看明白？他们明摆着就是来敲你竹杠的。他们答应你时，房子只值六十万，现在涨到八十万了。”

“可他们当初是签了合同的啊。”

“现在不还没办过户手续吗？你承诺再补贴点给他们，才能顺利赚到钱，如果他们僵在那里，你生意还做得成吗？”

陈露不再吱声，坐在办公桌后，不停翻阅厚厚的房产登记信息簿。

那天下午，我接到陈露的短信：“让孩子决定吧。”

陈露对我招招手，我把手机塞进裤兜，走到她身边坐下。

儿子与我们隔了一个圆桌，他埋头看书。

陈露瞟了瞟儿子，把声音压得很低，我不得不把头凑得离她很近。

“商量个事情啊。”

“肯定不是好事。”我的声音惊动了儿子，他往这边看了一眼。

陈露拉拉我的袖子，表现出嗔怒。

“你不会好好说话啊？我跟你说的是儿子的事情。”

我一下子有点紧张，点了根烟。陈露挥手驱赶烟雾。我离她太近了，我把烟掐了。

“那个高中，离我那里近。”

“你想干吗？”我警觉地瞪大眼。

“从我那里出门到学校，只需十分钟。”

“不可能！你死了这条心。”我把声音压得很低，沙哑嗓音带着狠劲。

“我是为儿子好。他再这么生活下去，很危险。”

“你胡说什么？”

“和小混混来往，醉酒驾车被拘留，小便利店经营惨淡，正经女朋友交往都不超过一个月……”

陈露还要往下说，我忽地站起来，声音大得连厨房都听得见。

“我再惨，也是我自己的事！”

“你自私！我现在有能力了，你就嫉妒、嘲讽、污蔑！”陈露的声音轻轻地、冷冷地刮过包厢每个角落。

以前的她不是这样的，我有点惊讶。人每时每刻都在变化，累积到一定程度，就会换上另一副面孔。她曾经是我最亲密的人，而现在我对她的了解，还不如便利店门口打扫卫生的清洁工。她唯一没有改变的，只有对儿子的爱。

一天晚上临睡前，儿子突然说不出话来。急诊医生只是说游泳时氯水吸多了，咽喉发炎，挂水消炎就好。

我走到输液室外面抽烟。已经过了凌晨，初秋的风吹在身上有点凉。我还在判断天亮前是否可以挂完水，就听里面一声凄厉的叫声，我浑身一哆嗦。

儿子脸发紫，眼睛往头皮里翻，喉咙发出可怕的声音。护士慌乱地跑去找医生。

“有东西塞住了！”陈露把手指伸进儿子口腔，我把手机电筒打开，儿子咽喉鼓起，阻塞了呼吸和吞咽。医生还没来。儿子发出的声音越来越弱，我害怕、绝望，不知所措。

“让开！”陈露一把推我到边上，抱起儿子平放在病床上，按照人工呼吸的样子，吸足一口气，用力缓缓往儿子嘴里送，再压胸、吸气。

黏糊糊的液体把母子俩的脸黏在一起，强日光灯下，我产生了错觉。陈露是在又一次诞生一个生命啊。

医生跑过来，自己动手给儿子打了一针。“药物过敏、过敏！只有打、打进口激素。”他头上全是汗，说话哆嗦。

陈露根本没停，护士说有辅助呼吸设备，她听都不听。

天亮了，儿子平稳地睡着了。陈露还在床边，拉着他没有挂水的那只右手，看着他的脸，一动不动。

就在恍惚间，儿子不见了。陈露还不停地往外蹦词，而我已经转出包厢门。我还算反应快，蓝白校服在楼梯口晃了晃，我急忙跟过去。

楼梯上奔上来两个人，和我差点对撞在一起。我侧身躲过，飞奔到街上。

儿子走得很快，我扳住他肩膀的时候，已经在大喘气了。

“停下！你跑什么跑？”

路边有个奶茶铺，我买了杯他最喜欢的芝士蓝莓。

喝了大半杯，他才开口：“你们碰在一起，只有吵架。”

“是你妈……”

“你就没有问题吗？你……”他打断我的话，而他的话也被突然响起的公交车尖利的喇叭声淹没。

街上静下来，我催他回饭店。“何伯伯应该到了。”

儿子咬着粗粗的塑料吸管不动身。

陈露整理行李离开家的那天，外面下着大雨。儿子趴在简陋书桌前做作业。两小时前，陈露带着他去了趟西餐厅。

车来了，司机帮着把箱子搬上车。陈露转过头来，眼睛红了。她轻轻叫儿子小名，儿子没有反应。我走到他身边，把他手上的圆珠笔拿下来，他就保持着手空握的姿态。

司机按了好几次喇叭。陈露扑上来，抱住他的头，胡乱地亲了几口，随后冲进雨里。

这一瞬间，“你就别走了”的话差点从我嘴里冲出来。我回头看，儿子继续认真写着字。我胃酸泛上来，口腔里全是酸腐味道。

老师时常把我叫到学校谈话。

最出乎意料的一次是班主任突然来电话，说校长急着见我。

我匆忙翻出一件白衬衫，到便利店隔壁的干洗店请店员帮忙熨烫整齐。

校长随意穿了一件红黑横条短袖T恤衫，肉从红条里鼓出来，又从黑条里隐进去。我有点失望和尴尬。

“我要大大表彰你儿子！”

我不敢相信自己的耳朵，就没接话。

“学校围墙外面的那块地，正在开发房产。”校长推推黑框眼镜，激动起来。“这些无良开发商，只知道挖啊挖。前天违章取土，把我们围墙一角弄塌。顽皮的男生像觅到了宝，整天钻进钻出。我们做了防护措施，但还是防不住。昨天下大雨，原本墙外的一个小池塘，现在变成大水塘，而且紧贴着破损的围墙。”

当天儿子上学后，我还没见到他。我心里一紧，声音变了形。“我儿子怎么啦？”

“你儿子好样的！在二楼窗口看见一个小家伙钻出围墙，脚下一滑落到水塘里，在水里挣扎，他直接从窗口跳下去把那个孩子救了上来。”

我眼前闪现儿子纵身一跃时带出的那条漂亮曲线，训练没有白费。还有些其他的东西，让我感觉特别舒坦。

中考前校长又找到我。

“让他做运动健将吧，他有这个能力。”

“他要上高中，考大学。”

校长把身体往前靠靠，低声说：“虽然孩子成绩差点，但也不是没有可能。二级运动员可以加分，还可以通过‘特长生’招录，不过……”他的眼睛眯了起来，不再说话。

一瞬间，我想到了老何，我对校长缓缓点了头。

“你有钱吗？”儿子终于吐掉吸管，把空杯扔进垃圾箱。“刚才我看到了，赞助费要六万块。”

“这你不要操心。”我轻轻拍拍他的头，走回饭店。

“要不，我就住妈妈那儿吧？”

我像遭受了雷劈一样跳起来，猛地喝道：“不许！钱不是问题。”

钱，对我其实是个问题。

“你们在哪儿？赶快回来！”电话里陈露的声音差点刺破我耳膜。

“发生什么事了？”

“老何！是老何，他出事了。”

儿子在旁边也听到了，他撒腿往回奔，我在他后面紧紧跟随。

跑步鞋是前几天他生日老何送的。鞋帮、鞋带都是黄色的。老何打开包装的时候，说黄色代表好运气。

黄色跑鞋一颠一颠的，鞋带左右晃动，我的心被一步步绞紧，不由得加快了脚步。

远远地，看见饭店门口陈露在徘徊。

“快去医院！”陈露迎上来，让我们回头。“车我已经叫好了。”

“妈！到底怎么回事？”

一坐上快车，陈露就让司机快点。

“刚才两个人急匆匆跑进包厢，说跟老何一起来吃饭的。现在出了点事，不能吃了，说声抱歉就想走。”

我突然想起下楼时碰到的两个往楼上冲的人。

“我把他们拦住，请他们说清楚再走。他们却有点支支吾吾。我拨了老何的电话，可还是不通。一个年纪大点的人叹了口气，开始自责，说都是他不好。边上另一个人开始劝他，说不能怪他。我越听越糊涂，心里又急，嗓门高了起来。年纪大的人看看手表，随手在餐巾纸上写了个地址交给我。随后两人又奔下楼梯。我再喊也喊不住了。”

陈露把餐巾纸递给我，上面写着：三川市消防医院急诊室。

消防医院？难道老何是被烧伤了？好端端来吃个饭，怎么就会烧伤了？同伴对他愧疚什么呢？

我把餐巾纸紧紧攥在手里。一盏盏明亮的路灯在车窗上滑翔而过。

儿子在前座，身体往前冲着，右手拉紧车顶把手。

陈露悄悄移近我。

“老何到底发生什么事了？”

“照他的脾气，估计又是帮别人什么事情闹的。”

“可为什么那两个人欲言又止？”

“不是说事情因某人而起吗？”

“要是老何伤情很重怎么办？”

我心里一咯噔，我只是想赶快赶到医院，没有想这么多。

“你什么意思？”

“儿子的事！”陈露低沉的声音被专车沉闷的引擎声盖住，我几乎看着她口型猜出了意思。

我拍拍胸脯，听得见那张缴费通知书的沙沙声。“没问题！”

“你能确保没事？”

手捂在胸口，停了下来，我不敢确保。

今天下午的阳光有点刺眼。我早早来到学校门口。紧闭的大门口，挤了一堆人。我看你，你看我，眼里充满警惕。在沉默中等了足足一小时，小门开了，一个戴眼镜的细高个扯个公鸭嗓子喊了起来。

难听的声音一出，大家几乎同步从兜里掏出小纸条。公鸭嗓子报的是数字，几个年纪大的早把老花镜戴上在对数字。

“3097？”

“哎！是我是我。”

“3098？”

“到！”

“3099？”

……

“3099！！！”

……

“不到算弃权啊！下一个……”

十人一批喊进去，小门关上。好一会儿，进去的人才出来。公鸭嗓子又喊了十个人。我进去时，扫了一眼剩余的，自己应该是倒数第二批。

“特长生？”一张课桌挡住教室门，一位头发花白的女教师坐在课桌后。得到肯定回答后，又对着我手上的小纸条，在一本厚厚的花名册上找名字。

“是这个名字吗？”

我凑上去看，连忙说：“是的是的，没错。”

“介绍人是……”她胖胖的手指往右滑动时，在往下走。

我紧张地点到老何的名字上。“老何，是老何。”

“哦，是他呀。”她似乎有点疑虑。眼光从无框眼镜上方射向我，一眼就看穿什么似的。

跟取款密码错误一样，我感觉自己肯定什么地方犯了错，而且这个错很可能是老何带来的。

女教师站起身，回到教室中，四张课桌拼在一起的地方，几个人正在忙开票。女教师把花名册和我的小纸条递给其中一个人看，那人低头看了一会儿，又回头看看我，把笔搁下，用手指在花名册上指点了一番。

女教师点点头，拿笔在小纸条上做了个记号，交给另外一个人，那人瞟了一眼，飞快开了张单据。

女教师飘飘然走过来的时候，我就瞄到单据上的“六”字，心里一紧。

“赶紧的啊！”纸片随着不耐烦的语气，飘落到我手心。

同一批进去的一个老头手里拿了缴费单慢慢朝校门口踱去。我走上去递给他一支烟，他笑笑对我摆摆手，表示不吸烟。我清晰地看到“三”字。

一个急刹车，快速行驶的专车停在急诊室门口。

儿子一个箭步往里冲，陈露拿出餐巾纸核对信息。

我深深呼吸了一口新鲜空气，却又想点上一根烟。我已经不再那么急了，想见到老何，更怕见到老何。

惯性推着我往急诊室里走。我忽然怀念起老何没有戒烟时的情形来。一人一个小板凳，你一根我一根，扔来扔去，沉默无言。没有事情，也没什么交易。来了就坐下喝茶抽烟，走了说句“再来”。

现在，沉重的心事压在我心头，我不得不想更多。

儿子与护士的一问一答清晰传来。

“请问有位姓何的病人在这里吗？”

“具体姓名？”

“何亮。”

“什么时候送来的？”

“大约一个小时前吧。”

“他是你什么人？”

“伯父。”

“请稍等……他在 103 观察室。”

突然，伯父这个称呼在我脑子里盘旋起来。

儿子站在房间中央，陈露在门口，我在窗口。

老何走到儿子面前，蹲下，轻轻握住他的双手，往下一按。“到你选择了，去吧！”

儿子盯着老何足足有半分钟，随后，他往门口斜了一眼，快速转过头，转过身，一步一步朝我走过来。

他把小手交到我面前。我跳起来，狠狠地拍了一下嫩嫩的手掌。他缩回手，对微红的掌心吹了几口气。

我猛跨一步，一把握住儿子粗大有劲的右手，毫不犹豫地往 103 观察室奔去，把陈露甩得远远的。

不速之客

我喜欢在咖啡里加点奶，不是那种保质期半年的进口牛奶，更不是奶精，意大利语叫“拿铁”。今天下午，服务员忘了加奶，我有点生气。她战战兢兢地对我说，鲜奶没了。我看着她的样子，瞬间觉得小姑娘挺好玩，也就挥挥手让她出去了。

喝咖啡的时候，我又想到服务员的样子，嘴巴不禁咂巴了几下，苦涩滋味竟慢慢变成微甜。

秘书敲门进来通报，门口来了一个叫栾平的找我。秘书年轻，不熟悉《林海雪原》，把个“栾”字解释了好几遍。

我思考了十几秒，关照让栾平上来。

秘书临出门时，轻声问，到您办公室还是会客室?

办公室吧。

我对人的记忆很强，不敢说过目不忘，却也大差不差。但像见到栾平那样惊讶的，实在很少。

“哥！你不要这样看我。怪吓人的。”

“你，你是栾平？”

“没错，是我啊！你看！”他捋起长发，右额上一条伤疤清晰可见。他的声音、眼神和动作，慢慢地唤醒我，是栾平。

有些人，相处很长时间，都印象平淡。有些人，像栾平，接触一两次，就很难忘记。

他的变化实在太大，我走不出一个瘦弱、文质彬彬的公务员形象。

“啊！这个伤疤，实在太离奇了。”

“英雄救美！”

“对对对，当时大家都这么说。”

服务员端来咖啡，我瞟了一眼，鲜奶已经买来了。她退下去的时候，把我办公桌上喝剩的咖啡撤了下去。

栾平递给我粗枝香烟，我摆摆手，点上一根细枝香烟。

“我还抽这个。哥，你与时俱进，所以生意做这么大。”

这几年被人夸得麻木，我往高背靠椅上深深仰躺下去。视线里，栾平只沉浮一张圆脸。

“哎，你怎么胖了这么多，又穿成这样？刚才秘书跟我嘀咕，保安差点把你赶走？”

“不好意思啊大哥。我这是过劳肥，为生意奔波呢。”

“你真从‘衙门’里出来啦？第一次见面，你是我们的小领队呢！”

“是啊，如果不是那次，让你这位大老板印象深刻，恐怕今天跑上门，被赶走了呢。”

话说开了，我也表示理解。毕竟我也是从事业单位出来的，很多方面，跟栾平有同感。聊着聊着，屋里灯光渐渐亮起来，我突然有请栾平吃晚饭的冲动。

“你喜欢西餐还是中餐？”

“还是不打扰您了吧？”

“我也是一个人，总要解决吃饭问题吧。”

临出门时，栾平把与他迷彩服差不多颜色的一个拎包放在我办公桌下。

“我的产品，有空请大哥品尝品尝，绝对绿色环保。”

我笑笑，挺胸走向电梯。我已经估算好购买栾平产品的最大额度。

“我喜欢黑嗓。”栾平穿了件军大衣，坐在小圈椅里。

我手里端了本《加布里埃拉》，封面艳俗、粗糙。未经若热·亚马多授权占大面。

“黑嗓我不懂，可我喜欢披头士、后街男孩。”我想自己好坏也是个诗人，不能在小青年面前显得什么都不懂。

栾平开始说黑嗓，很专业的样子。我一点都没有听进去那些知识点，频频点头是因为他说到“嗓”字的时候，声音很“煞”，有我发不出的音。

几粒沙子落到茶几上，我用手摸了一下。栾平说天气预报今夜有沙尘暴，接着喝口茶，裹紧大衣，继续说黑色金属。

一层沙子黄黄地铺在茶几上时，轮到我说拉美文学。揭开茶杯盖子的时候，他用小拇指快速扫了扫。我想是不是自己说太多了。于是，称赞他这次河西走廊之行组织得好，为我们这些作家、诗人创造了良好的交流沟通机会，特别是在生活上照顾得好。

他抬头望着我，圆圆的眼睛里闪烁着一种期待："我也写诗、写小说。大学里是文学社骨干。"

每次一有人开这个头，我内心就无比恐慌，懊悔刚才的卖弄。

这时，有人敲门，我如释重负。

"小秦在吗？"一个嗲嗲的女声。现在已经在张掖了，所以我一听就知道是隔壁的张梅。栾平顶住压力，给我们每个人安排了单间。

张梅进来，身子稍稍一顿。

"哎呀，小栾也在啊！"

我请她坐。她非常随意地往床尾一靠。

她是我市知名诗人、散文家。我常在报刊上见到她的名字。似乎从中学时代就开始了。她的岁数这个团队里只有栾平知道。我猜比我大五岁以上，栾平小我六岁。

她睡衣外面也套了件军大衣。

"冻死了，暖气不足，多亏有小栾借来的大衣。"

"张姐，您是我写作的偶像。我从小看您文章长大。"栾平真诚地说。

"去！我有那么老吗？"张梅迎光仰头，长发散在白色被子上，发出窸窸窣窣的声音。我低头喝了口茶。她唯一的缺点，嘴唇厚了点，不过这也难说。我咂巴了一下嘴。

东拉西扯好长时间。窗外风声更凄厉了。从窗缝里钻进来的沙子越来越密。张梅一只手撑着床，看得我也挺累。

"张老师，您找我什么事啊？"

“啊！看我，跟你们在一起就开心，懊恼事抛到脑后了。我卫生间淋浴龙头不出水，叫了服务员，她也没有办法，维修人员下班了。”

栾平抢在前面说：“小事小事，您到我房间去洗！”

他掏出自己的房卡递过去，却不起身。

张梅拿钥匙时用了两根指头，其余三根高高翘起。她回头对我们笑笑。

我拉开一点窗帘，轻轻地将窗户移开一条缝，点了一根烟。外面正在降温，烟被一股力量迅速吸出去。同时，我感觉到身上有一点凉意。

“你就在屋里吸好了，我没事。”张梅在床上带着慵懒的嗓音叫我。

夕阳的一点光落在白色床单上。张梅的确有点老。我难掩复杂情绪，行动上表现出来。我打开了电视机，屏幕亮起的瞬间，她的长发进入我视线。我撩起头发，清爽的洗发水香味扑鼻而来，有好几根白发。她眉眼间，好多细小皱纹埋伏着，却都被又大又黑的眼睛转移了我的注意力。

“你喜欢我什么？”

“长发。去年在张掖的宾馆里，你散开的长发铺在我床上，我就感觉你我之间的关系肯定会像头发，纠缠不清。”

“还有呢？”

“当然是你的才华啊。”

“好了好了，这个不用说。”

“嗯，那就是漂亮，身材好。”说这句话的时候，我内心梗了一下。

很想在漂亮前加“化妆”，身材前加“部分”。

“你心不在焉。”她把我手里的烟拿过去，深深吸一口，缓缓喷在我脸上，“你才是年轻，有才华，有前途。”

我挥挥手，驱赶眼前的烟雾。

“我正准备把文化馆的工作辞掉呢。”

突然，吸尘器嘈杂声音响起，清洁工正在隔壁房间打扫。我看她嘴唇动了几下，但是听不见说的什么。

“老时间！”我叹了口气。半年来，我俩在这个旅馆几乎隔两天就碰一次，几乎每到五点，吸尘器准时工作。

“哎！该起来了。”她从被子里钻出来的时候，第一时间梳头发，梳通后，先扎起来。全身赤裸，已经不是事，头发乱不乱，才是重要的。

她走向卫生间的时候，转头提高了声音：“那件事，你千万考虑仔细喽。”

我听见哗啦啦的水流声，想了想，轻轻把双脚伸进软质皮鞋里。

我把大楼二层租给一家米其林西餐馆。在餐馆的最里面，有我一间专属包厢。一位书法家把我早年的诗作写成一个长卷，围了包厢墙壁一圈。我的客人们总是从右走到左，欣赏一遍，有些还能念出几句来。宾主笑谈几句入座，关系不知不觉拉近许多。

栾平花了别人几倍的时间读诗，令我惊讶的是，书法家的行草，他竟然极少读错。

尼斯沙拉上来时，我问栾平这些年都在忙什么。

“大哥，您现在做得大，有些业务恐怕您都不大了解。其实我是通过您的一家在我们城市的小子公司产品，得到启发，研发了自己的专利产品。”

我用餐巾擦了擦嘴唇，点了一根烟，静静地听他说。

他从大背包里拿出一个厚厚的白色塑料盒，大小与盒饭壳相当。只是在盒子侧面靠下部位多出个拉环。

“我们先用餐，等会我告诉您。”他双手捧起硕大的红酒杯，站起身敬我一杯。

虽然我对他卖关子有点不适，但是让子弹飞一会儿，也是我一直采用的策略。我让服务员上主菜。

法式油封鸭腿，一道很普通的菜，我却很喜欢。我那在月满楼做厨师的舅舅，一有机会就撕下一条香酥鸭腿，裹在荷叶里，回到家塞给我。那种咸香滋味，一旦在嘴里蔓延，我就控制不住自己。后来，舅舅突遭车祸去世，我悲伤不已。凡是遇见香酥鸭，就躲得远远的。有一次，偶尔尝到法式油封鸭，顿时多种情感呼啸而至。“咸一点，再咸一点。”我对餐厅经理下达这样的命令，为的是尽早让我摆脱这条鸭腿。可事与愿违。

栾平点了传统的黑椒牛眼肉。他采用一刀刀把肉先切成小块，然后消灭的方法。我看着有趣。牛排变成了牛肉粒。

服务员撤下餐盘，问是不是可以上甜点。我还没接话，栾平伸出手，让服务员退下去。

“甜点在这里！”他把塑料盒放到餐桌中间，让我摸摸盒子，并晃晃。我感觉里面是液体。他让我用点力再晃晃，似乎在混合一些东西。

“您看好啦！”说完，他把那个拉环一拉，神秘兮兮地压低声音。“耐心等几分钟！”盒子里有轻微的声音，像有水流淌，又像有水在结冰。

他轻轻掀开盒子盖，声音亮亮的。“成了！香草冰淇淋，请您品尝。”

拿起盒子，我感觉出有上下两层。上层冻成冰淇淋，下层有液体在晃动。

我尝了一口，香草味道浓郁，奶香迷人。

“我是受您快餐公司产品的启发呢。这些年，您的快餐公司开发了自热系列食品，销量惊人。”

我喝了一口淡咖啡，再往里加了一点鲜奶。夜色中，似乎有许多双眼睛警惕地搜寻着目标。

面前一片金黄，我不时抬头望望几乎掉光叶子的银杏树。一阵风刮来，黄色树叶泛起波浪。

栾平还没来。我也不急，反正有的是时间。我也不想看书，只想呆呆地坐着。经历了辞职后的约定作息恐慌，我正向思维空白恐慌转型。没有辞职的时候，感觉时间不自由是制约我成为伟大诗人、作家的最大绊脚石。辞职后，独来独往、无人牵挂似乎沦为写作源泉干涸的主因。这时，栾平打来电话，他在电话里支支吾吾，我干脆跟他说见面聊。

约了午后两点，我一点半到达会面地点。两点半，栾平脖子缩在立领夹克衫里，一路小跑而来。像一片飘零的树叶。

“哥，冻死我了。喝杯咖啡去吧。”

“我没问题，不要影响你上班啊。”

“一言难尽。冷呢。”

咖啡厅朝湖的位置视线特别好。几只野鸭划出一道道波纹，波纹交错、叠加。一群小鸟向芦苇荡深处飞去。

栾平望着窗外的景象，端起咖啡杯。

“我要结婚了。”

“好啊。祝贺祝贺。”

他并没有搭腔。我往咖啡里加点奶，连喝两口。

“我似乎爱上别人了。”他拉开夹克衫拉链。“这个阶段，每天我都在煎熬。看着父母为婚事忙这忙那，真想一走了之。”

“你爱上的那个人，值得你抛弃未婚妻吗？”

“我打个比方吧。未婚妻就像一杯矿泉水，那女人是一杯威士忌。她像个‘导师’，我依赖她。”

我心里不由自主地动了一下。“她比你大吧？”

他低下头，不吭声。

“中立地判断，那女的还是有害的。”我果断地说。

不料，他瞪大眼睛，直视我好久。说了句莫名其妙的话：“哥，你真这样认为吗？”

我呃了几声，点头加摇头，总之有点慌乱。

“辞职之后，最大的好和坏是什么？”

一艘赛艇像根箭射过水面。

“好就在时间多了，坏在时间利用效率太低，我总是把持不住当前，一晃一天过去了，什么都没做成。”

我俩沉默了好久。临别时，栾平说：“恐怕单位里我待不下去了。”

关于拉美文学，我已经在讲科塔萨尔了。

“他有个短篇小说《暗门》，说的是一个人住进旅馆后，每到深夜，隔壁房间就传来婴儿的哭泣声……”

突然，几声女人尖叫声打断我的叙述。栾平像弹簧一样跳到门口。

房门一扇扇都开了。我们团队都住一楼，大家奔到走廊里。

“像是张梅老师的声音。”一个女诗人抱紧长羽绒衫说。

“糟了，她在我房间。我没卡。”栾平只能用力敲门。

“她怎么在你房间里？”

“洗澡。”栾平头也没回。

大家脸上显出惊愕的表情，我连忙跟大家解释，然后跑去服务台。

服务员挤进一堆人最里面，打开房门。栾平和女诗人冲了进去。

房间不大，站在门口唯一看不到的是卫生间。我们望不见张梅。我注意到房间窗帘没拉上，一件军大衣斜搭在床脚跟。栾平在卫生间门口踱来踱去。

女诗人探出头来跟栾平说了几句话，栾平连忙把军大衣递过去。他走到门口。

“张梅老师没事了！明天到嘉峪关，再赶往敦煌，路上很辛苦，又要早起，各位老师都回房休息吧。”

见大家犹犹豫豫地散开，他一把拉我进房间。换上旅游鞋，压低声音，神色紧张。

“她传话说，有人偷窥！”他指指窗户。

外面风声一阵紧似一阵，我表示怀疑。“是不是她的幻觉啊？”

两个女的还待在卫生间。我恍惚地觉得，有些事情，越认真越会出事，栾平似乎向那个方向在发展。

还没等我充分表达意见，栾平直接开窗，跳了出去。我没想通，为什么他不走房门，去跳窗？也许房间在一楼的假象迷惑了他，或许是一种使命让他必须破窗而出。

张梅头发凌乱，军大衣披在身上，棉质梅花图案睡衣露出一窄条。她在女诗人的搀扶下，走出卫生间。近前看，右脸有明显擦痕。我请她坐在圈椅上，告诉她栾平去外面追可疑分子了。我嘴上这么说，心里却完全认为这是一场闹剧。

“我吓坏了。就在我把大衣脱掉的一瞬间，窗户上映出一张脸。是的，只有一张脸，其他什么都看不见，脸有面盆大，两只滚圆的大环眼露出贪婪、残暴。”

“她想逃离这个房间，慌乱中拉开了卫生间的门。双脚打滑，直直摔了下去，脸撞到台盆。”女诗人站在边上，借光观察她脸上的伤痕。“我去问服务员拿点药膏。”

我把窗子关紧。如果栾平回来，不见得还翻窗。屋里静极了。楼上有人洗澡，水流的声音清晰轻快。

“抱抱我。”她坐在圈椅里，伸出两只手，不是很直，手心却是向上的。我犹豫了几秒钟，这个过程中，我感觉那双手乞讨般前伸。

我抱了她。可她还是没有站起来。她的脸贴着我的肚皮，双手搂住我的腰，我的手轻轻围住她的脖子。她温热的呼吸传递到我的肌肤上，频度有点高。

“你到底怎么了？”

“我也不知道。就是怕。”

“好了，现在什么都不用怕了。”

“对不起。”说完这句话，她终于大声哭了出来。

“哥！冰淇淋味道怎样啊？”

我喜欢奶油味重的，就像喜欢栾平咬字总是过一点，显出独特分量。

“您的子公司大力开创了自热食品系列。我站在你们的展厅里、橱窗前，就在琢磨，热是一种需求，冷也是啊。自冷食品的清单不会比自热食品少，比如：饮料、鲜果、凉食制品等，还能进军冷链运输市场。您刚才吃的速冻冰淇淋就是我们的拳头产品。常温随身携带，食用时，把冷媒开关一拉，迅速制冷，立刻享用甜美冰淇淋。”

冷链运输，我们已经在做，但冰淇淋确实令我对栾平另眼相看。

“你就是看看我们展厅就有了灵感？”

“最主要的是受你们产品的启发，但是也有间接原因。”

他掏出一个贴身小笔记本，哗啦啦翻到折起的一页，递给我看。

一首无题小诗，字迹娟秀，撇捺之处常往上翘。

房间里的人和挂在窗前的衣

说整夜的话

夜伸进风，树枝伸进窗棂，你伸进我
唇齿之间，北极冰川
江南雨幕

一块石头因莽撞失身
两朵雪花压在掌心

冻红的指尖……
镀电的芒刺

他向上攀爬，她跟随其后
她没去过的地方，有人带着她

我读了一遍，赞了一声：“好诗。诗人在普通现象里挖掘出不一样的内涵。”

“您曾是知名诗人。看来，脑子好，又有情怀，做什么都能成功。”

我又挖了一勺冰淇淋。如果是冰棍，倒也简单，液体一冻就成。我细细品尝豆沙般细腻的冰淇淋，这个和世界著名品牌门店里的品质也相差无几。配方、冷媒、火候等都有很大讲究。我正沉浸在工业化产业思维里，突然遭到栾平的轻轻一问。

“张梅，您还记得吗？”

我放下勺子，摇头的幅度、频度都超出正常范围。我告诫自己不能装，要自然，但是身体的相关部位以夸张的举动，过度执行头脑的理性指令。

我推开冰淇淋。夜空中飘起了雨，窗上爬满了雨滴，路人的彩色雨衣变形变色。

终于来了。我请他吃晚饭的动因里，难道没有些许打探的成分？而栾平主动出击，倒令我猝不及防了。

“她去世了。”栾平说这句话的时候，没有任何感情色彩，就像新闻播报。

我缓缓站起身，走进包厢卫生间。双手撑住大理石台面，注视椭圆镜子里的那个人。两腮胡子大部分白了，沿两鬓往上，白雪染白了大部分头发。眼袋很深，眼睛泛黄，皱纹横一条竖一条刻在脸上，每一条都对应一个故事。有些事情会淡忘，可张梅忘不了。

最后一次见张梅，我们似乎说了好多由栾平引出的话题。

“那天晚上栾平满脸是血回到房间，比偷窥我的事件更可怕。”

我把她搂在怀里，明显感觉她的身体在颤抖。她像一只猫，敏感又诡异。

“你真的看见窗上有一个脸盆大的脸？”

“那还有假？”

“也许是特殊气象造成的。”

她翻转身，在床头柜上拿化妆盒。眼睛里进了灰尘之类的小东西，她对着小镜子眨眼、翻眼，白白的后背全露在我眼底。刚开始，我特别迷恋她的背。每次都要抚摸好久，在骨骼突出的地方，反复揉捏，似乎在打磨一件工艺品。她懂得如何吸引我，可我已经厌倦游戏。

东方吹来的风，我已经闻到当中海的气息，我得迎风跑上前。辞职后，我第一次敏锐地觉察到这样的讯息。

“我要离开这个城市。”

她哦了一声，关上化妆盒，继续说栾平的事情。

“他这么冲动，一开窗就跳出去，也不知道窗跟前就是一条沟。”

我从自己一侧床头柜上取了一支烟。

“栾平结婚前跟我说，他爱上一个人不能自拔。”

张梅侧过脸，脖子上的肌肤松弛下垂。她双眼仍汪着一湾水，让我不自觉地往她那边靠了靠。

“有人活得沉重，有人活得轻松，这似乎无关人的生活经验。我们街上有个女孩，漂亮又聪明，却因为一场错误的恋情被她父亲赶出家门，阿姨家的小阁楼，她母亲哀求来给她暂住。虽然母亲天天偷着送点东西过来，可她还是饿。她身体虚弱极了，只能在行军床上写写画画。那些忧伤的诗句和充满欲望的素描，从逼仄阴暗的小阁楼里流出，在街头少男少女中传阅，迅速被制成手抄本，城市里几乎每个中学生，都知道了有个叫‘素梅’的青春诗人、画家，生活窘迫，却仍然为荷尔蒙唱赞歌。一帮学生组成了‘爱梅团’，把她围在中心。三十岁之前，结婚三次，离婚三次。可她仍然相信一见钟情，仍然单纯地去爱每个她喜欢的人。”

听着听着，我就懂了。“单纯地爱。”我重复着，咀嚼着。

刚进宾馆时，还在想一些措辞，现在释然了。我亲吻着她的眼睛，郑重地道别，真诚地说谢谢。

"活得轻松的人，每时每刻都在宽容，对自己，更对别人。"

"说吧，要我的子公司进多少你的货。"我用小勺不停地搅动咖啡，咖啡的光影里有我残缺的头像。

"瞧您说的，目前我过得还可以，这些货市场销售还有点紧俏呢。"栾平轻拍塑料盒，不紧不慢地说。

我斜睨他一眼。突然感觉自己整晚一直被栾平牵着走。我愣了一下，深吸两口气，管他呢，只要钱款不撒手，也就无所谓了。"好吧，时间不早了。我们改日再聊吧。"

"好的，哥！今天打扰了，您请我又吃又喝的。"他站起身，拿起包，打个招呼往外走。走了几步，他停住了，转身，脸上还是堆满了笑容。"哥，不好意思，差点忘了。张梅临终前，让我给您看看这个。"

比刚才笔记本大不了多少的一个粉色本子，搭扣用纽扣固定。我把本子打开，双页是诗，单页是照片。每张照片都是我和张梅两人，各种姿势。

随意翻到一页，一首题为《实验》的爱情诗吸引了我。

爱不是玫瑰，也不是大麦
爱是一粒经试验提纯的维生素
在被赋予各自名字的体内
消化吸收。现在，它要利用我们
做实验：

当我面对你，我交出自己

当你面对我，喊出我的名字

这就是爱了吧

纵使这项实验惨遭失败

我还是要说，正如这地球停止不了转动

它的阴影需要我们来保存

“这是你作的！”我声音大到接近吼叫。

栾平埋怨起我来。“哥！你这就不对了。你看看这诗，手抄的，这么认真，这么情真意切，我哪代替得了！”他话锋突然一转。“只是，这些照片太‘率真’了点。啧啧！让人怎能不想起你的过往啊？”

“你究竟想干什么？”我把咖啡杯重重一蹾，热咖啡溅得我衣服上全是。

“我不想干什么。我只想告诉哥，有些痕迹永远抹不去。你离开她之后，她生了一场大病。她求助我。我陪了她最后的十年时间。这是我一生中最美好的十年。美中不足的是，她时常提起你。面对秋月春华，她还坚持为你写诗。我为她倾尽全部财产，却没有换来一首像样的诗。我比你，爱她十倍、百倍，可就是走不进她心里。这是为什么？为什么？哥，今天你可以给我一个答案吗？”

我缓缓地重新坐进椅子：“谢谢你做的一切！她是我们都爱的女人。既然她已经不在了，那就不要再说有损她的话了，让她安息，我们才能得到一丝安慰。”

栾平伸手想拿回笔记本。

我用手压住："等等，这是张梅给我的。"

"是的，哥，是她给您看的。可如果我不想给呢？或者我给了别人呢？"他的眼睛里射出精光："您瞧瞧这些照片，再看看这样的句子。"他点到几行诗句。

我并没有看那些照片和诗句，我逼视他。

"我不会让你给别人的。"我觉察到他的眼光浮夸轻佻，索性把话说死："开个价吧！"

"哥，您这就说外人话了。那个子公司不还要改制吗？您说一声，我来参与参与。"

野心倒不小，他不要钱财，要公司经营控制权。

十年，在我眼前一晃而过，我打了个哆嗦。

"这个要求有点大，我做不了主，得跟董事们商量。"

"嗖"地一下，乘我不备，他掠走桌上的本子，装进大背包里。带出一张名片，连同塑料盒一起推给我。

望着他的背影，我猛然醒悟，为什么我一下子认不出栾平了？其实并不单单是外貌，而是原本内敛、低调的他，变得张扬、膨胀。

回到办公室，我没有再喝咖啡。让秘书和服务员下班后，我从酒柜里拿出一瓶2008年纪念版尊尼获加黑牌威士忌。冰块、苏打水和威士忌在玻璃杯里碰撞，发出轻微的交响乐声。欲望在敲门的时候，发出天使般的笑声。为欲望买单时，又像魔鬼的哭号穿透心肺。

我调用好多个系统，查询栾平名片上的公司。公司业务、主打产品倒与他说得差不多，可营业额实在太差。按他的说法，方便携带、随时制冷，口味也好，销售更是不错。但实际情况是，如果我的子公司把这个公司兼并，销售必定是最大的困难。说到底，他只是出了个点子，还有漫长的路要走。

我喝一口酒，打一个电话。一杯酒喝完，要办的事情弄得差不多了。还有最后一桩。

我在搜索栏里打入“张梅”，跳出来三千多万条信息。我赶紧附加条件“诗人、散文家”，也有四万多条，但都与我无关。

准备合上电脑的一瞬间，我突然想起什么。

这个搜索结果吓我一跳。我不禁站起身，从屋东头转到西头，左看看右瞧瞧，再坐定。

“素梅”这个诗人的名字很活跃，在各大文学杂志上出现的频率很高。我打开一篇叫《下雪了》的诗。

下雪了 我想念着你
雪是在新闻里看到的
春天也会下雪吗
你为什么不说话
你看着窗外树枝上的雪
红砖头上的雪
鸽子翅膀上的雪
你躲到屋里去了吧 还是
站在花园里看雪

四时成岁

你看见雪想我了吗
你知道我也怕冷吗
正如你也会胆小 害怕
我多想他是你啊
你来了我关起门
我的房间再也住不进其他人
忙碌是我
怔怔看向远方的也是我
大雪封住码头了吗
信笺落地结冰了吗
我不怕 雪很快就会融化

诗尾署的日期是今年一月，刊物发表的时间是上月。与张梅笔记本上相似度极高的诗句，难道是另一个“素梅”写的？

我回到刊物的首页，看到了一个熟悉的名字，他是我以前的文友，现在是这本杂志的主编。

我查到电话，给他打了过去。他十分了解我现在事业发展的状态，爽快地答应帮我核实和查找。

下雨的黄昏，我按照地址摸进一条老街上的一个老旧新村。这里正在进行旧房改造，路面被剖开，脚手架从一楼搭到顶楼。

我撑伞一会儿在沟边走，一会儿在脚手架下钻。路灯稀稀拉拉，模糊的光影里，混凝土破碎机“铛铛铛”的高频噪声，在楼房间回荡，震得我心神不宁。

每当走廊里或者隔壁房间传来吸尘器的噪声，张梅总会小鹿般惊得一跳，停止动作，头抬起，眼睛瞪得大大的，隔空凝视发出声音的地方。我喜欢她昂首挺胸的姿势，可有一次，她听见噪声，情绪突然低落，扑到我怀里，长发绞得我胸口发痒。她颤抖、哭泣。我不知所措地等待着。窗外夜幕降临，屋里暗了下来。她轻轻说了一句，我没听清楚。再说第二遍的时候，我没有办法回答她。因为她已经预料到我将要离开她。我不能骗她，可也不好意思实言相告。只有把她抱得格外紧。最后，她抬头看着我，眼睛是红的，脸却是笑着的。“不是每件事情都是看上去那么简单。以前我总以为付出了，总会得到回报。我已经过惯了有人疼爱的生活。现在，每个我爱的人，都在躲闪我。我和你们之间，原本牢固系着的丝线，正在一股股地断裂。”我想开个玩笑，打破平静语言下的冰霜。“我是哪一股呢？”她用尖尖的指甲，在我心口从右到左划了浅浅的一道痕。“就是这一股！”

皮鞋上沾满泥浆，风衣上刮到墙灰，我心里烦躁。手机开了“手电筒”，也照不到幢数。问了从暗处走出的大妈，她随手一指，最里面的一幢。

底楼最靠西的那户，幽暗灯光从不怎么清洁的玻璃窗内透出来。楼道里全黑，“砰”的一下，头撞到一个东西。举光一照，一个大大的信箱，居中是个“栾”字，边上一行注脚，写着栾平公司的名称。栾字下面，贴了张粉色的纸，“素梅（张梅）”几个字，包括标点符号都翘首翘脚，像在等待什么人的到来。一根锁链从“栾”字旁经过，锁牢一辆电瓶车。

我眼前出现这样一个场景：栾平骑着它，来到我子公司的产品展厅，出神地看着橱窗里的产品。骑着它，到市场、工厂，购买原材料、研制新产品。骑着它，背着大背包，来到我的公司。骑着它，后面坐着她，经过风雨寒暑。

外界的噪声掩盖了屋里的动静，我不能确定他和她在不在里面。我想走上前敲门，却又被一股力量拉扯着，反而往黑暗处退了几步。头，又轻轻地碰到了信箱。索性，我拿出准备好的信函，这是这几天征求了全部董事的意见，形成董事会决议，才发出的通知。

我把它投进信箱，在“栾”字上拍拍，木箱发出沉闷的声响，粉色的纸似乎也在微微点头。转身走出楼道，雨不下了，仰头望天，星星闪现。我顿时轻松很多。

胡司令

下班路上，飘起小雨。我没带伞，把风衣帽子翻起，兜头匆匆而行。

等最后一个红绿灯时，雨势突然大了，我焦急地等红灯跳绿。

“小张！”

耳边传来打招呼声，我转头看时，帽子挡住视线。小张多的是，况且绿灯亮了，我快步走上横道线。

过街后，连接不断的店铺伸出廊檐。我拍拍身上的水珠，翻掉帽子。一声清晰的“小张”从身后传来。

一位戴鸭舌帽、戴墨镜的干瘦老人跟在我后面。我打量他几眼，觉得眼熟，并没认出是谁。

“是我啊！”

看我还迷惑，老人摘掉帽子和眼镜补了一句。

“我是‘胡司令’啊！”

这下我惊呆了。从干瘪的皱纹、鼓胀的眼袋和稀松的头发间，依稀看到一张我熟悉的圆脸，只是身体瘦成原来的一半。

“啊！胡师父，是您呐？”

路边正有一间咖啡店，我请他进去坐坐。他甩甩手里的伞，接连摆手。

“不用不用！”

人行道上人来人往，马路上车辆嘈杂，我们不得不大声说话。

说着说着，他大声哭了起来。我心里也非常难受。说安慰话也没用，他像孩子般哭着。我拉着他左手臂，曾经胖过的手，现在皮耷拉下来，骨头在里面滑来滑去。

天几乎在一瞬间暗了下来。街灯、车灯和店里的灯把他照得忽明忽暗，似真似假。

初春日夜温差大，他身体开始颤抖，眼泪、鼻涕不停地流出来。我拉他进店里吃东西，他说什么都不肯，只是不停地说着，重复着“对不起”“抱歉”等没有实质性内容的话。

“您千万不要客气，有什么我能帮到的，您尽管说。”

他渐渐收住泪水，试探地问我业余时间还搞不搞收藏。我犹豫了一下，狠狠地点了点头。

我刚工作的时候，被分配到市政工程施工组，整天和下水道、窨井盖、沥青路等打交道。报到的那天，组长被主任刚训过，施工进度缓慢。他脸色铁青，不耐烦地大叫一声。

“胡司令！你带这个学生。”

隔壁大办公室里，烟雾缭绕，刚从工地回来的工人们赤裸着上身或坐或躺在长条凳上。唯一一个衬衫笔挺，下摆插进肥大藏青裤子里的胖子站起身来。

“新来的，你叫什么名字？”

“张新民。”

“组长让我带着你。今天，你先把施工记录表填一下。”

胖子说话的时候，几滴黄豆般大小的汗珠滑进眼里，他用萝卜粗的手指揉揉，小眼睛在宽大的额头上挣扎几下，没睁开。

我跟在他后面，来到长长走廊尽头的台账室。走路的时候，胡司令手脚散开，一个走廊仅容他一人通过。

“姑娘们，来小伙子啦！”

他的声音穿透力强，拐两三个弯都能听到。

台账室四张桌子拼在当中，四个女的正在做账。只有靠门的是姑娘，其他一看就是三四十岁的阿姨。三个阿姨对我笑，姑娘继续做账。

“胡司令，收徒弟了？”

最里面的，也是年纪最大的许大姐笑着问。

“哎！我的徒弟也就是你徒弟啊。不过……”

胡司令左手叉腰，右手曲臂伸向半空。我看到他腋下两块黄黄的汗斑。

“组长没有明确我当师父。”

他一本正经补的这句，引得门口的姑娘扑哧笑出声。

我看了一眼姑娘，明显感觉比我大了好几岁，同时感觉她也在瞄我，赶紧收回目光。

“胡师父！”我觉着这样称呼他比较合适。他也没有意见。“您看我在哪里做记录呢？”

“陈昱，你先让让。”

姑娘站起来我才发现，她比胡司令高出一个头，身体瘦，五官除了嘴唇厚，其他都小巧，显得脸格外大。

她让座位时，顺手把抽屉锁上，才走出去。我心里有点不舒服。

胡司令喜欢喝点酒，酒量不大，却要每天喝。喝后必骂人，没人愿意陪他喝。他又喜欢热闹，不久看上了我。每天中午休息时间，我出单位，穿马路到邮局旁边的烟杂店买一瓶绍兴加饭酒。

下午上班，我明显感觉胡司令话多，虽然他脸一直红扑扑的，但是午后的红有点僵硬。

隔两三天，他总会问：“小张，今晚没事一起喝点？”

那时，不像现在这样隐晦。喝酒叫吃个饭，弄得十分钟解决一荤一素一个汤那样，其实很复杂。

我刚参加工作，不能像其他师父那样坚决拒绝。渐渐地，我去胡司令家次数多了起来。

胡师母做菜时，我陪胡司令坐在院子里聊天。那是一个多户合住的院子。今天这间出来个王医生，隔几天那间出来一位李老师。胡司令都跟他们热情打招呼，他们大多只搭几句话，各自忙去。天暗下来，胡师母从里面接一个台灯在窗台上。饭菜酒亮了，飞虫也直奔光而去。我和胡司令在蝉鸣和蟋蟀叫声中喝酒吃菜聊天。

“胡师母您也来吃吧。”

“你们吃，我吃过了。”

我看见屋里白炽灯下，胡师母正在做针线活。听胡司令说是插队时结婚的，他回城把她带回来，她一直在家里做家务。

胡司令特别喜欢讲插队时的故事，当时想一辈子就这样了，和当地人结婚还能改善生活条件。他拍拍肚子。

“那时，我也是练武的。后来被大队会计的老丈人喂结实了，你看，一回城就不可收拾，肚子像气球。”

以前再艰苦，他说起来也是乐呵呵的。现在过得挺舒服，他对单位里的人，却从上到下骂个遍。

组长被骂次数最多，也最狠。

“不要以为我没看见！给第二百货疏通了管道后，经理拿出两条大前门给他，结果呢？整整一条给他独吞了！”

每到这种时候，我总是沉默，勤快地给他添酒点烟。

有一天，我走得晚了点。一辆自行车轻巧地被推进院子，一位穿白衬衫、蓝裙子的姑娘拎包走进屋。

“小玲，我给你介绍一下，这是小张，新进我们单位的。”

我去了这么多次，第一次碰到胡玲苓，一时有点手足无措，倒是胡玲苓伸出手笑着介绍自己。

“我在第二百货商场黄金珠宝柜台做营业员。”

骑自行车穿行在高大的梧桐树间，树木花草气息袭来，回宿舍的路上，我有点迷醉。远远地，断断续续飘来一首歌。

“……为何我的心不会死？明白到爱失去，一切都不对，我又为何偏偏喜欢你……”

一天收工回单位。我跟在胡司令身后上楼梯，瞥见许大姐躲在转角处。她让过胡司令，对我使了个眼色。

我到办公室匆忙换件衬衫，回到楼梯转角处。许大姐看看四下无人，轻声快速地告诫我。

“你新来，长得帅，又有文化，做做迟早会走，千万要谨慎。”

我还以为她说胡司令的坏话，也就说了心里话。

“谢谢许大姐，虽然胡师父爱抨击、要面子，不过他人挺好的。”

许大姐连向前空拍数下。

“我说的不是胡司令，是陈昱！”她的声音压得更低，头探出去，目光斜盯住台账室门。“人长得细麻秆样，花头经多得很呢。我是要你当心她。她发起嗲来，我浑身起鸡皮疙瘩，那些年轻人却很吃这一套呢。”

台账室门开了，出来的正是陈昱。

许大姐转身匆匆下楼。

我一时不知道是该走过去，还是也像许大姐那样逃下楼。陈昱看见我了，在走廊里叫我。

“张新民！这个周日团委组织活动，去敬老院义务劳动，你来吗？”

可能对许大姐的告诫理解得太深，我随即回答：“我有事，不去了。”

陈昱显然愣了一下，走过我身边时，斜睨一眼。我看到她肥厚的嘴唇上涂了酒红色唇膏，心里挣扎了一下，身体没动。

胡司令拍我肩膀，我吓一跳。

他诡秘地拉我进小会议室，从裤兜里掏出一枚纪念币。

“这是建国三十五周年一元纪念币，喜欢的话我便宜卖给你。十块钱。”

“我不搞收藏，还是您自己留着吧。”我想着十块钱可以换二十个游戏币，在游戏店可以玩上半天。

“不要拉倒，你去问问外面行情，至少这个数！”他把张开的一只手停在距离我面孔十厘米的地方，我的脸全被那只手遮住。

他点了根烟，坐在会议桌边。

“刚开始，我也不懂纪念币。财务科老黄爱人是银行分理处负责人，每次发行纪念币，上级都给他们压任务，要销售掉多少多少。当时社会上没什么人收藏这个，一卷一卷的纪念币堆在分理处。老黄爱人提出职工买，即便以平价买，大家也兴致不高。结果老黄爱人总是兜底。于是，老黄就拿到我们这里来兜售。我被他缠着买了好几卷。后来纪念币市场兴起，反过来找老黄的人多了，他旧的不肯拿出来，新的刚到银行就被抢空。老黄看在我当初解决他问题最爽气的分儿上，每次总从牙缝里省一点点给我。你小子还不领情！”

我笑了。拿出身上仅有的一张十元纸币，换回了那枚硬币，塞进皮夹子最里层。这是我收藏纪念币的起点。

“您什么时候介绍我认识一下老黄师父呢？帮您跑跑腿拿拿货。”

胡司令呼地站起来，把烟蒂狠狠掐灭。

“他死了！”停顿一下，“得癌，上个月走了。哎！”

空气郁结。我不知所措。

他看看我，又叹口气。

“他女儿去年出嫁，老黄在大橱、矮柜的每个角落里都放上一卷‘三十五周年’，他女儿是发财了，可他没享到福啊！”

不知怎么的，我想到了胡玲芩。

当天晚饭时，胡师母专门给我炒了一盘鸡蛋。她端到我面前的时候，特意说这是乡下刚拿来的新鲜草鸡蛋。蛋是用葱油炒的，特别香。我吃了个满嘴油汪汪。胡司令笑话我的时候，一杯加饭酒又下了肚。

我酒量不行，一高兴喝得有点多。出门上厕所回来，惊讶地发现他们夫妻正在争执。

“你好意思把纪念币高价卖给小张啊！”

“现在行情你又不是不知道。卖给他，他赚得更多。”

“那也不可以，把九块钱退给小张。”

“哎呀，给都给了。”

“你不退，是吧？我退！”

我赶紧冲进门，连忙摆手。

“胡师母，千万不要！我下午问了朋友，他说现在五六十元一枚最起码了。胡师父是挑我赚钱呢。”

胡师母转身进房间，拿了两块三十五年纪念币出来。

“给！这是师母给你的，拿着。”

我推辞着往门边靠。胡司令的声音突然拔高。

“让你拿着，你就拿着！”

我接过纪念币，烫烫地在手中跳跃。我一边谢，一边告辞。

“等等，喝杯茶再走。”

胡师母端起白瓷大茶壶，泡了茉莉花茶给我喝，也给胡司令倒了一杯。

她没有做针线活，而是坐下来，问了我几个问题。比如：父母做什么工作的，老家在哪里，家里几口人，风土人情等。我觉得她像在查户口。

问话结束，东拉西扯几句后，天色不早，我打算起身。胡师母又给我续茶。默默地坐了十分钟后，终于听到自行车推进门的声音。

原来她是让我等胡玲苓啊！

可当天的胡玲苓与上次碰到时判若两人。她进门叫了爸、妈两声，只是对我点点头，就往卧室走。胡师母把她拦在客厅。

“小张等你好长时间了，你们聊聊天啊！”

我一愣，胡玲苓也是一顿，回答她妈妈的语气有点不耐烦。

“哎呀！今天都累死了。我要休息了。”

门“砰”地关上。

胡司令和胡师母僵在那里。我随即说时间晚了，先走了。

昏暗弄堂里，我摸索着开自行车锁。同时觉察到旁边有条黑影。我大喊了声：“谁在那儿？！”就听见破旧自行车“咔啦、咔啦”声远去。我骑车追赶，弄堂和亮堂大马路交接处，骑车人加快速度，猛地拐弯。那是一个身体单薄的小伙子，被风吹起的衬衣鼓起来，像龟背。

我想了想，放慢骑车速度，悠哉悠哉地骑回宿舍。口袋里，两枚硬币不时发出悦耳的叮当声。

许大姐把单位发的劳保用品塞给我。

“最近没有约会吧？”

我一愣，茫然地摇摇头。

“哎！我也是没有办法。你自己决定是不是去啊！”

“您什么意思啊？”

许大姐双手捧着其他同事的劳保用品，用习惯的神秘腔回答我。

“那个陈昱，让我问问你最近晚上有没有空。我只是传个话啊！”

同事们告诉我，许大姐喜欢贪点小便宜。我把劳保用品放回许大姐怀里。

“我一个人在这里，上次发的还没用完，这次的就您用吧。”

许大姐突然有点脸红，但是压低声音的腔调没变。

“她托我，也会托其他人，你不用在意啊。我觉得她配不上你的。比你高，还大你三岁。嗯，卖相也差点儿。”

她不解释还好。一说这样的话，我兴致倒来了。我倒要看看陈昱是什么样的姑娘。

我跟胡司令请假不陪他晚饭喝酒时，心里竟然泛上了愧疚感。只是含糊地说有点事。胡司令当着一大房间十几号人大声质问我。

“该不是你小子去约会吧？”

大家的哄堂大笑救了我。组长一咳嗽，也就把话题岔开了。

头发上了摩丝，皮鞋选了有跟的，并擦得锃亮。端详镜子里的我，伸手挤掉几颗显眼的痘痘，下楼取车直奔大运河公园。

当时的大运河公园自行车可以沿河通行。下班的人们在夕照下，看着波光粼粼的水面，惬意轻松。大拖船汽笛一拉，像久在单位劳作的人们吐出的一口闷气。

约会时间还早，我把车靠在一旁，身体探出水泥栏杆，浑浊水面映出我的脸，肥大扭曲。

远处，拖船上的一家，已经在吃晚饭。船老大端着碗蹲在船头。船行至火红夕阳中，船老大便成了一尊雕塑。这样的镜头，只在我眼前停留了几秒钟。美好的事物总是短暂哪。我在心里感慨。

一对年轻男女的争执声引起我注意。我往边上瞥了几眼，虽然天色暗下来，但是我还是敏锐地发现，那女的是胡玲苓！我朝他们反方向骑了一段路，然后停车锁好。再从草坪路返回，躲到小树林中观察他们。

那小伙子身体单薄，宽大衬衫被风鼓起。

他们说话并不顾忌路人，声音越来越响。

“他们已经在给我物色对象了！”

“那你跟他们说我啊！”

“你以为我傻啊？几次旁敲侧击地提到你，我妈说你不正经干活。我爸把大肚子一挺，差点把饭桌都顶翻。”

“我怎么就不正经了？他们不就看不起我这个体户吗？”

“你，你连个体户都算不上。总想一夜暴富，或者一把成功！”

胡玲苓跨上自行车飞快离开。小伙子想追上去，动作做出来了，可还是放弃了。他点了根烟，烟头忽闪忽闪的亮点提醒我：时间！

糟糕！约会时间已过了十分钟。

南门口第三座亭子已经昏暗。我坐在石栏上，默默等了半个小时。亭子完全淹没在黑暗里，我站起身，拍拍屁股，离开约会失败地。

陈昱难道一刻钟时间都不愿意等？或许她根本没来？胡玲苓说介绍的对象，难道是我？那小伙子到底做什么行当？

一路上，我听着大运河平稳的波涛声，闻着淡淡水腥味，慢悠悠地骑车。一轮圆月，出现在我当头。

胡司令犹犹豫豫地提出周末让我陪胡玲苓看《碟中谍》。

运河边的场景立刻在我眼前掠过。

“前两天我才跟同学看过。”

我很认真地回绝，还显得轻松无意。

胡司令额头又有细汗冒出来，来不及擦，就从裤兜里摸出几张“大团结”。

“小玲喜欢看，你辛苦，再陪她看一遍。”

我推掉递到眼前的钱。胡司令正在蠕动干燥的嘴唇。

“我多看一遍无所谓，就不知道她愿不愿意。”

听我这话，胡司令肚子往前一挺，声音又高了起来。

“她怎么不愿意？肯定愿意！”

如果事情平淡地发展，应该是周末某个时点，我俩约在哪个电影院门前见面，买些小零食和饮料，然后规规矩矩地坐到黑暗中，看汤姆·克鲁斯惊险完成“不可能的任务”。

然而，许大姐传播出的一个消息，微妙地改变了那次约会的走势。

陈昱失踪了！

“家里父母都来了好几次了，书记、主任被他们烦死了。”

大家把许大姐围在大办公室中央，她恨不得站到长凳上说话。

“领导们为什么烦啊？”

“问这个问题？你弱智啊！陈昱正常来上班，没有再回家。家属来要人也很正常。对了对了，领导让大家想想，最后一次见到陈昱是哪天哪个时间？”

那次我拒绝参加团委活动后，觉得有点不好意思，想当面跟陈昱解释沟通。后来陈昱失约，我更想进一步了解实情。可陈昱似乎很忙，我们去现场回来，她的座位总是空的。难得见到她，也是匆忙走过。

我也在脑子里过了一遍最后见到她的情形。那是几天前下班后，我骑车回宿舍，远远望见对过人行道上，高个子陈昱背个大包，正在赶一辆大巴车。等她上车，我回望客车尾部，车窗上一块纸牌上写着：“马鞍山—铜陵—黄山。”

啊！是黄山。我在心里嘀咕了一下。

大办公室的每个人都在认真地拼凑细节，越说越多，还很乱。不过，风向变了，大家已经不在乎陈昱去哪里，而是一些似是而非的传闻。

“住嘴！不许瞎传了。”

被围在中心的许大姐尖叫一声。

大家习惯了她的一惊一乍。她“压制”别人的背后，是有更猛的“料”要爆。

“你们就喜欢瞎说。我倒是亲身经历的呢。”

一个捣蛋鬼给她端来一把椅子，夸张地做了个“您请”的手势。

许大姐也不客气，一屁股坐下，二郎腿跷起。

“我表姐家以前是大户人家，最近几年给他们落实政策，把一个大院子全还给他们了。他们就把沿街的几个房间打通，出租给一家酒吧。才租出去几天，他们就后悔了。每天晚上店开到后半夜，虽然克制，但是沉闷的音乐声总包不住，往外捶击。表姐非常后悔，当初为了多收几百块租金，回掉了蛋糕店。那天晚上，我去她家玩，说起这个事情，她就愁眉不展。我跟她说，任何合同都可以单方撕毁，只要赔点钱给对方。她发了狠，哪怕这几个月收的租金全退给他们，也不再租了。我陪他们夫妻，走进酒吧。我的天呐！只有几盏昏暗的红灯开着，几个小伙子在台上弹吉他，唱听不懂的外文歌。表情僵硬的服务员给我们指了老板所在的那个角落，三个长沙发围起来的地方。表姐跟老板说话的时候，我眼尖，一眼看到一群人中有个熟悉的面孔，当时……”

“许大姐，主任找你！”门口一个人高喊一句。

许大姐站起来，一边挥手一边挤出人群，嘴里还嚼有余韵：“她那样子啊！哎，说出来我都难为情，不说了不说了。”

“你怎么吊人家胃口啊！继续说啊！”大家哄闹起来。

我没有向书记、主任汇报过任何线索，倒是在心里一直琢磨着酒吧里的事，该是怎样的场面呢？

看电影之前，我请胡玲苓吃了一个冰淇淋蛋筒。她木然地接过，我以为即使在冬季，她这个样子，冰淇淋也会融化，弄得她双手都是。我后悔没买薯片，这样就省事多了。不料，从饮食店走到剧场的短短几十米路上，胡玲苓轻巧地舔和吸，巧克力完全融化进她嘴里。胡玲苓的行为与心理不怎么一致，激起我兴趣。因为放映档期已到尾声，电影院里没多少人。我领她坐到空荡荡的情侣区，她默默地跟随、顺从我。

电影中伊森倒挂从顶部悬降盗取磁盘时，我听见胡玲苓双脚紧紧抵住前排座椅的吱吱声。我有意识地将手靠近她，直到碰到了她的大衣，她抽回专注目光，轻慢地瞥了我一眼。每次伊森英俊脸庞出现在屏幕上，都是我的巨大威胁。渐渐地，我把手交错摆在胸口，等待尴尬局面的终结。没想到的是，剧院里亮起顶灯，她轻轻舒了一口气，右手顺手挽住我的左胳膊。我一下子紧张起来，心里却有股甜滋滋的味道泛上来。我夹着她手臂，往冰冷的室外奔跑几步，她紧跟着跑。我们哈哈笑起来。

看了几部电影，吃了几次饭，眼看春节就要到了。

下班路上，许大姐猛蹬几脚追上我。即便在吵闹的街上，她还是习惯放低声音，我得“啊”几次，才能领悟她的意图。

“听说你在跟胡司令的女儿谈朋友？”

“您怎么知道的？”

“胡司令每次到我们办公室，坐在陈昱空位置上，一吹就是半天，你和他女儿的事情，这阶段变成他吹嘘的重点啦。”

“也不是啦。我们就出去看看电影吃吃饭，普通朋友关系。”我嘴上这么说，心里也是有数的。黑弄堂、大运河边的小伙子，是我挥不去的阴影。而且我有预感，胡玲苓不大可能跟我走到一起，不确定因素实在太多。我转移话题。

“陈昱怎么样啦？”

“没有任何消息。”许大姐恨恨地说，“马上过年了，我看她怎么收场！”

我看看空中即将飘落的雪花，想到了“突然”两个字。有些事情都是“突然”发生的。

果然，陈昱“突然”回来了。

她静静地坐在原来的位置上，一本又一本地做账。马上就要放假了，大家都在赶时间把手上的活做个了结，台账室的工作量很大。大家都埋头做事，连许大姐都不过来吹牛了。

我望着窗外纷纷扬扬的雪花，想着晚上要不要去商场接胡玲苓下晚班，同时又想，陈昱在大雪天是怎么回来的？从哪里回来的？

积雪只是暂时掩盖真相，美好的事物终将走向衰亡。

我在单位简单吃点饭，坐在办公室公用电脑上打《三国志》，打算八点半出发去第二百货商场。

雪已经停了，气温正在下降。我在游戏里自在快活。我喜欢赵子龙，把他培养到最高等级后才发现，如果没有术士的加入，仗永远打不赢。我又得培养“诸葛亮”。

突然，卫生间那边一阵异常响动。

陈昱倒在卫生间门口，她手里的不锈钢饭盒、勺子等摔了一地。

我冲上去，把她扶起。同时注意到，整个楼层只有我和她。

“不好意思，刚才从卫生间洗碗出来，头一晕，身体往下坠。”

陈昱打开她锁着的抽屉，拿出一盒进口牛奶递给我。

“你太赶了，这么多活。”

我接的时候，碰到了她的手。我惊讶地发现，她的手肉肉的，柔软得像橡胶手套里装着水，与她看上去的“瘦”形成鲜明对比。我忘了正在升级的“诸葛亮”，忘了八点半就要出发，甚至忘了问她大运河公园为什么失约。她忘了刚才头晕跌倒，忘了桌上堆成小山的台账要做。我们俩在暖暖的房间里，说着笑话。其实有些不能算笑话。她说一句，我就笑；我说一个段子，她也笑弯腰。

我隐约听见走廊那头有只 BP 机在响，我完全忽略了这个信号，暖气让我麻木、迟钝。

可有些细节我观察得又非常仔细，比如她的短发原来是用来配长脸的，这样脸型就好了；她的厚嘴唇上只涂了一窄条口红，既性感，又有质感。

门卫来锁走廊门，我才感觉不对头。果然，已经晚上十点了。数字 BP 机上显示的号码都是商场总机，一共八九条。有些信息后还打了 999、119 等表示紧急的暗号。我处置的唯一办法，就是悄悄地将 BP 机关掉。

我关灯，走到走廊里，等里面那间屋子的灯光熄灭。

陈昱走过来时，背了个双肩旅行包。

“我送你回家吧！”

陈昱没有说话，只是默默地低头往前走，样子与刚才截然相反。

雪停了。

雪地里，留下了两串脚印和一条长长的自行车轮胎痕。

默默走出单位几百米，陈昱说了第一句话。

“你回去吧，我到了。”

我抬头一看，是一家普通旅馆。

“你不回家，就住这里？”

“嗯嗯。”

陈昱的脸被雪映得更红。以前那些长相上的缺点，这一刻楚楚动人起来。突然，陈昱肩上的背包滑下来，我顺势接住。

“我送你上去。”

房门是自动的，我把陈昱送进房间，门就在身后关上了。陈昱一回头，我把她抱住。

狭小空间里，我们一会儿碰倒了衣架，一会儿撞倒了立地灯；卷到了衣服，震动了席梦思。室内没有开灯，窗帘也没有拉，靠着雪的反射光，我们如痴如狂地深入了解彼此。

一弯下弦月升起来。陈昱用手勾住我的脖子，清脆的声音从我耳边流淌出来。

“月亮快暗了，我该回去了。”

我回头看着她，肌肤像裹上一层糖霜，乱乱的短发蓬松起来，小眼睛像黑夜里的精灵。我转身抱住她，一种刚得到就将失去的不好预感袭击全身。我含泪把她搂得更紧，她顺从又温柔。

胡司令怒气冲冲地斥责我。

“昨晚你去哪里了？说好接小玲的！害得她在雪地里等得你感冒

了。今天发烧在家呢！”

见我没有回答，他语气软了下来。

“中午买点水果，去看看她吧！”

我犹豫要不要讲出实情，想想胡司令的脾气、胡师母的葱油炒蛋，还是把话憋回去了。

“好吧，我去看她。”

“对嘛，交朋友就要主动点。有误会不要紧，解释好就好。”

打开水路过台账室的时候，我瞄了一眼陈昱。空空的房间里，她一个人正全力对付那些拖欠下来的台账。看看走廊也没人，我对她打了个呼哨。

她回转头，看我的眼神冰冷，仿佛彼此是陌生人。我心里咯噔一下。泡好开水，我快速走回办公室，不敢再去台账室。

连续三个晚上，我都被胡司令叫回家，陪他喝加饭酒。胡师母油氽的青鱼酥脆鲜香，胡玲苓烧退了，可还是没胃口，只喝粥吃酱菜。

吃完饭，陪他们聊天的时候，我想起台账室里的灯光。这几天，陈昱除了吃饭、上厕所，几乎都趴在桌子上赶台账。许大姐们劝她不要拼命，国家单位不差这么几天，况且马上过年了，单位里好多人都处在半休状态了。

陈昱变成了一台机器，对任何人都不理不睬。据许大姐说，她像是着了魔，眼神呆滞，思维迟钝。

放假前两天，我向主任请假先回老家，火车票早在两个月前通过各种关系才买到。即便这样，火车要转两次，再坐半天的汽车，才到镇上。大哥开着幸福 125 把我接到家时，年夜饭正在上桌。

我在老家过完一个心神不宁的春节，就匆匆赶回来。

上班头一天，许大姐呱啦松脆的声音就在走廊里回荡。

“陈昱辞职了！这次，她彻底跑了！”

我脑子嗡的一声。那个雪夜那些事，齐刷刷涌上心头。

“她节前上班最后一天傍晚，单位里已经没人了，她把辞职信塞到主任办公室门缝里。今天仔细一看，她把拖欠的台账全都做好，摆放得整整齐齐。自己的办公桌也收拾得干干净净，私人东西都拿走了。”

“辞职原因有没有写啊？”

“个人原因！”

“这是什么原因啊？”

许大姐怒斥询问的人。

“你笨死了。就是不可告人的原因啊！”

提到死，我感觉离开和死都差不多，过几天就没人议论了。

很多事情，都不值得记得。

蔷薇花开的时节，台账室来了一个年轻漂亮的姑娘，坐在原来陈昱的位置上。令我惊讶的是，她也会随手锁抽屉。站起来，也比我高出半个头。她还喜欢笑，大家都围着她，逗她笑。而陈昱的名字，已经没人提起。

有一天，我下班经过那个旅馆，吓一大跳。外墙被刷成了宝蓝色，像个即将远赴海外的集装箱。窒息和孤寂叠加袭来。我还年轻，心却像老人般早搏，呼吸也沉重粗重。我在花坛边坐定，一身又一身的冷汗往外冒。蓝色在帮我掩饰，可那弯下弦月却明明白白地挂在蓝墙最显眼的地方。我一直坐到夜深人静，猛一抬头，一轮明月正压头顶。

胡司令起了变化。他不再邀请我陪他晚上喝酒，我还是按惯例每天中午买一瓶加饭酒给他。他有时勉强强调“有空”去家里坐坐，我连忙摆手说“没空”。

一天中午，他把我送来的酒放进抽屉里，顺手抽出一本硬质红色证书。

“看看吧，好好学，将来才有出息。”

我翻开证书一看，奖给“全球华人书法国画篆刻杰出代表”，我吓一跳，忙看右下角一排盖章单位。那些单位抬头开始以“太平洋”为最小单位，恨不得冠以“银河系”“全宇宙”，一看就是草台班子。

“您什么作品获奖？”

他又扔出来一张塑封好的A4纸。

“这个不容易啊！叫同心圆连环诗硬笔书法，应该说目前国内还没人成功过。”

我不由得望望胡司令微微出汗的圆脸，最近是不是被什么蛊惑住了？

夏天即将过去的时候，我被调往同市另一个单位。临走的那天晚上，胡司令请我喝了点酒，不过，没在他家。

那时，他“草包书法家”的名声已经盖过“胡司令”。我想告诉他真相，但看他在饭桌上又堆出红色证书、金色奖章、水晶徽章等，满眼又是国际、全球、东南亚等字样，我心里不是滋味，把话咽了下去。

在新单位，我碰到过来办事的许大姐。她热情地跟我打过招呼后，用手压住我胳膊，神秘地说："胡司令要去美国参加展览会，听说是他'毛脚'给他安排的。"

"不会又是那些草台班子组织的吧？"我一直担心这个。

"可不是吗，大家都知道，都是出钱买来的。这个'毛脚'心机很重的。"

说完，许大姐再拍几下我胳膊，我觉出这是让我"警醒"的意思。

后来我调到局本部工作。胡司令来找过我不少次，都是要我协调开介绍信到全国各地调研、参会。

我跟他说，介绍信只能用在业务工作范围内，他的那些事情不能开。

最后一次，闹得很不愉快。

"你会后悔的！我这次从北京回来后，你来求我都没用了。这幅作品，前天国家博物馆的工作人员联系我，要求收藏。我回来，说直接点，市长都要登门拜访。你有点权了，不得了了！不肯敲章。我告诉你，以后我盖的都是市政府的大印。做人，要拍拍良心。你当初不和我一样，钻阴沟、扛窨井盖。你啊！及不上我女婿一只脚。他在汇顶大厦开了基金公司，在一楼展览厅，专门辟一块，展示我的作品。王市长、赵区长、李书记，等等，参观后，都说'叹为观止'！看看你，我可叹你啊。好好的一个小伙子，怎么变得这样。"

边上人要去阻止，我摆摆手。胡司令的声音最终消失在楼梯拐角处。

胡司令没有约我在单位里碰头。他说，退休后再没去过单位。

天阴冷，地铁五号线大井站三号出口边，有个美丽的小公园。我走出三号口，一转头，就看到一个干瘪老头脱下鸭舌帽朝我挥动。

在花园椅上坐下，老人递给我一瓶茶饮料，温热的。我推辞，他笑笑，从布袋里拿出一个保温杯，喝了口热水。

我也拧开瓶盖，喝了口茶，茉莉花茶，微微带甜。

老人在布袋里挖啊挖，很长时间没找到什么，嘴里开始嘟囔。

“哪里去了，哪里去了？”

我不吭声，双脚在宽大落叶上蹭着，远处的天明了，又暗下来。

一卷用发黄白纸包的硬币，出现在我眼前。我循着老人干瘦手臂往上，直到与老人目光相遇。渐渐地，那双浑浊眼睛生出一层膜，像盲人。膜突然破裂，如细小水龙头打开，眼泪滴滴答答掉落在他的灰布裤子上。

我出来前上网查了一下中华人民共和国成立三十五周年纪念币目前市场最高价。点出一叠百元钞票后，我顿了一下，又加了几张，递给老人。

他没有推辞，却也没有点钞票数目，迅速塞进布袋里。

“胡师母好吧？”我对着阴下来的天问。

“她走了！”老人似乎不想多说什么。

嘴里弥漫着茉莉花茶香味，我心里难受。

我硬着头皮继续问：“胡玲苓现在呢？”

“没工作，跟我住一起。”他快速斜瞥我一眼。

这句话有些信息量，我暗自琢磨了一番。

“您怎么瘦成这样啊？”

“哎！我没病，真没病。我这是穷啊。不瞒你说，连以前的老房子都卖了，我们父女现在住廉租房。”

“您退休有保障啊，怎么会这样？”

他微微侧过脸，端详着我。云开了点，他脸上有了点光亮。他一字一顿地说：“如果当初，你跟小玲在一起。那么，现在就好喽！”

说完，他戴上鸭舌帽和墨镜，墨镜占据他大半张脸。身体一弓，往地铁口快速走去。

我用那卷硬币轻轻拍打着手心，泛黄的白纸微微破裂，一枚硬币钻了出来。

那是一枚普通的一元硬币。

我把纸拆开，得到了二十块钱。

我把二十枚硬币装进口袋，走路的时候，听到了悦耳的叮当声。一条长长的走廊，像飞驰列车的车厢，忽明忽暗地在我眼前闪现。

去年在里约热内卢

阿康发来微信的时候，我和卢萍的冷战已进行了一天一夜。我有点扛不住了，正好有个台阶，赶紧把手机端给卢萍看。

“哎！阿康要来了呢。”

她正在看连续剧，嗑瓜子的手停了一下，减慢速度，又咬了几颗。没有转头，冷冷地问：“什么时候到？”

“等等，我看看。”我忙靠上去，沙发往下沉了沉。“他们明天凌晨从里约飞上海，在迪拜转机。算上时差，应该后天下午三点多到吧。”

卢萍头转向窗外。大风降温，夜色中不时飘过金黄的银杏树叶。

“你去接！”

“他微信上没要我去接。”

卢萍一把瓜子扔进垃圾袋，声音提高了。

“你眼里只有自己！去年人家是怎么接待你的？”

虽然挨骂，但是打破僵持就算成功。我几乎有点喜悦了。

“好好好，我跟他说，我开车去接，安排好他们国内的行程。”

“是啊，玛莲娜肯定想多在这里转转。喂，你不要翘尾巴，阿康归阿康。小悦的事情我还是原来的立场，决不变。”

卢萍按了暂停键，屋里又没了声息。这时，冰箱微微震动起来。我瞄了一眼冰箱正面，大嘴鸟和基督山两块冰箱贴，似乎也在颤动。

啊！去年这个时候，我们正在里约热内卢。

时间过得真快。我平躺在沙发上，眼前浮现出海洋、沙滩、烈日、港湾和贫民窟。独自走出乱哄哄的广东餐厅，点上一根烟，眼前突然出现一个乞丐，摊出右手，眼睛狠狠瞪着我。阿康刚在餐厅里告诉我们，一年还没过完，里约警察就挂了五十多个。他遥指希尔顿酒店后面山坡上牛皮癣一样的贫民窟。警察想肃清那里的黑帮，结果被报复。我面对乞丐不知做什么，也不敢动一动，进退都怕他一扬手掏出手枪把我崩掉。烟快烧到手指了。阿康出现，两三句葡语加两根烟就把乞丐打发了。乞丐点一根烟，把另一根夹在耳朵上。我笑出声来。

卢萍瞪了我一眼。

“小悦大了，让她自己做决定，不是挺好吗？”我索性把双手插到脑后，故意用悠闲的语气说。

“她懂什么？都被你惯的。”

“你看阿康、玛莲娜多好，要我说，简直是中巴人民联姻的典范。”

“去去去，归到自家头上就是不行。何况，我们是女儿！”

卢萍重重按下播放键，连续剧以夸张的姿态继续进行，里面每一个生活细节我都讨厌至极。我又想起光脚在伊帕内玛海滩上跑步。面粉般的细沙按摩着脚底板。我不时躲避汹涌而来的大西洋海浪，早早搭起的灯光沙塔，以及跳着桑巴舞的美女。有一阵子，呼吸到空气中一丝甜甜的味道，这在我多年跑步生涯中绝无仅有。难道美好的气味，与这个国家有关？我问阿康，他皱皱眉，摇摇头。

他眉宇宽阔，四方脸，标准的北方脸，却又生出一个又薄又宽的嘴唇，注定吃开口饭。

他段子很多，好多我都忘了，好在他就要到了。

一个小个子姑娘跟在我们身后，不时往前张望。我碰碰卢萍，她回头也看到了姑娘。

"你也是浦东转迪拜飞来的？"

"是的。不过我两个小时后还得飞蒙得维的亚。"

"那你还不赶紧走绿色通道，巴西人效率简直了，通关速度像蜗牛。你是干吗的？葡语会吧？"卢萍一副葡语翻译的架势，其实我知道她的底气来自包里的即时翻译器。

"不光巴西，拉美人都这个样子。我是国内一家建筑公司派驻乌拉圭分公司的，会西语的。你们来旅游？"

"每次来回都要转两次飞机，太辛苦了。我要不是听了他的话，才不来呢。"我抬手扬起《巴西：未来之国》。

"哦，茨威格啊，他是多么爱这个国家啊，所以他永远留在了里约。"小个子姑娘说完，钻过隔离带，对着工作人员喊了声"Olá.Com licença, por favor?"转身对我们挥挥手，举着蓝色登机牌朝前走去。

她像一条鱼，钻进人潮中，转眼不见。

“她年纪不比小悦大多少。哎，小悦今天在哪里？”在慢慢蠕动的队伍中，我想起了欧洲的另一条鱼。

卢萍掏出手机翻了翻：“我都被复杂的时差搞昏了。让我算算。这里是傍晚五点，雷克雅未克应该是晚上九点了吧。她应该到了。”

家庭群里没有小悦的新消息，我在那里追问了一句：冰岛冷不冷？

直到提取到行李，小悦都没有回话。卢萍脱下带帽卫衣。

“真热啊！”她顿了顿，接着口气加重，“他们带的衣服够不够啊？”

“放心吧，临走不还买了防风衣、长筒靴、绒线帽和手套吗？”我开始在一堆五颜六色的牌子里找我的名字。

一只全黑的手一直在我眼前晃动，直到冒出两句中文：“这里，我在这里！”我这才注意到黑手下戴眼镜的黄皮肤男人。

“阿康？”我迟疑地问。

“是我，是我！您是阿健大哥的同学？”

“对啊！哈，我以为是黑人的手呢。”走到近处才发现阿康戴了一双可以拉到肩膀的黑手套。

“这两天太阳太毒辣，我皮肤过敏，不好意思啦！”阿康抢过行李箱，并向卢萍打了招呼。

七点早过了，天边还有绚丽云彩，高大乔木扎向天际，蓬勃灌木恣意蔓延，刚点亮的路灯像天幕上的一颗颗星星。

本田 SUV 的窗户一打开，卢萍又把卫衣套了起来。

“看看小悦有没有回信。”

我扫了一眼微信。新消息只有四个字：我们到了。

“到了。”我说。也发了差不多的话。

浦东机场到达比出发大厅差了很多，也不知是什么原因。从里约机场出来，我们被指示标识左三圈右三圈，绕着免税商店走了一刻钟。我随手拿了个夸张的大嘴鸟木雕，被卢萍恶狠狠夺过去，闪电般放回原处。卢萍什么都省。

接机她倒一起来了，还一直催我早点出发。刚拐出小区，她大叫一声：“停。”我吓一跳。

“阿康说喜欢吃生煎包，我去买两包。玛莲娜肯定从没吃过。”

她就这样，没停稳车子，车门就打开了。

她托着两个纸盒，手上戴着红色碧玺手串，向出来的人群踮脚张望。

我从后面看见卢萍的手挥了挥，知道阿康到了。

卢萍领着他们走向我，生煎包的塑料袋垂到了膝盖以下。没看见玛莲娜。跟在阿康后面的是他公司的阿美。

去年，卢萍跟着玛莲娜去了好多地方。我给她俩在糖面包山上拍了张合影，远处是点点白帆点缀蔚蓝的瓜纳巴拉湾。回来后，卢萍把照片放大，摆在客厅进门的餐边柜上。

回去的路上，卢萍脸色阴沉，几乎没说话。手串也摘下了。我也有些疑虑，却又不便多问。幸好冷空气来了，下起了雨。天气永远是最佳话题。

“里约现在跟我们在时的温度差不多吧？”

“是啊，差不多。就是雨水偏少点。”阿康的嗓音带有磁性，可我还是听出有点紧。

“赶紧把外套穿起来，这股冷空气来得猛烈，北京都下雪了。”

“我好多年没见到雪了。”

我从后视镜里看到，阿康说这句话时，侧脸对着阿美。

我对阿美的印象都来自玛莲娜的叙述。玛莲娜陪我们飞伊瓜苏，阿美到里约机场送站见过一次。好像还有一两次阿康夫妻请我们吃饭，阿美打前站，可她并没有坐下来一起吃饭。

卢萍听玛莲娜说阿美是柬埔寨华人，汉语水平两人差不多。卢萍补充说，阿美长得简直不像华人，又矮又黑又瘦：“我就喜欢玛莲娜。浑身有股说不出的气质！”

玛莲娜曾跟卢萍说过，自己最爱北京烤鸭，里约中餐馆的领班都知道她的爱好。

我把车驶进全聚德的地下车库时，觉得是不是什么事情弄错了？就像我在飞里约前，阅读保罗·柯艾略的《牧羊少年奇幻之旅》，这其实是巴西人写的古老而遥远的欧亚非故事。

疲惫至极的长途飞行，卢萍又不肯买商务舱，只愿意加百把美元选经济舱第一排座位。飞行开始时，还觉得脚能够伸直是莫大的幸福，若干小时后，身体不停往下坠的痛苦折磨着我，恨不得钉块木板把脚顶住。我打开电脑，决定以写作来缓解焦虑。整个经济舱，只有我头上一盏阅读灯亮着。空客 A380 像一艘空中巡洋舰，沉闷又威武地沿着晨昏线飞行。这边暮色沉沉，那边霞光乍现。金色光芒时不时闪耀在银色电脑上。我调亮屏幕，打下文章标题：我们终将彼此遗忘。

阿康似乎什么都做，门路也广，基本上没有时间陪我们。不过他每天翻着花样请我们吃饭，看着菜单对侍者频频点头：sí！我真怀疑他的葡语水平。

几天之后，他看出我和卢萍对着巴西烤肉的目光有点呆滞，神秘兮兮地对我们说，今晚去一家中餐馆吃饭！

那是我们到了之后的第一顿中餐，想到咕咾肉、宫保鸡丁、糖醋排骨等浓油赤酱的菜，平日在国内碰都不想碰的我，嘴里竟然泛出了口水，卢萍的眼里也亮晶晶的。

穿过珠宝店门面，大厅里一张张圆台面刹那间拉近了我们与餐馆老板的距离。阿康笑着拿来菜单，让卢萍点菜。卢萍谦让了一下，拿起铅笔在上面打起钩。

老板五十多岁，又胖又黑，腼腆地站在我们身后。

卢萍点好菜给我们看，我们抽着烟，说都行都行。她转身给老板看。老板没有接菜单，小声又有礼貌地说："对不起，请您念给我听。"

卢萍愣了一下。阿康忙说："忘了忘了，他不识字。"

"对对，我家爷爷辈就从中国台湾来这里。说话可以，字就不识了。我夫人家境比我好，她上过中文学校，我让她过来？"

"哦，这样啊，不用不用，我们三个，就几个菜，您听着就行。"卢萍报了菜名。老板点头往厨房走去。阿康大声对他说声谢谢，他回头挥挥菜单。

"他人特别好，刚才经过的珠宝店是他夫人开的。嫂子，等会儿你可以去看看祖母绿、海蓝宝、碧玺、红蓝宝石等。”

“我知道，有些著名宝石都是在巴西首次发现，或者只有巴西产。”卢萍手上戴的蜜蜡就是她在尼泊尔旅游时买的。

“看到带枪的保安了吧？”阿康指指门外。

“这里治安形势真这么糟糕啊！”我不由拉了拉自己的背包。

“我这条命，说起来还是老板救的呢。”阿康趁上菜前喝冻顶乌龙茶的时间，给我们讲了一个故事。

春节，阿康带公司员工到这里聚餐。聊着国内过节的快乐事，不知不觉只剩下他们一桌了。他邀请老板夫妇一起加入，又开了一瓶南大河梅洛红酒。老板打开了餐厅所有的灯，放《喜洋洋》《花好月圆》《恭喜发财》等乐曲。大家举杯祝贺，欢声笑语一片。

突然，五六个蒙面人手持枪械闯了进来。顿时，大家呆坐着不敢动一下。从蒙面人说话和动作来看，他们也非常紧张。有几个人的枪口在微微颤动。音乐停了，灯光惨白。僵持了一会儿，老板高举双手站起来，镇定地表明自己的身份，问对方要什么。

蒙面头目让老板拿收银柜里的现金，其他人身上所有东西掏出来放在桌上。

“不要说话！不许出声！”蒙面头目反复呵斥。

大家东西都掏出来、摘下来了，有价值的和收银柜里的钱也交到他们手上了。

劫匪正在往袋子里装东西时，“你是我的小呀小苹果”，桌上一个手机突然迸发出强劲中国风。一个劫匪情绪再也控制不住，手一哆嗦，一梭子子弹朝阿康的方向打出，老板猛地将阿康扑倒。其他人惊叫着全钻到桌子底下。

头目一把夺过那个劫匪的武器，打个呼哨，劫匪们全都飞快撤离。过了很久，老板才慢慢从地上爬起来，招呼大家站起来。

卢萍听完阿康的讲述，马上打开微信：“我得跟小悦好好说说，现在巴黎正在闹黄马甲运动，让她小心点。”

卢萍心不在焉。烤鸭片片还是片条？随便！鸭架怎么做？随便！

包厢电视新闻里正在放凯旋门前的示威游行。黄马甲运动一周年，马克龙执政刚过半，巴黎市中心一片混乱。

“不要发微信了。反正维克多在她身边。”我给阿康倒了黄酒。

“不要跟我提维克多！”卢萍把手机扔在桌子上。阿美给她倒上热茶。

“还是国内安全吧！”我笑着跟阿康岔开话题。

“国内是安全。但那个老板那次被抢劫，不是偶然的。”阿康虽然烟瘾很大，但不在公众场合吸，他手不停地搓筷子，“后来案子破了。”

“很难得啊！”卢萍瞪大了眼睛。

阿康用手拍拍阿美肩膀。“都是阿美的功劳。”

去年听阿康说，当时玛莲娜把祖母绿项链忙不迭地摘下放在餐桌上。枪声过后，项链不知所踪。每次提起这件事，玛莲娜总是怒气冲天，发誓再不去那家饭店。

“那天阿美位置靠外，离劫匪最近。据她观察，劫匪中有一个女的！撤退时，那女人带着他们从后门逃走。她似乎还阻止同伴抢劫珠宝店。虽然玛莲娜失去了珍贵的外婆传给她的宝贝，但阿美坚持认为这是一起报复行为。警方拖了很久才搞清楚真相，直到最近才抓获了主犯。”

“主犯是谁？”我和卢萍一起问。

“被那个老板炒鱿鱼的当地洗碗女工，老板嫌她又懒又笨。她回去把‘悲惨’遭遇哭诉给男友听。男友纠集几个弟兄，蒙面闯进那家饭店。”

“难怪这帮乌合之众手抖。”我敬了阿美一杯酒。

“钱财倒无所谓，那一梭子子弹如果打到我，我们就无缘了啊！”阿康敬卢萍。

“玛莲娜呢？她怎么没来呢？去年不是说得好好的，一起来度假的？”卢萍终于忍不住了，憋了几个小时，趁阿康说缘分，把疑虑全摊在桌面上。

“啪”，阿康终于点燃一根烟。

“我们要离了。”

卢萍慢慢端起茶盅，机械地把茶水匀速灌进喉咙。然后，把双手平放在膝盖上。烤鸭在转盘上一遍又一遍转到她面前，她都视而不见。

这顿晚餐，我打包了很多菜。

一进家门，卢萍立刻把与玛莲娜的合影塞到柜子里，我瞄一眼，那串碧玺手串也在。

卢萍叹了口气，让我解开她后背的项链锁扣，那条海蓝宝项链，也是玛莲娜为她精挑细选的。

“马上跟小悦视频，我要告诫她。阿康就是个现实案例。”

微信电话通了，卢萍“呱啦、呱啦”的声音在每个房间打个转，然后通过一个声道传到一万公里之外。我关上卫生间的门，扳起手指算了下到里约的距离，打开水龙头，水流声像飞机夜航的声音。

玛莲娜给我们看她儿子的照片，孩子黑色长头发，微笑的蓝色眼睛，骑在一辆山地自行车上，背景是挺拔的巴西红木。

卢萍对着照片啧啧称赞。

“真想抱抱他。”

“他鬼得很呢。”圣保罗大学进修过中文的玛莲娜，除了口音僵硬点，日常用语流利得很，“华人聪明、勤劳，还有皮肤特别好。”她对卢萍举起白皙的手臂，毛孔粗大、斑斑点点。

“白总是好看。”卢萍往手臂上涂防晒霜，随后递给玛莲娜。

“谢谢！伊瓜苏瀑布区要走整整一天时间，不涂还真不行。”突然玛莲娜笑了起来。

我们愣愣地看着她。

玛莲娜直起腰，好不容易止住笑：“阿美，就是今天送我们到机场，帮着办票的那个女员工。她从来不涂什么。知道为什么吗？她就是那么黑，不怕晒，也晒不到更黑了。”

穿过热带雨林，来到伊瓜苏河畔，轰隆隆的瀑布声音掩盖了我们的讲话声。循着山路往上盘旋，巨大的半圆形瀑布逐渐展现在我们眼前。

“南面是阿根廷！再往西过去点是巴拉圭！”玛莲娜金发不时被

细密的水珠打得飞舞起来。她搂住卢萍，在她耳边高声讲话。

一道弯弯的彩虹挂在瀑布正中央，仿佛探出身去，一把就可以把彩虹揽到自己怀中。

"《昨日的世界》和《未来之国》！"玛莲娜的声音冲破隆隆瀑布声，向我传达茨威格在巴西完成的两部名著。我立刻记起茨威格为自己花甲生日作的那首诗，"只有在斜阳的余晖中，明澈的目光才流露出更多对自由的渴望，只有离尘遁世，才会更加真挚地热爱生活。"

餐厅并没有开空调，夜风从四方敞开的窗户吹进来，宁静舒适。

"到底是什么让茨威格爱上巴西呢？"我切开一个番石榴，问玛莲娜。

"上帝眷顾，融合自由。"玛莲娜托腮想了半天，随后举了几个关于矿产、石油、咖啡、糖等物产丰富，海岸线长，却没有飓风、台风之类的自然灾害的优点。"巴西少有阿根廷人有'贵族意识'，各民族人在这片土地上自由生存，和谐发展。极少种族歧视！"玛莲娜最后加强语气，并用手指来回摆动。

"哎！只是我们待的时间太短，不能深入了解。"卢萍盛了一碗味噌汤。几个日本人走过餐厅。

"日本从20世纪初开始实施移民计划，巴西成为他们选择的重点，现在已到第三代第四代日裔，他们不仅经营生意，还争取政治地位。"玛莲娜指指卢萍盛的味噌汤、酱菜和白米饭。"这些食物都是酒店为日本人准备的。"

我俩低下头，慢慢吃着遥远东方风味的食物，一声不吭。

玛莲娜喝了一口红酒，神秘兮兮地问我们："你们知道这个高尔夫俱乐部酒店老板是谁吗？”

刚才，乘夕阳西下，热浪退却，我在这个巨型公园酒店里闲逛。一幢幢别墅星星点点散落在草坪间。高尔夫球场、足球场、马场等，在乔木和灌木林之间交错出现。我站在高处，望着这一片“世外桃源”。建筑、树木和场地，为什么有熟悉的况味呢？

“这里的老板是中国人！”玛莲娜向我们举高酒杯开心地说道。

“怪不得！真值得自豪，这么一大片梦幻庄园啊！”天虽然已经暗下来，可深蓝天幕仍然闪着谜一样的光。

“可是，并不是每个华人的境遇都这么幸运。”玛莲娜开始喝咖啡，我和卢萍喝带气矿泉水，“阿美，就是从柬埔寨偷渡到巴拉圭的。”

我在睡梦中被微信电话铃声惊醒。卢萍也睁开眼问我情况。

刚到子夜。和阿康分别不到四个小时，他又联系我。我第一反应是，他是不是身体出了什么状况？我赶紧抓起电话。

“飞机上一路昏睡，现在睡不着了。我想单独和你聊聊。”

我麻木的脑子实在想不出适合在风雨飘摇的夜里聊天的地方，看来只有到酒吧了。晚饭时，他黄酒喝得很少。

到达“1900酒吧”，阿康对花体字招牌端详了好长时间。推门进去，音乐正在放 *1900's Theme*。阿康恍然大悟地拍拍手：“这里真好！《海上钢琴师》。”

我开车，就要了巴黎水。阿康点了威士忌加冰。

钢琴师正穿着黑色礼服深情演奏。他抬起头的时候，阿康向他举杯示意。他微笑回应。

第二杯酒下去，阿康脸红了。他手里捏着几颗爆米花，盘着盘着，就是不放进嘴里。

“我就是那个钢琴师啊！”

“什么？”我没有反应过来。

“明知外面有广阔的天地，却宁死不下船。”

我不知道他的用意，不敢贸然接话。

他改喝啤酒，轻轻用手指刮平冒出啤酒杯沿的泡沫。

“我是该继续留在船上，还是下船寻找新人生？说穿了，这是我回国旅行的最大目的。你是我尊敬的人，在碰到阿健大哥之前，请先给我指点迷津。”

听了几句话，我证实了自己的猜测，他与玛莲娜之间出了问题。我说几句宽慰他的话，不料被他打断。

“一次算了，两次，甚至三次。最近一次，他们在家里，被我当场堵住，我气得发疯，拿了厨房斩切刀就要砍那个男的。邻居们把刀夺下，有人抱抱我，说这没什么，不要太在意。鬼佬们似乎全不当回事，说什么‘A Vida é simples, O Amor é Feliz’（生活如此简单，爱是如此快乐），可我能简单快乐吗？”

“那就跟玛莲娜离婚！”我再要了一瓶巴黎水。

阿康点燃一支外烟，这个品牌的烟以浓烈著称，在国内已经没什么市场。他大口抽吸的时候，我似乎听到他肺泡碎裂的声音。

“现在离不了啊！”烟蒂滑落到啤酒杯里，“哧啦”一声，居然盖过了肖邦钢琴曲声。他向酒保又要一杯，酒保朝他瞪眼，我打个圆场，啤酒才又推到他面前。

“儿子现在跟着玛莲娜呢。”

“你打官司，法院自然把儿子判给你。”这句话刚出口，我就隐隐觉得有点不对劲。

钢琴师下班了，他走过我们身边的时候，向阿康挥手致意。酒保提醒我们，离打烊时间还有十分钟。阿康诧异地望着我。我解释说，国内酒吧最迟凌晨两点必须关门。通宵营业的只有大排档、部分快餐店和便利店。

烧烤大排档生意比酒吧好多了。我俩坐到屋檐下，秋雨还在淅淅沥沥地下。油烟像一把刷子，把大排档周边的房屋都刷上焦油色。

老板娘把荤素搭配的十几串串串排到不锈钢盘子里，连同阿康的啤酒，我的苏打水，一起端到小方桌上。

好吃的东西令人开心，我们吃着喝着笑着，回忆往事。

突然，阿康说了句话，气氛急转直下。

“我也被她抓住了。”

玛莲娜说好陪我们逛糖面包山，等到快中午时，她才出现。我有点儿不开心。卢萍倒没什么，歪在床上，打开 iPad，追国内下好的连续剧。整个上午，我都在焦躁中度过，几次想打电话给阿康。卢萍吃着零食，盯着屏幕，噼里啪啦对我一顿训。

“不要精神病啊！人家抽空陪你，你还叽叽歪歪。你不是写稿任务很重吗？我看你半天都像掐了头的苍蝇，哪像作家？脾气暴躁、性格乖张，也只有我忍受得住你！”

我听听有点道理，人不能不听劝。虽然我一直在忍受卢萍，但是换位思考，她的确也在忍我呢。

“昨天上午，阿康陪我们去基督山，就非常早，非常准时。但是当地人好像没这个良好习惯。”

“玛莲娜告诉我，为什么和阿康结婚，阿康跟你说起过没有？”

“没有。”

“玛莲娜从小就羡慕隔壁一个混血女孩，母亲是首尔人，父亲是里约人。女孩聪明漂亮，遗传了父母的优点，什么都比她强。”

“这可是怪事啊，我们特别反对与外国人联姻，她倒好。”

“这就是巴西民族融合的最佳例子。他们的儿子多可爱啊！”卢萍唰地从床上跳下来，iPad 在床垫上跳了几下。“我警告你啊！小悦很让我担心，维克多像条蛇一样缠着她。你知道女孩就吃这一套。再说法国人嘴甜，什么恶心的话都说得出来，我能想象维克多把小悦夸成仙女的样子。你得站在我这边，坚决点！现在交交朋友算了，如果那小子再进一步，我们要警惕啊！”

“咔啦、咔啦”，上糖面包山的索道车单调沉重的声音下，我们三个谁都没吱声。我低着头，突然看见玛莲娜白皙的左手在抖动。玛莲娜用右手抓住左手，搭在小腹前。她陪着我们的每顿饭，都会点酒，气泡酒、白葡萄酒、红葡萄酒，以及当地的甘蔗烈酒卡莎萨。开始时，她还往卡莎萨里兑冰、水和柠檬汁，喝开后，一杯一杯地往下灌。当天中午玛莲娜带我们去体验一下“公斤餐”，肉、蔬菜、巴西豆饭等，都一个价格，称重收费。我吃到撑，才付了二十多雷亚尔。卢萍和玛莲娜每人只吃了十多雷亚尔，也都说太饱了。可“公斤餐厅”没有酒水供应。

瓜纳巴拉湾上空一架客机正在降落，湾内帆船星星点点驶向神秘的大西洋。光线正好，景色迷人。卢萍手拉玛莲娜，依偎着靠在栏杆上。我给她们看拍摄效果。

卢萍跳起来：“太好了！东西方两大美女融化在蓝天碧海里！”

玛莲娜勾住卢萍，在她脸颊上深深地亲一口：“亲爱的，你真美！”

“我要把这张照片放大，装在漂亮镜框里，你一定要到我家玩，保证你一进门就看见我俩的照片。”

“太好了！我爱中国！爱你们！”

一个男孩独自哭着走过，手里的冰淇淋弄得汗衫上全是。玛莲娜追上去，蹲下身，一边轻声安慰男孩，一边用纸巾帮他擦污渍。男孩的母亲找过来，谢了玛莲娜，带男孩离开。男孩回头对玛莲娜笑着挥手。

“我喜欢孩子。只是阿康太忙，现在只有一个宝贝。”她点了一支烟，想起我也抽，便递给我一根。

夕阳落在基督山顶，渐渐地，就像耶稣头上戴上了光环。我们抽着烟，默默远眺基督用身子画出的十字架剪影。

“我们每个人心中都背负着沉重的十字架。”玛莲娜吐出一口烟，转头对卢萍说。

卢萍叹口气，用手在胸前画了个十字。

我突然醒悟，误会玛莲娜了。登糖面包山最重要的就是看夕阳下的基督山。

雨不知什么时候停了。东方天际显出朦胧白。

老板夫妻开始打扫卫生。

我已疲惫不堪，阿康却仍在喋喋不休。

我把他送到酒店，他像是醉了。说话前言不搭后语，走三步退两步。我把他送到房门口。敲门。阿美像是躲在门后一般，闪电般开门。从她的装束看，没有挨过枕头的迹象。

她对我鞠躬，双手合十。我把阿康交到她手上。让他们好好休息。约定下午再来接他们出去逛逛。

阿美不停地感谢，言辞谦卑恭敬。

我本想回去好好睡上几个小时，结果卢萍正在和小悦视频。我撞进镜头，正好缓和了她们的僵持局面。

卢萍把身子移出镜头，对着电脑指指点点，还对我拼命眨眼。

“老爸，你看上去很疲惫啊。”

“是啊，陪了一晚上里约来的朋友。”

“老妈刚才说了。对了，我再重复一遍啊！维克多向我求婚了。”

猛地一激灵，我昏昏沉沉的脑袋一下子变得清晰无比。

“你准备留在法国？”

“这个嘛，还没有想好。留法、到其他国家，或者回国，我觉得都可以。目前最重要的是你的态度。老妈反对，你是关键一票。”

“我？我！我？！”我下意识地掏烟，身上的抽完了。卢萍破天荒地给我拿来烟、打火机和烟灰缸。我点上烟的时候，她对我做了个加油的手势。

慢慢地，尼古丁让我脑子正常运转起来。

“维克多在什么场合向你求婚的？”

“你放心，他没有喝酒，也没有外界任何干扰，就在我们租的房间里，今天一大早。”

“呃，这个有点浪漫。你怎么想？”

“反正都在一起一年半了，结婚只是一种形式罢了。我想本周去办理一下手续。”

“等等！有这么急吗？”我说出这句话的时候，卢萍在边上跳脚。

“你难道反对吗？”

“昨晚我陪的那个朋友，娶了巴西老婆，正闹着离婚。现在的女友，是柬埔寨华人。”

“啊？他没有离婚就交女友啊！”

“情况比较复杂，他昨晚讲了很多，我有些记住了，有些忘了。”

卢萍跳进镜头。

“跟鬼佬结婚就是要慎重！我们就你一个女儿！”

关掉视频，一阵冷风刮来，我一点睡意都没有。卢萍给我端来一杯浓浓的咖啡，咖啡豆正是去年在里约街头买的。

“阿康到底怎么啦？看上去怪怪的。”卢萍把鲜奶倒进咖啡，乳白色从杯底泛起。这个沉渣泛起的年代。

在里约的最后一顿晚餐，阿康夫妻请我们在看得见科巴卡巴纳海滩的巴西烤牛肉餐厅用餐。

牛身上各部位标出专门名称，厨师手托烤肉来到客人面前，先介绍属于哪个部位的肉，然后批一到两片到餐盘里。

我和卢萍因为乘坐深夜航班，不敢多吃多喝，肉和酒都浅尝辄止。

“时间过得真快，我到机场接你们的场景好像就在昨天。”阿康喝着红酒。

玛莲娜一盅接一盅喝卡莎萨，她脸越喝越白。“对巴西，对里约印象如何？”

我喝配卡莎萨的柠檬汁，头脑清楚：“七十多年前，茨威格写巴西，寄托了他的希望，从气候、物产、政治、经济、文化等各方面深入剖析，预测了巴西，直至世界未来的良好发展方向。现在看来，虽然有很多预测都不准确，比如政治腐败、暴力盛行等，但是留在书里的他对巴西的感情，却移植到每个读者心中。这十几天时间，我们仅领略了一点巴西风情，亚马逊、玛瑙斯、巴西利亚等都没时间去。但我内心非常满足。旅行，不应求全，而是要‘解风情’。自从踏上巴西这块土地，我就感觉与其他地方不一样。”

“没有陌生感，没有冷漠的眼神。”卢萍举起红酒杯，与玛莲娜和阿康碰了杯。我继续说。

“我注意到葡语文化的独特魅力。萨拉马戈在《修道院纪事》里充满了奇特的想象力，他让飞行器、视觉特异功能、灵与肉结合等出现在十八世纪的葡萄牙。巴西像一个大熔炉，将原本较为狭窄的葡语文化发扬光大。多民族融合、多元文化碰撞，让这片陌生的国土充满神奇魅力。”

“我喜欢里约、圣保罗街上不急不慢排队的人。喜欢各种肤色的陌生人对我微笑。”卢萍伸出大拇指对着玛莲娜。

玛莲娜勾住卢萍的头，在她脸上左右亲吻不停。

“我要去中国！去上海、北京、西安，还有少林寺！”

我先一愣，立刻反应过来，阿健和阿康都是河南人。

“爱上一个地方，最主要还是因为人哪。”卢萍站了起来，拉住玛莲娜的手，“你一定要来，明年我在上海等你！”

玛莲娜拼命点头的同时，一把捋下手上的红色碧玺手串，戴到卢萍的左手腕上。卢萍一惊，连忙脱下，却被玛莲娜按住。

卢萍顺势把自己右手戴着的蜜蜡手链套进玛莲娜手腕。

两个人推推搡搡好一会儿，最后长时间拥抱在一起。

我扔了一支烟给阿康。他轻快地敬了个礼。

科巴卡巴纳海滩上传来爵士鼓声。更远的天边，湛蓝湛蓝的。

下午开车出去的时候，天早已放晴。我睡了五六个小时，精神不错，就是嘴里发苦。卢萍推说有一堆家务活做，晚餐时自己过去。我知道是玛莲娜的原因。

博物馆有故宫明清书画展，我预约了参观时间。阿康广博的经营范围内，文化产品占据不小份额。

我敲了很长时间的门，来开门的是穿着睡衣的阿康，他像被我从睡梦中吵醒的。

我往里探了探头，正在犹豫要不要进屋。阿康右手理理乱糟糟的头发，声音还有隔夜味。

“她走了。”

“走了”这个词含义实在丰富，我不敢瞎揣摩。随手把门先关好。我预感约的参观要泡汤。

阿康扔给我一瓶矿泉水，自己拿起另一瓶，一口灌下去。歇口气，点上一根烟，想要发我一根，我看见这个牌子，主动掏出口袋里自己的烟示意一下。

“玛莲娜周围有的是男人，她却说对我是真爱。阿美没有一个男人，却对我说那不是爱。玛莲娜喝酒、抽烟、跳舞、买奢侈品。阿美什么都不会，什么都不买。”

“阿美去哪里了？”

“今晚的飞机，到广西她姑妈那里去。”

“怎么这么突然？”

“出于复杂心理，加上喝了不少酒，那天晚上我在公司里撞上正在加班的阿美。结果你知道，控制不住自己，和阿美做了。整个过程中，阿美一声不吭。事后也没有任何异常举动。那个阶段，我一直住办公室。只要我需要，阿美从不拒绝，可也没有任何积极的表示。玛莲娜来找我，反倒被她撞见了。我透过窗户看到玛莲娜离去的背影。她正在认真走路，每一步都走在一条隐性直线上，影只形单。室内，阿美已经噼里啪啦在桌子前打字。我恍惚觉得自己对不起玛莲娜，晃晃头，却又认定这只是一种复仇。可我痛快了吗？”

“现在看来，你们三个人，都不痛快。”我拉开窗帘，让午后阳光照进房间。

“阿美从来没有把我当作爱人。她叫我老板，一直没改口。在迪拜机场，我给她买了一瓶香奈儿十九号香水。她跟我说买了浦东到南宁的机票。我很诧异。她说这不是爱。”

“或许，我马上开车带你去机场，你们再聊聊？”

走廊里响起吸尘器的声音，阿康对我的话没有反应，仍然一头钻进过去。

“她从巴拉圭过境时，除了一张马上过期的居留证，什么证明都没有。我本来也不愿收留她。那天傍晚，中介把她带出我办公室的时候，她回头的时候，太阳正好从云层里钻出来。她的脸一下子白了许多。她对我深深鞠了一躬，说了句中文‘谢谢！’此前她只是点头、摇头，这句谢谢让我一震。与她一起偷渡过来的姐妹们最终大多去了娱乐场所，如果我拒绝，她大概也会流落到那里。她会英文和中文，能讲一点儿葡语，熟悉办公软件。我的办公室租在一家港式餐厅上面，一间大的，几个员工办公；一间小的，我和玛莲娜有事去坐坐。还有一间阁楼，堆放杂物，阿美这几年一直住在那里。”

“你是阿美的恩人。”

“玛莲娜从没有为难过她。”

“你是不是该买两张机票让玛莲娜带着儿子飞过来呢？”我发觉握紧的拳头里全是汗。说出这句话后，拳头松开了，又缓缓吐出一口气。“好多事，谁也弄不明白，也没有标准答案。”

太阳有点儿晃眼。

图书在版编目（CIP）数据

四时成岁 / 王啸峰著 . -- 南京 : 江苏凤凰文艺出版社 , 2022.6
ISBN 978-7-5594-2607-9

Ⅰ . ①四… Ⅱ . ①王… Ⅲ . ①短篇小说 – 小说集 – 中国 – 当代②中篇小说 – 小说集 – 中国 – 当代 Ⅳ . ① I247.7

中国版本图书馆 CIP 数据核字 (2021) 第 207843 号

四时成岁

王啸峰 著

出 版 人 张在健
责任编辑 曹 波
特约编辑 王美元
装帧设计 WONDERLAND Book design 仙境 QQ:344581934
出版发行 江苏凤凰文艺出版社
南京市中央路 165 号，邮编：210009
网 址 http://www.jswenyi.com
印 刷 三河市双升印务有限公司
开 本 880 毫米 ×1230 毫米 1/32
印 张 9.25
字 数 205 千字
版 次 2022 年 6 月第 1 版
印 次 2022 年 6 月第 1 次印刷
书 号 ISBN 978－7－5594－2607－9
定 价 58.00 元